THE MYTH SERIES

重述神话

重述神话系列图书（The Myth Series），由英国坎农格特出版社（Canongate Books）著名出版人杰米·拜恩2005年发起，委托世界各国作家各自选择一个神话进行改写，神话的内容和范围不限，可以是希腊、印度、非洲、美国土著、伊斯兰、凯尔特、阿兹台克、挪威、《圣经》或其他国家和民族的神话，然后由参加该共同出版项目的各国以本国语言在该国同步出版发行。它不是对神话传统进行学术研究，也不是简单的改写和再现，而是要根据自己的想象和风格创作，并赋予神话新的意义。

已加盟的丛书作者包括诺贝尔文学奖、布克奖获得者及畅销书作家，如简妮特·温特森、大卫·格罗斯曼、玛格丽特·阿特伍德、多娜·塔特、齐诺瓦·阿切比、密尔顿·哈托姆、伊萨贝尔·阿连德、迈克尔·法布、何塞·萨拉马戈、阿尔贝托·曼戈尔、A.S.拜雅特、卡洛斯·富恩特斯、斯蒂芬·金以及中国作家苏童、李锐、叶兆言、阿来等。这是一场远古神话在当代语境下的复苏。这是一场世界范围的联合行动，通过对所涉及各个国家和地区的远古神话的现代语境下的重述，赋予其新时代的意义，寄托更深刻的文化和生存内涵，对现代人们在物质膨胀、精神匮乏的时代里产生的精神家园的缺失给予疗伤，通过神话的重述，让人们产生文化认同感和民族国家意识，更有利于世界的稳定和区域的健康发展。

神话是代代相传、深入人心的故事，它表现并塑造了我们的生活——它还探究我们的渴求、我们的恐惧和我们的期待；它所讲述的故事提醒着我们：什么才是人性的真谛。

BINU AND THE GREAT WALL

SU TONG

碧奴

THE MYTH OF MENG

孟姜女哭长城的传说

苏童 著

重庆出版集团 重庆出版社

自序
INTRODUCTION

很高兴《碧奴》能与世界各国读者见面!

孟姜女哭长城的故事已在中国流传了两千年,神话流传的方式是从民间到民间,我的这次"重述"应该是这故事的又一次流传,也还是从民间到民间,但幸运的是已经跨出国门了。

从某种意义上说,神话是飞翔的现实,沉重的现实飞翔起来,也许仍然沉重。但人们借此短暂地脱离现实,却是一次愉快的解脱,我们都需要这种解脱。

最瑰丽最奔放的想象力往往来自民间。我写这部书,很大程度上是在重温一种来自民间的情感生活,这种情感生活的结晶,在我看来恰好形成一种民间哲学,我的写作过程也是探讨这种民间哲学的过程。

人类所有的狂想都是遵循其情感方式的,自由、平等和公正,在生活之中,也在生活之外,神话教会我们一种特别的思维:在生活之中,尽情地跳到生活之外,我们的生存因此便也获得了一种奇异的理由。在神话的创造者那里,世界呈现出一种简洁而温暖的线条,人的生死来去有率性而粗陋的答案,因此所有严酷冷峻的现实问题都可以得到快捷的解决。

在"孟姜女哭长城"的故事里,一个女子的眼泪最后哭倒了长城,与其说这是一个悲伤的故事,不如说是一个乐观的故事;与其说是一个女子以眼泪结束了她漫长的寻夫之旅,不如说她用眼泪解决了一个巨大的人的困境。

如何说一个家喻户晓的故事,永远是横在写作者面前的一道难题。每个人心中都有一个孟姜女,我对孟姜女的认识其实也是对一个性别的认识,对一颗纯朴的心的认识,对一种久违的情感的认识,我对孟姜女命运的认识其实是对苦难和生存的认识。孟姜女的故事是传奇,但也许那不是一个底层女子的传奇,而是属于一个阶级的传奇。

我去过长城,也到过孟姜女庙,但我没见过孟姜女。谁见过她呢?在小说中,我试图递给那女子一根绳子,让那绳子穿越两千年时空,让那女子牵着我走,我和她一样,我也要到长城去!

目录
CONTENTS

12
北 山
North Mountain

21
哭 泣
Crying

33
青 蛙
Frog

43
桃 村
Peach Village

52
蓝草涧
Bluegrass Ravine

66
人 市
The People Market

80
百春台
Hundred Springs Terrace

92

鹿 人
Deer-Boys

100

吊 桥
The Drawbridge

106

鹿王坟
The Deer King's Grave

115

树 下
Under The Tree

120

马 人
Centaurs

126

掘 墓
Gravedigging

135

门 客
Followers

146

芹 素
Qinsu

154

劝死经
Of Death

165

衡明君
The Nobles Of Heng-Ming

177

河 湾
The River Bend

186

青云关
Qing-Yun Pass

204

芳林驿
Fragrant Forest Station

216

七里洞
Seven-Li Gave

226

官 道
State Highway

237

五谷城
Five-Grain City

255

泪 汤
Tear Brew

263

蓝 袍
Blue Robe

275

捕 吏
Armed Police

282
刺 客
Assassin

293
城 门
City Gate

307
国 王
King

317
碧 奴
Binu

328
北 方
The North

338
十三里铺
Thirteen-Li Shop

345
简羊将军
Jian-Yang General

351
追 捕
Chase

357
长 城
The Great Wall

北 山

North Mountain

人们已经不记得信桃君隐居北山时的模样了,他的草庐早就被火焚毁,留下几根发黑的木桩,堆在一片荒芜的菜地里。起初有人偷偷地跑到北山上去,向那几根木桩跪拜,后来时间一长,那几根结实的木桩也被人拖下山去,不知是当柴火劈了,还是垒了谁家的房子。信桃君的坟茔虽然是个空坟,四季里倒是风姿绰约,冬天的时候坑里结一层亮晶晶的薄冰,登高一看,像一面硕大的白银镜子扔在坡上,映照出云和鸟的影子。春暖花开的时候,那坑里也开花,一大片粉色的辣蓼和白色的野百合花随风摇摆,有蝴蝶飞来飞去的。夏秋之际山上的雨水多了,坟就躲起来了,雨水顺着山势涌进信桃君的空坟,怀着莫名的热情,把一个坟茔乔装改扮成一个池塘,经常有离群的鹅在这个水塘里孤独地游弋,向信桃君的幽魂倾诉鹅的心事,而远近的牧羊人到北山上放羊,会把羊群赶到塘边饮水,他们自己无论多么口渴,也不敢喝那塘里的水。在北山一带,什么泉水能喝,什么野果能吃,是柴村的女巫说了算。人们所有的知识都来自于柴村的女巫,她们说那水塘里的水喝不得,谁也不敢喝,谁敢喝泪泉之水呢?柴村的女巫曾经带着牛头碗和龟甲上山,研究过那水半苦半甜的滋味,她们认定那是一潭泪泉,泛甜的是表面的雨水,而池塘底部贮藏着好多年前三百个哭灵人的眼泪。

北山下的人们至今仍然不敢哭泣。

哭灵人的后裔如今散居在桃村、柴村、磨盘庄一带，即使是孩子也知道自己独特的血缘。幸存的老人都已白发苍苍，他们怀着教诲后代的心情，手指北山，用整个余生回忆好多年前的一场劫难。孩子，别人的祖先都安顿在地下，我们祖先的魂灵还在北山上游荡，那些白蝴蝶为什么在山顶飞来飞去？那些金龟虫为什么在山路上来来往往？都是祖先的冤魂，他们还在北山上找自己的坟地呢！孩子，别人的祖先不是饿死就是病死，不是老死就是战死，我们的祖先死得冤。猜，孩子你猜，他们为什么而死？你永远猜不到的，他们为自己的眼睛而死，他们死于自己的眼泪！

好多年前的一场葬礼出现在无数孩子的夜梦中。老人的回忆冗长而哀伤，就像一匹粗壮的黑帛被耐心地铺展开来，一寸一寸地铺开，孩子们在最伤心处剪断它，于是无数噩梦的花朵得以尽情绽放。老人说信桃君的葬礼惊动了国王，国王派来了数以千计的捕吏和郡兵，他们守在半山腰，监视着从山上下来的吊唁者，有的人从半山腰顺利地通过，有的却被拦住了，被拦住的那些人，他们的面颊和眼睛受到了苛刻的检查，结果三百个泪痕未干的村民被扣留在半山腰上。捕吏按照村民的性别让他们站成两个巨大的人圈，男的站在上坡，女的都赶到下坡的小圈里。中间的一条山道,供忙碌的郡兵们通行。开始没人知道是眼泪惹的祸,被扣留在半山腰的多为成年人,对这次突如其来的羁押有点迷茫,但是那么多人坡上坡下地站着,人圈里还有一些德高望重的人,他们便打消了各自的疑虑。谁不知道官府下乡查案的招数呢?偷鸡贼查他手上的鸡屎味,盗牛贼闻他身上的牛粪味,杀人犯查他身上的血迹,通奸的男女剥个精光,查看他们的羞处。他们不知道自己的眼睛和面颊会留下什么罪状,所以起初他们并不那么恐慌。有的夫妇隔着山路在商量家事;有的人惦记家里猪的食粮,催促自己的孩子快去河边割猪草;有人故意摊开他的手给捕吏看,暗示他的手是干净的,没有做过什么偷鸡摸狗的勾当。有一个妇人干脆在下面的人圈里,为自己的性生活做出了种种激烈的声明,她的声明引来了其他妇女的冷嘲热讽,可捕吏们嘴角上露出会意的微笑,目光却冷峻地瞪着她们的脸。后来一声令下,不准下面的妇人吵吵嚷嚷,也不准上面的男人交头接耳了。在令人窒息的安静中他们迎来了一卷从未见过的绳索,那绳子卷叠起来,像一只磨盘,但比磨盘还要大,几个郡兵喊着号子把它推上了山。磨盘般滚动的绳卷滚到村民们脚下,他们终于知道郡兵们在忙什么了。有人发觉形势不对,企图从人圈里钻出去,已经来不及了,捕吏们的枪缨对准了所有违抗命令的哭灵人，他们给一些身强体壮的年轻人戴上了木枷，大多数人都被那条叹为观止的长绳串了起来，捕吏把一只只人手编在绳结里，绕一下，押一下，再绕一下，编得很快也很顺利，一会儿工夫哭灵者们便像一片片桑叶一样，整齐地排列在绳子两侧了。一个捕吏拉住绳头，毫不费力地把那些人拉下山，一直拉到囚车旁边。老人们说可怜的哭灵者看见囚车才幡然醒悟：是信桃君的葬礼，是眼泪给自己惹来了杀身之祸！于是好多人在惊恐中看着四处奔逃的路人的脸，大叫道，他也是去哭灵的，她也是去哭灵的，为什么不抓他们？还有好几百人呢，大家都哭了！

　　国王不允许为信桃君哭灵，那是一条未颁布的法令，达官贵人自然知道，关注时局的引车卖浆之徒也知道，可是北山下的人们一点都不知道，他们一年四季只是谈耕论桑，别的什么都不知道。青云郡与北方的都城远隔重山，鸿雁难以传信。人们事后才听说，信桃君是被国王放逐到北山的，他的后背上刺了国王的赐死金印，国王让他死于大寒，可信桃君拖延了自己的死期，直到清明那天才把白绢挂到了草庐的房梁上。北山下的人们思想简单而又偏执，他们只知道信桃君是国王的亲叔叔，出于对高贵血统天然的敬意，他们对那隐居者也充满了景仰之情，至于王公贵族之间仇恨的暗流，无论多么汹涌，他们也是听不见的。

信桃君隐居北山的日子里，山下的村民听得见从山顶草庐里传来的笛声，牧羊人经常循着笛声上山，看见信桃君孤独的身影在草庐内外游移不定，像一朵云。有人曾经听信桃君预告过他的死期，他说草庐旁边的野百合一开花，他就要走了，他们听不懂野百合花期的奥秘，反问道，野百合开了花，大人你要去哪里呢？葬礼过后好多人都仰望着北山扼腕长叹：主要是后悔，后悔信桃君在溪边沐浴的时候，只顾窥视了他的私处，却没有问一问他后背上为什么刻了字。好几个人在夏天看见过信桃君裸露的身体，那贵族男子的身体因为过分的白皙和细腻而显得神秘，更神秘的是后背上的一个圆形金印，金印里应该是字，字能够简短地表达深刻的仇恨，也能够平静地告知喜讯或者噩耗，可他们偏偏不认识字。他们守在溪边，隔水谈论着信桃君状如孩童的生殖器官，躲在岩石后面的牧羊人说王公贵族就是不一样，连那东西也长得那么精致文雅，灌木丛里的樵夫则怀疑那样的器官是否能够传宗接代。然后，他们就跳到水里去了，专心捡拾信桃君故意散落在溪水里的一枚枚刀币。那隐居的贵族在北山的溪边树下散尽千金，后来开始把迟到的人领进他的草庐，山下桃村的村民接受了他最后的恩惠：一头羊，一块麻，一碗米。有的人拿了信桃君书案上的竹简，把竹简上的字洗去，拆了，做成一把筷子。老人们的回忆是琐碎而精确的，他们说那三百个哭灵人都死于一颗感恩之心，但有的死于溪水里刀币的诱惑，有的死于一羊之恩，有的却死得冤枉，是被一根筷子送了命。

桃村的幸存者肃德老人年轻时是个牧羊人，曾经在信桃君的水缸里饮过一瓢水，后来他坦率地承认他的一条命是捡回来的。他说葬礼那天山顶上白幡飘扬，丧鼓齐鸣，那么好的一个大人物死了，他也想哭。肃德说他正要哭出来，胳膊肘被什么顶了一下，回头一看是他的堂兄抱着一头猪崽站在后面，是猪崽用鼻子顶了他的胳膊，他的堂兄张着大嘴已经哭声震天了。他不仅自己哭，还去打猪崽，让它也哭几声表示哀悼，猪崽就挣扎着顶到了肃德的胳膊。肃德说谢天谢地还不如谢那头猪崽，他认识堂兄手里的猪崽，是信桃君送给他的，他看见那猪崽突然觉得信桃君是个不讲公平的人，他堂兄家里有了三头猪，他肃德只有羊，一头猪也没有，信桃君偏偏送猪给堂兄，不送给他！肃德一生气，眼泪就消失了，后来他说，那头小猪崽拱的不是我的胳膊，是我的眼泪，它把我的眼泪拱回去，救了我一条命！

幸存的诀窍之一是有一个像肃德一样狭窄的心胸。肃德和所有的哭灵者一样，是被一群蜂拥而来的郡兵轰下山的，郡兵们有的挥舞着锄头铁镐驱赶村民，有的径直奔向信桃君的棺木挥锄砸棺，村民们大惊失色，他们一边跑一边威胁砸棺人，你们知道死人是谁？国王的亲叔叔呀，你们吃了豹子胆了？敢砸信桃君的棺木，小心国王把你们生剐活剥九族连坐！郡兵们都指着袖手旁观的一个黄袍宫吏，说，看见那车大人了？不是我们要砸他的棺，是长寿宫里来的车大人，他让我们砸的！有个穿了盔甲的县尉骄矜地站在一边，对着村民们冷笑，车大人也不敢砸信桃君的棺材，是国王下的令，砸的就是他亲叔叔！村民们在一片惊悸声中匆匆跑下山，对死者的哀悼之情像惊鸟般地飞走，一粟之恩也在意外中提前报答完毕。他们的心情不那么悲伤了，有人偷偷地绕到溪边去看了看，有人还顺便把自家的羊赶到信桃君的菜园里，啃了点萝卜秧子。肃德老人跟随人流跑到半山腰上，发现国王的人马像一片肃杀的树林站在坡上，人流被堵住了。他看见捕吏在检查村民的面孔，一时闹不清楚他们要抓流泪的人，还是要抓不流泪的人，也许是那种残存的嫉妒不平的情绪帮了他，他快快地对捕吏说，我什么也没拿到，我就喝到了他缸里的一瓢水！那捕吏扫了他一眼就把他推开了，说，你不哭灵上来凑什么热闹？没你的事了，你往河边走，别往路上走，否则抓到车上别怪我。肃德老人说他一路狂奔跑到河边，遇见了他堂兄的猪，猪在水边啃水草，堂兄不见了。他从河边向大路上张望，看见大路上已经停满了带大木笼的铁轮囚车，囚车是崭新的，看上去威严而奢华，刚刚被投进去的人坐得还算悠闲，可惜从山上赶下来的哭灵者越来越多，木笼一下就被人塞满了，七八辆囚车里堆了那么多的人，人像牲口压着牲口，人的呼叫声也像屠刀下的牲畜，叫得凄厉而茫然。囚车走到大路上，车轴断了，捕吏们打开笼子，一些人像水一样从里面溅出来了。肃德说他看见那些人像水一样溅出来，一看就是断了气，他向后代们强调说，你们别听外面人瞎传，那三百人中好多人是被压死的，不是砍头，也不是活埋，好多人在山下的大路上就已经被压死啦。

哭 泣

Crying

北山下的人们至今不能哭泣。

在桃村和磨盘庄，哭泣的权限大致以年龄为界，孩子一旦学会走路就不再被允许哭泣了，一些天性爱哭的孩子钻了这宽容的漏洞，为了获得哭泣的特权，情愿放弃站立的快乐，他们对学步的抵触使他们看上去更像一群小猪小羊，好大的孩子，还撅着屁股在地上爬。严厉的父母会拿着笤帚追打自己不成器的孩子，用笤帚逼迫他们站起来，遇到那些宠溺孩子的大人，那情景就不成体统了，做父母的坦然看着孩子在村里爬来爬去，还向别人辩解道，我家孩子是没得吃，骨头长不好，才在地上爬的！又说，我家孩子虽说不肯走路，也不怎么哭的！河那边的柴村汲取了邻村的教训，干脆取消了孩子哭泣的特权，甚至婴儿，也不允许哭泣，柴村人的荣辱与儿女们的泪腺息息相关，那里的妇女在一种狂热的攀比中纷纷投靠了神巫，大多心灵手巧的妇女掌握了止哭的巫术，她们用母乳、枸杞和桑葚调成汁喂食婴儿，婴儿喝下那种暗红色的汁液，会沉溺于安静漫长的睡眠中。冬天她们用冰消除婴儿的寒冷，夏天则用火苗转移婴儿对炎热气候的不适感。偶尔会有一些倔强的婴儿，无论如何不能制止其哭声，那样的婴儿往往令柴村的母亲们烦恼不堪。她们解决烦恼的方式是秘密的，也是令人浮想联翩的。邻村的人们有时候隔河眺望对岸的柴村，会议论柴村的安详和宁静，还有村里日益稀少的人口，他们说主要是那些啼哭的婴儿不见了，那些啼哭的婴儿，怎么一个个都不见了呢？

贫苦的北山生生不息，就像奔腾的磨盘河的河水，去向不明，但每一滴水都有源头，他们从天空和大地中寻访儿女们的源头。男婴的来历都与天空有关，男孩们降生的时候，骄傲的父亲抬头看天，看见日月星辰，看见飞鸟游云，看见什么儿子就是什么，所以北山下的男孩，有的是太阳和星星，有的是苍鹰和山雀，有的是雨，最不济的也是一片云，而女孩子临盆的时候，所有的地屋茅棚都死气沉沉，做父亲的必须离开家门三十三步，以此逃避血光之灾。他们向着东方低头疾走三十三步，地上有什么，那女儿就是什么，虽然父亲们的三十三步有意避开了猪圈鸡舍，腿长的能穿越村子走到田边野地，但女儿家的来历仍然显得低贱而卑下，她们大多数可以归于野蔬瓜果一类，是蘑菇，是地衣，是干草，是野菊花，或者是一枚螺蛳壳、一个水洼、一根鹅毛，这类女孩子尚属命运工整，另一些牛粪、蚯蚓、甲虫变的女孩，其未来的命运就让人莫名地揪心了。

来自天空的男孩本来就是辽阔而刚强的，禁止哭泣的戒条对男孩们来说比较容易坚持，好男儿泪往心里流，是天经地义的约束，即使遇到一些不守哭戒的男孩，哭泣也容易补救：他们从小就被告知，羞耻的泪水可以从小鸡鸡里流走。所以做父母的看见儿子的眼睛出现某种哭泣的预兆时，便慌忙把他们推到外面，说，尿尿去，赶紧尿尿去！最容易冒犯哭戒的往往是来自地上的女孩子们，这是命中注定的，从地上来的杂草，风一吹就伤心，从水边来的菖蒲，雨一打就浑身是泪，因此有关哭泣的故事也总是与女孩子有关。

  北山下的人们养育男孩的方式异曲同工，可说到如何养育女儿，各个村庄有着各自的女儿经。磨盘庄的女儿经听起来是粗陋的，也有点消极，由于一味地强调坚强，那边的女孩子从小到大与男孩一起厮混，哭泣与解手紧密结合，待字闺中的黄花闺女，也没有什么羞耻之心，什么时候要哭就撩开花袍蹲到地上去了，地上潮了一大片，她们的悲伤也就消散了，别人怀着恶意说磨盘庄女孩子的闲话：说她们那么大了，都快嫁人了，还往地上蹲；说磨盘庄的女孩打扮得再漂亮也没用，那袍角上总飘着一丝臊臭！

  柴村的女儿经其实是一部巫经，神秘而阴沉。一个女巫的村庄，炊烟终日笔直地刺入天空。村里的女孩子从不哭泣，也从不微笑，她们到河边收集死鱼和牲畜的遗骨，一举一动都照搬母亲的仪式，从少女到老妇，柴村的女子有着同样空洞而苍老的眼神。由于长期用牛骨龟甲探索他人的命运，反而把自己的命运彻底地遗忘了，即使是在丧子失夫的时候，她们也习惯用乌鸦的粪便掺和了锅灰，均匀地涂抹在眼角周围，无论再深再浓的哀伤，她们也能找到一种阴郁的物品去遮蔽它，精密的算计和玄妙的巫术大量地消耗了她们的精神，这使柴村女子的面容普遍枯瘦无光，从河边走过的人看见柴村的女子，都会感到莫名的沮丧，说那些柴村的女子怎么就没有青春，无论是豆蔻年华的少女还是蓬头垢面的妇女，看上去都像游荡的鬼魂。

几个村庄中，只有桃村的女儿经哺育出了灿烂如花的女孩子。有人说桃村的女儿经深不可测，也有人质疑其荒诞的传奇色彩，怀疑桃村女儿经是否存在，别人说来说去，说了这么多年，越说越是个谜了。桃村的女儿经有很大一部分是关于如何消灭眼泪的，母亲们与眼泪抗争多年，在长期的煎熬中探索了一些奇特的排泪秘方。除了眼睛，她们根据各自的生理特点，动用了各种人体器官引导眼泪：眼泪便独辟蹊径，流向别处去了。母亲们的秘方百花齐放，女孩子排泪的方法也就变得五花八门，听上去有点神奇。耳朵大的女孩从母亲那里学会了用耳朵哭泣的方法，那眼睛和耳朵之间的秘密通道被豁然打开，眼泪便流到耳朵里去了：大耳朵是容纳眼泪天然的容器，即使有女孩耳孔浅，溢出的泪也是滴到脖颈上，脖颈虽然潮了，脸上却是干的。厚嘴唇的女孩大多学的是用嘴唇排泪的方法，那样的女孩子嘴上经常湿漉漉的，红润的嘴唇就像雨后的屋檐，再多的水都滴到地上去了，不会在面颊上留下一丝泪痕。别人会带着一半羡慕一半嘲笑的口气调侃她们，你们哭得多么巧，饮水也方便了，自己的嘴就是一口水井嘛！最神秘的是一些丰乳女子，她们竟然用乳房哭泣，乳房离眼睛那么遥远，外乡人无论如何也不能相信，桃村女子的眼泪能从眼睛走到乳房，走那么远的路！相信也罢不相信也罢，桃村女子从来都不张扬她们乳房的事情，是那些做丈夫的说出来的。桃村女子用乳房哭泣的秘法，也许只有那些丈夫容易验证——泪水藏在女儿家的袍子深处，一个悬念也藏起来了，别人好奇，越好奇越流传，自然也成为桃村女儿经中的精华部分了。

这就说到了桃村的碧奴。碧奴灿烂如花，一张清秀端庄的脸，眼泪注定会积聚在那双乌黑的大眼睛里，幸而她有一头浓密的长发，她母亲活着的时候给女儿梳了个双凤髻，教她把眼泪藏在头发里。可是母亲死得早，传授的秘方也就半途而废。碧奴的少女时代是用头发哭泣的，可是哭得不加掩饰，她的头发整天湿漉漉的，双凤鬟也梳得七扭八歪，走过别人面前时，人们觉得是一朵雨云从身前过去了，一些水珠子会随风飘到别人的脸上。谁都知道那是碧奴的泪，他们厌烦地掸去脸上的水珠，说，碧奴哪来这么多的泪？谁都在受苦，就她流那么多泪，泪从头发里出来，头发天天又酸又臭的，怎么也梳不好的，看她以后怎么找得到好夫家！

说碧奴的泪比别人多，那是偏见，可桃村那么多女孩，碧奴的哭泣方法确实是有点愚笨，她不如别的女孩聪明，也就学不会更聪明的哭泣方法，所以别的女孩子后来嫁了商人、地主，再不济也嫁了木工或铁匠，只有碧奴嫁了孤儿岂梁，得到的所有财产就是岂梁这个人，还有九棵桑树。

岂梁虽然英俊善良，可他是个孤儿，是鳏夫三多从一棵桑树下捡来的。村里的男孩说他们来自天空，是太阳和星星，是飞鸟，是彩虹。他们问岂梁，岂梁你是什么？岂梁不知道，回家问三多，三多告诉他，你不是从天上来的，你是从桑树下抱来的，大概是一棵桑树吧。后来别的男孩都嘲笑岂梁是棵桑树，岂梁知道自己是桑树了，就天天守着三多的九棵桑树，做了第十棵桑树。桑树不说话，岂梁也不说话，别人说，岂梁你个活哑巴，不肯出去学手艺，只知道侍弄那九棵桑树，什么钱也不会挣，你以后砍下桑树去做聘礼呀？看哪个女孩子肯嫁你？桃村这么多女孩，也只有碧奴肯嫁你了，碧奴是葫芦变的，葫芦正好挂在桑树上！

所以碧奴嫁给了岂梁，听起来是葫芦的命运，也是桑树的命运。

可是众所周知，桃村那么多男子客死他乡，只有岂梁之死，死得七郡十八县人人皆知，桃村这么多善哭的女子，只有碧奴的哭泣流传到了山外，她的哭泣是青云郡历史上最大的秘密之一，更是桃村女子哭泣史上最大的秘密。

岂梁失踪的那天中午，碧奴还只会用头发哭泣。她站在路上眺望北方，发髻上的泪雨点般地落下来，打湿了青色罗裙。她看见商英的妻子祁娘和树的妻子锦衣也站在路上，面向北方，紧紧地咬着牙齿，攥着拳头，她们的丈夫也失踪了。祁娘用她的耳朵哭，她的耳朵在阳光下发出了一片泪光，而锦衣仍然在用少女的秘法哭泣，由于她不久前产下了一个男婴，正在哺乳期，她的泪水混杂着乳汁流下来，罗裙尽湿，人就像从沟里爬上来的。岂梁失踪的那天下午，好多桃村男子都不见了，留下他们的妻儿老小在村里瑟瑟发抖。有人告诉碧奴，岂梁早晨打下的半担桑叶还扔在桑园里。她失魂落魄地来到九棵桑树下,果然看见了那半担桑叶,她坐在那里数桑叶,怎么也数不清,手过之处,桑树叶上滚落下许多晶莹的水珠来,她发现她的手掌在哭泣。她带着那筐桑叶往蚕室走,通往蚕室的小路在太阳底下水花四溅,她不知道是哪来的水,脱下草履,突然发现她的脚趾在哭泣,她的脚趾也学会了哭泣。

岂梁不在,蚕室便显得空空荡荡,碧奴把半筐桑叶倒在蚕匾里,蚕匾湿了,没有上山的蚕从桑叶上倔强地爬过去,不吃带泪的桑叶。岂梁昨天扎好的草把,一夜之间已经有好多蚕爬了上去,它们停止了结丝,怅然地俯瞰主人采摘的最后一匾桑叶,怀念着春天匾里的生活。碧奴把空筐子挂在木梁上,木梁上沁出水珠来,她看见岂梁的小袄也搭在木梁上,散发着微微的汗味,岂梁的一只草鞋落在蚕室门口,另一只却怎么也找不见了。

碧奴一步一步地离开了蚕室,去找岂梁的另一只草鞋,从黄昏找到黑夜,不见它的踪影。碧奴不听旁人的劝阻,她坚信是暮色把另一只草鞋藏起来了。第二天早晨她在九棵桑树下低头徘徊,从路对面冷家的桑园里扔过来一只草鞋。冷家的媳妇在那边怜悯地看着她,说,你别找了,这不是岂梁的草鞋吗?碧奴拾起草鞋,看一眼就扔回去了,说,这是谁的烂草鞋?不是我家岂梁的!冷家的媳妇对她翻白眼，气呼呼地说，你个不知好歹的女子，男人离了家，魂就不在身上了？人都走了，手不在，脚不在，裆里的东西也不在，你要两只草鞋有什么用？碧奴让她说得羞红了脸，从九棵桑树下跑到了路上，跑到路上她还是低头找，找岂梁的另一只草鞋，可是那另一只草鞋躲避着满地的阳光，不让她看见。碧奴不甘心，天天在桑园通往官道的路上走，一路走一路寻，村里人都知道她在找草鞋，他们远远地指着碧奴的身影，说碧奴的魂被岂梁带到北方去了。路上的鸡犬不明底细，碧奴一来，鸡飞狗跳，纷纷躲避那女子执拗的不断重复的脚步，而路边的杂草已经清晰地辨认出那女子悲伤的足迹，碧奴所经之处，漫过一地看不见的泪水的风暴，茂密的萱草和菖蒲虔诚地倒伏下来，向碧奴袒露自己的领地。没有草鞋，没有草鞋！

　　碧奴去找岂梁的另一只草鞋，从夏天一直找到秋天，还是没有找到。秋天的时候她在河边遇到了一个浣纱的女子，那女子说天就要冷了，孩子们的冬衣还没有着落，她恨不能长出三只手来，一只手浣纱，一只手织布，一只手缝衣。碧奴下到水里帮那女子的忙，水已经冷了，纱线在水里柔软地漂浮开来，碧奴双手握满温暖的白纱，看见的是岂梁在秋风中光裸的脊梁。她说，天说冷就冷了，听说大燕岭那边管人吃饭，不知道管不管人穿衣？我家岂梁夏天就走了，走的时候还光着脊梁呢！

浣纱浣出了碧奴最大的心事，入秋以后路上便看不见碧奴的身影了。桃村的人们听说碧奴不再寻找草鞋，他们以为一颗出走的灵魂又回到了桃村的生活圈内。女人们来到碧奴的地屋内，一方面是要与碧奴交流独守空房的心得，另一方面也是探听虚实，她们火眼金睛，看得出碧奴洒在灶边铺上的泪痕，她们的鼻子闻到了满屋子泪水苦涩的气味。从草秸屋顶上落下来一颗豆大的水珠子，打在一个女人的脸上，那女人抹了抹脸，惊叹道，我的娘，碧奴的泪飞到房顶上去啦！一个女人到灶边揭开锅盖，看见冷锅里有半只南瓜，那女子尝了尝南瓜的味道，皱起眉头说，南瓜汤里也有泪水，又苦又涩！碧奴你用南瓜煮泪水呀？你这是什么吃法？碧奴站在自己的泪光里，正在收拾一只巨大的包裹，包裹里有一套手工精美镶有五彩大纹的冬袍，还有腰带，还有兔皮靴。她们都猜到那是给岂梁的包裹，谁不想给匆忙离家的男人准备一只大包裹呢？她们问碧奴那么好的冬袍要花多少钱，碧奴说不上来是多少钱，她是用桑园里九棵桑树加上三匾茧丝跟织房换的。女人们惊叫起来，说碧奴你把九棵桑树三匾茧丝换了，以后怎么过日子？碧奴说，岂梁不在，这日子过也罢，不过也罢。女人们又问碧奴，你准备了这么好的包裹，让谁捎到大燕岭去呢？碧奴说，没人捎去，我自己送过去。女人们以为碧奴糊涂了，不知道大燕岭在千里之外。碧奴说，有马骑马，有驴骑驴，没有马没有驴就走着去，牲畜能走那么远的路，人不比牲畜强？怎么就不能走一千里路呢？

女人们都哑口无言，她们纷纷捂着胸口从碧奴家逃出来，站得远远的，回头看着那地屋里不停晃动的人影。有的女子感到莫名的沮丧，说，虽说不找岂梁的草鞋了，她的魂还是没回来！有的女子很嫉妒，又不屑于嫉妒，就阴阳怪气地说，一千里路送冬衣？天底下就她一个女子知道疼丈夫！有的女子一时说不清楚是受到了情感的打击，还是被碧奴的哪句话刺痛了心，出来以后就嚷嚷头痛，为了驱除精神和身体的双重不适，那女子带头朝碧奴的地屋啐了几口唾沫，其他人便效仿她，一起对着碧奴的身影呸呸地啐起来。她们的声音引来了满村的狗吠，那天夜里狗都对着碧奴的地屋叫起来，孩子们要从铺上爬起来，小脑袋被大人们摁回草堆里。大人们对孩子说，狗不是吠我们家，是吠碧奴家，岂梁一走，碧奴的魂就丢啦！

青 蛙

Frog

碧奴去板桥雇马,板桥的牲畜市场却消失不见了。秋天的河水漫上来,浸没了马贩子们临时搭建的船桥。沿河的草棚子里空空荡荡的,所有草料和牲畜的气味都随风飘散,只有满地歪斜的木桩绝望地等待着马匹的归来,但看起来所有的马都一去不返了,它们迷惘地跟随野蛮的新主人,奔驰在通往北方的路上。

水和杂草联合收复了河边的土地,劫掠过后的青云郡湿润而凄凉。碧奴站在河边,记起那些半裸的贩马人是怎样牵着马在河边饮水,一边对着远处水田里的农妇一声声地喊,姐姐姐姐,买我的马吧。碧奴现在要雇一匹马,可那些来自西域或云南的马贩子一个也不见了,她只看见被他们遗弃在棚外的一口大瓮,缺了口,盛了一半的雨水、一半的草灰,瓮口上站了一只乌鸦。

碧奴提着她的蓝底粉花夹袍在河边走,河边野菊盛开,一只青蛙从水里跳上来,莫名其妙地追随着她往前跳。碧奴站住了看那只青蛙,说,你跟着我有什么用,你又不是马,也不是一头驴,去,去,去,回到水里去!青蛙跳回到水里去,轻盈地落在河边的木筏上,那木筏不知被谁砍去了一半,剩下的部分已经腐烂,并且长出了灰绿色的苔藓,正好做了青蛙的家。碧奴记得夏天的时候一个盲妇人划着那木筏顺流而下,她头戴草笠,身穿山地女子喜爱的玄色上衣，沿途叫唤着什么人的名字，谁也听不懂她的北部山地口音，她像一只黑色的鹭鸶生活在水上，从不上岸。后来那些到河边采莲的人先弄清楚了，盲妇人是在沿河寻找她的儿子。没有人看见过她的儿子，青云郡几乎所有成年男丁都被征往北方了。谁会是她的儿子？有人试图告诉盲妇人，要找儿子不应溯河而下，应该弃筏北上；还有人告诉她，秋天的第一场洪水快要来了，河上充满了危险，可是不知是由于语言不通，还是盲妇人无法离开她的木筏，她仍然固执地乘筏而下，对着河两岸的村庄叫唤她儿子的名字，白天和黑夜，对于盲妇人来说没有分别，有时三更半夜，那尖厉而凄凉的声音便在河边回荡了。河边是乌鸦和白鹤的家，那只木筏闯入它们的家园，乌鸦在树上心烦意乱，白鹤在河滩上无法入眠。面对不速之客，乌鸦与白鹤难得地结了盟，在月光下它们从河两岸冲向水面，一齐对着盲妇人的木筏狂鸣不已，可是群鸟夹河而攻的声音也不能压制盲妇人的叫唤，木筏上的呼唤声听上去像第三种尖锐的鸟鸣。于是，河边的人们在黎明之前就被惊醒，他们在黑暗中聆听河上的声音，感到一种难以言说的不安，那令人惊恐的声音预示着末日的迫近。果然，秋天的洪水提前下来了，人们说是盲妇人把第一场洪水叫来了，洪水退后河边的人们看见了那只木筏，木筏只剩下半截，浮在辽阔的河面上。人去筏空，那木筏上的盲妇人，已经像一滴水一样消失在河中了。

那山地女子留下的半截木筏浮在河边，看上去像是盲妇人做了半个噩梦，另一半梦留给了青蛙。碧奴没有料到在板桥等候她的不是马贩子，不是马，而是一只青蛙。也许青蛙等候很久了，它在岸上岸下倾听碧奴的脚步，后来碧奴离开板桥，青蛙竟然跟着她在通往村庄的路上跳。青蛙的来历和身份让碧奴感到害怕，会不会是那个盲妇人变的呢？青云郡的女子都有各自的前身后世，也有从水边来的。王结的哑巴母亲是一棵菖蒲，临死前自己往河边的菖蒲丛里爬，王结追到河边，他母亲的人影已经不见了，王结分不清哪棵菖蒲是他母亲变的，于是每年清明都到河边，向所有的菖蒲一起拜祭。村西的兰娘貌如天仙，就是走路蟹行，很难看，大家知道她是一只螃蟹变的，她难产而死的时候嘴里吐出好多泡沫，碧奴是亲眼看见的，村里人还说兰娘舍不下她的婴儿，变成了一只螃蟹留在家里，怕自己的样子吓着婴儿，就天天躲在水缸后。碧奴想，兰娘变了螃蟹，那沿河寻子的盲妇人，会不会变成了一只青蛙呢？她回头仔细地看了看青蛙的眼睛，这一看受了惊，那青蛙的眼睛状如白色的珠粒，纯净却没有光泽，果然是瞎的！

碧奴提着袍子狂奔起来，嘴里惊叫着：是她，是她，是她变了青蛙！四周空旷无人，除了满地荒草，没有人听见碧奴揭露一只青蛙诡秘的身份。碧奴奔跑的时候依稀听见风从河畔追来，带来了那山地女子沿河叫子的声音，更奇异的是那含混的声音突然清晰了好多——岂梁，岂梁！碧奴怀疑自己的耳朵，慌张的脚步慢慢地停顿了，在一棵桑树下碧奴站住了，她连兰娘张牙舞爪的蟹魂都不怕，还怕一个可怜的蛙魂吗？她不怕，她要问一问那山地女子，你儿子叫什么名字？青蛙疲惫地跳过来，毕竟是一只青蛙，它的盲眼保留了山地女子的悲伤，闭合的嘴巴却对亡魂的遭遇一言不发。你儿子叫什么？他也叫岂梁？我问你呢，你儿子到底叫什么名字？碧奴在桑树下耐心地等了很久，最终确定青蛙无法回答这个简单的问题。村里人说那些常年生活在高山山地的人，连个正经名字也没有，他们不是叫个二三六什么的，就是叫个动物的名字，叫个茅草的名字，她儿子不叫岂梁。也许是消除了紧张，碧奴长长地叹了口气，叉着腰对青蛙说，不说就不说，不说我也知道你的心思，你是把我当木筏了，要跟着我去寻儿子！碧奴说，你倒是消息灵通呀，磨盘庄的人都不知道我要去大燕岭，你个青蛙倒知道了，我家岂梁是在那儿修长城，一去千里路，雇不到马我也去，你怎么去？

这样跳着去，小心把你的腿跳断了！

她原来想好了的，如果没有马，如果她积攒的刀币雇不起一匹马，她就雇一头驴，可是驴也没有，板桥的牲畜市场只剩下一只乌鸦，还有这只不召自来的青蛙，青蛙有什么用？她又不能骑在青蛙背上去北方。河那边的柴村有好多女巫，自称神游过遥远的北方。有一个女巫宣称她使用乌鸦的羽毛辨别方向，每天夜里都在繁华的北方三城旅行；还有一个女巫趁去首都的进贡马车路过北山，偷偷地把自己的一丝头发粘在礼奁上，结果白天都可以看见长寿宫里的人们饮酒吃肉的情景。碧奴带着礼物去探访过柴村女巫，告诉她们北上寻夫的计划，她急切地想知道，如何赶在冬天以前把寒衣送到岂梁手里，女巫们巧妙地避开这个话题，她们检查了碧奴的舌头，还绞了她一绺头发，用火钳夹着放在火上烧。猜不出她们看见的是什么，女巫们跪坐在一张草席上，不停地把一堆雪白的龟甲放进泥罐，放进去再倒出来，嘴里念着咒语。碧奴从她们枯瘦的脸上看见了一半恐惧一半欣喜的表情，她们说，你别去，去了你就回不来了，你会病死在路上。碧奴说，是死在去的路上，还是回来的路上？女巫们眨巴着眼睛，一边观察龟甲的排列图形，一边反问碧奴，你不怕死？你是要死在回来的路上？碧奴点头，说，我把寒衣送到岂梁手里，死也不冤枉了。柴村的女巫们从来没有遇见过碧奴这样的女子，她们用一种谴责的目光注视着她，说，什么男人的冬衣抵得上你的命？碧奴说，我家岂梁的冬衣抵得上我一条命。女巫们就都沉默了，最后她们又把龟甲放在泥罐里摇了一气，龟甲散出来，是一匹马的形状，她们说，你既然不惜命就赶紧上路吧，骑马去，你就可以死在马背上了，记得一定要雇一匹青云马，青云马可以带你回家。

早晨碧奴去板桥的时候路过河边，遇见了放猪的老猪倌粟德，他惊愕地瞪着碧奴，你去板桥雇马？别做梦了，织房的乔家兄弟那么有钱，也雇不上马，青云郡没剩下几匹马了，轮上一万年也轮不到你雇！碧奴不信，她的记忆停留在春夏之交，那时候岂梁和她去桂城送茧丝曾经路过板桥，那时候板桥的牲畜市场上有那么多的马。正午时分碧奴从板桥空手而归，在河边又撞见了粟德和他的猪。粟德看见她就得意地笑，说，我没骗你吧，那些马贩子夏天也被抓了丁，现在是人是鬼都难说，哪儿有什么马雇给你？你不是卖了桑树卖了蚕茧吗，有钱不如雇我的猪，我教你骑猪，干脆你来雇我的猪吧。

碧奴没有搭理饶舌的老猪倌。她一脸愁容，领着青蛙从粟德的猪群里穿过去，对于板桥之行徒劳的奔波，她只是发出了一声叹息，岂梁不在了，什么都不在了！

青云郡的秋天多云，脆弱的云朵也在向北方涌动，云下面是逶迤的山冈和荒芜的桑田。碧奴无数次梦见过岂梁从北山上下来的情景，醒来之后她钻出地屋，在晨曦初露的山冈上，她仍然能看见梦境，银色的织女星在东北方的天空中为岂梁指引着回家的路。她对别人埋怨说早晨就看见岂梁从山冈上往下走，怎么太阳落了山他还在山冈上走，怎么还没下来？别人说你千万别这么想了，你做了噩梦了，岂梁如果早晨从那山上下来，晚上恐怕就人头落地了。他们说所有从北方逃回来的青云郡劳役，后来都被拖回北山了。捕吏们在山后挖了一个巨大的土坑，随时活埋那些逃跑的劳役。他们还说，这么多的人肥埋下去，明年山坡上的桑树不知道长得会有多茂盛呢。

岂梁曾经告诉碧奴，翻过那些山冈，一直向北，穿越七郡十八县，便能走到大燕岭去，但是他从来没有告诉过碧奴，一个人翻山越岭走到大燕岭，要花多长时间。碧奴沿着河边往村里走，一边走一边看着远处的山冈，越看山越远。她不知道青云郡为什么会有那么多山，她也不知道看不见山的地方，世界会是什么样子。村里有好多人到过平原地区，他们怀着嫉妒心说起平原地区的繁荣和富庶，并非那里的人有三头六臂，一切都是一马平川带来的福运。碧奴从来没见过平原,人们对平原的描述令她感到眩晕,然后她突然想起柴村女巫的预言,雇不到青云马,她将如何病死在平原上?谁来带她回家?她是死在平原的桑田里还是水渠边,还是死在车马辚辚的官道上?平原上的人们种不种桑树,种不种葫芦?如果没有葫芦,也没有人带葫芦回家,她死后岂不是变成一个孤魂野鬼吗?

回家的路上碧奴陡生烦恼。在村口她带着青蛙拐了个弯,往九棵桑树下走。九棵桑树都被大水淹了,看上去仍然镇定自若,像是天生栽在水里的。看见了吗,多好的九棵桑树,被水淹了,还长得那么好!她对青蛙说,九棵桑树,喂了多少蚕宝宝的肚子,现在都是别人的了!趟着水走到一棵最大的桑树下,碧奴站住了,指着缠绕着桑树的葫芦藤,对青蛙说,看见了吗,我和岂梁,一个是桑树,一个是葫芦,还不如你呢,青蛙有腿,哪儿都能去,我和岂梁,要有地方安顿的,到了北方,也不知道那边的土长不长桑树结不结葫芦,还不知道有没有安顿我们的地方呢!

碧奴站在桑树下,最后一次打量九棵桑树的枝条,看见桑树她便看见了岂梁。站在桑树下,她便可以在日落时分凭空看见清晨洗脸的岂梁,可以在秋天看见冬天的岂梁。她雇不到马,可她看见岂梁骑着一匹高大的青云马从北山下来，穿着她送去的那套崭新的冬袍，多么英俊多么威武，桃村出去的男人谁会比他穿得更好？东村织匠手制的青布棉袍，来自海陵郡的锦面麻鞋，还有那条用半斗米换来的凤鸟彩纹腰带，那腰带还配了一个镶玉带钩，愿意挂什么就挂什么。

碧奴从桑树上摘下了一只葫芦。摘葫芦的时候她的手上流出了一摊泪，桑树枝和葫芦藤也哭了，湿漉漉地纠缠她的手。葫芦离开桑树的怀抱，就像碧奴离开岂梁的怀抱，藤不舍得，树不舍得，人更不舍得。可是碧奴知道不舍得也要摘了，她必须提前安顿自己的来生。柴村的女巫已经为碧奴算出了人间最离奇的命运，自己也被那黑暗的卦运吓得浑身颤抖。你是葫芦变的，不该随便出远门！她们用惊恐的语调告诫碧奴，天下黄土哪儿都埋人，偏偏没有你碧奴的坟！你如果死在外乡，魂灵也变成一只葫芦，扔在路上让别人捡，捡去剖两半，一只在东家，一只在西家，扔到水缸里，做舀水的水瓢！

桃 村

Peach Village

桃村满地泥泞，村庄笨拙的线条半隐半现。尽管洪水一天天地消退了，青云郡独有的圆形地屋从水中探出半个脑袋，怀着劫后余生的喜悦，向高处搜寻它们的主人，但人们还是怕水，不肯离开临时栖居的坡地。他们在坡地上结庐而居，已经很长时间了，被水折磨的人，脸上渐渐露出水一样浑浊的表情，他们和大量的蚕匾、陶器、农具以及少量的猪羊一齐黑压压地站在高处，等待着什么。其实，他们并不清楚是在等待退水还是等待时间的流失。时间现在浸在水里，大水一退时间会转移到桑树的叶子上，转移到白蚕的身体上，桃村将恢复桃村固有的生活。

坡上的人们看见碧奴抱着一只葫芦回来了，身后跟着一只青蛙，看见她回来他们便哄笑起来，碧奴碧奴，怎么抱着个葫芦，你雇的马呢？怎么带了只青蛙回家？

碧奴已经习惯了乡亲们的嘲笑，那只青蛙却受不了男孩子恶意的态度，它在许多树枝的袭击下匆匆地逃到水洼里去了，剩下碧奴一个人，一个人往她的地屋走。碧奴一手提起被水打湿的袍裾，一手怀抱葫芦，坦然地从坡上走过，就像经过一排愚蠢的桑树。她感觉到年轻女子们的目光尤其尖刻和恶毒，秋天以后桃村的女人们不再像从前那样亲密无间了，男人们纷纷去了北方，留下一个寂寞的空心的村庄。对桃村的女人们来说，她们遭遇了一个艰难时世，白昼短促，黑夜却一天长于一天，白天黑夜各有各的煎熬，有的可以诉说，有的说不出口，只好埋在心里。这份煎熬首先改变了她们引以为骄傲的桃村女子清秀的容颜，秋天以后所有已婚女子都得了奇怪的黑眼圈病，颧骨高耸，眼睛无光，几个哺乳期女子的乳房里甚至流出了灰绿色的乳汁，遭到了婴儿的拒哺，在婴儿们饥饿的啼哭声中，头疼病也悄悄在女人们中蔓延，女人们的美貌像落叶一样无情地凋零。她们朴素善良的心也改变了，针对他人的咒骂声在坡地上此起彼伏，无端的嫉恨和敌意弥漫在桃村的空气里。

碧奴习惯了孤立，所有的桃村女人都用一种冰冷的目光审问她，蘑菇变的女子锦衣，锅灰里钻出来的祁娘，她们的丈夫与岂梁同一天被押走，可是她们不愿意与她结伴北上，也许她们害怕柴村女巫的预言，害怕死在寻夫的路上，她们害怕早早地变回一颗蘑菇、一撮草灰。碧奴不怕，碧奴从葫芦架上摘下最后一只葫芦，带回家了。她要挑选一个好地方，埋好葫芦，埋好自己。碧奴的无畏反过来质疑了锦衣和祁娘她们对丈夫的贞洁和爱，无意的质疑惹恼了她们，所以碧奴走过祁娘的棚子时，祁娘追出来，在她身后啐了一口，碧奴走过锦衣身边时对她笑了笑，锦衣却凶恶地瞪了她一眼，骂道，疯女子，谁要你对我笑？

碧奴顾不上别人的恨，因为别人的恨无法匹敌她对岂梁的爱。她回到自己的地屋里，准备清洗葫芦，打开水缸，缸里的水瓢不见了，碧奴在地屋里喊道，谁拿了我的水瓢？外边有人说，你的水瓢让猪倌粟德拿走啦，粟德说反正你要去大燕岭了，你的水瓢给他用，过两天回地屋去，好多一个水瓢舀水！碧奴说，他倒聪明，怎么没把我的水缸也搬走？外面的人又说，你不是摘了葫芦回来吗，剖开来，挖了肉，又是两个水瓢！碧奴没有解释她手里最后一只葫芦的用途，解释也没用，他们会嘲笑她的，埋了葫芦你就得救了？你还是死无葬身之地！她弯腰检查水缸后面的南瓜，发现五个南瓜只剩下两个了，碧奴又叫起来，是谁呀，怎么把我的南瓜也偷走了？外面的人说，你别说得那么难听，什么叫偷？反正你就要走了，吃不了那么多，带也带不走，不如给了别人！碧奴在里面安静下来，过了一会儿她把剩下的两只南瓜也搬到外面来了，说，不如我自己搬出来，省得你们惦记我的东西，这是岂梁种的南瓜，青云郡最肥最甜的南瓜，谁吃都行，记得是岂梁种的南瓜就行！

　　碧奴送掉了最后两只南瓜，开始跪在水缸里洗葫芦。她的远房侄子小琢，一个头上长满疥癣的男孩突然闯进来，对着她的背影大吼一声，疯女子，你在干什么？碧奴说，我在洗葫芦。小琢说，我知道你在洗葫芦，摘下葫芦都要剖两半，扔到水缸里去做水瓢，你洗它干什么？碧奴说，别的葫芦都给你们剖两半了，这只不剖了，这只不做水瓢！小琢叫起来，凭什么别的葫芦都剖开，这只不让剖，它是葫芦王吗？碧奴说，小琢你忘了姑姑是葫芦变的？你没听说我这次去北方会死在路上？我要是死了，不想分成两半漂在人家的水缸里呀，我得把自己洗干净了，埋个囫囵身子在桃村，埋好了我就可以安心走了，也省得以后再让岂梁费那个心思！

碧奴合理地用光了家里的最后半缸水，先洗葫芦，洗好了葫芦再替小琢洗头，不管小琢怎么对待她，碧奴还是忍不住地疼他。她受不了小琢肮脏的脑袋，还有他头发上散发的酸臭气味。小琢的头发又脏又长，洗了他的头发后水不够了，她就蘸着剩下的水梳了头，梳了一半她把玉簪含在嘴里，跑到外面来看天色，人人都能从碧奴严峻的脸上发现某些端倪，她要做一件什么大事情了。邻居们后来回忆碧奴在桃村最后的行踪，说她的冷静比疯狂更令人难忘，所有忙乱的足迹掩藏了碧奴罕见的心机，一只葫芦的落葬仪式，竟然举行得如此严谨如此隆重。他们看见碧奴的头发乌云似地铺开来，一路滴着水，她领着小琢在坡上走，手里抱着那葫芦，葫芦郑重其事地穿戴了一番，上端蒙了一块半旧的丝绢，下面则系了一个红色的线坠子。

小琢注意到了村里人讥笑的目光，他被碧奴抓着手走，脸上明显有一种羞耻的表情，一路走一路喊，疯女子，你到底要把葫芦埋在哪里?

碧奴站在坡上眺望北山,北山上有碧奴父母的坟茔,她对小琢说,我多想把葫芦埋在父母身边,可我嫁了岂梁就是岂梁的人,姜家的坟茔我去不了啦。

去不了你还望着北山干什么,走,把你埋到岂梁家的祖坟里去!

岂梁是孤儿,跟你一样,他还不如你,桃村没有他家的祖坟。

三多家有祖坟,把你埋到三多家的祖坟里去!

三多不是个好人,他活着时都不肯给岂梁吃一顿饱饭,他家的祖坟我不去。

这儿不去那儿不去,你还能去哪里?小琢不耐烦地叫起来,随便找个地方吧,反正是埋葫芦,又不是埋你!

碧奴说,埋葫芦就是埋我,我得找个好一点的地方,还得有棵树,好让葫芦藤爬上去。人在地上受苦也罢了,到了地下就不该受委屈了,这坡上地势好,又高又干燥,天天见太阳,就是人来人往的不好,遇到个缺德的人,会把葫芦挖出来做水瓢的。

小琢说,坡上不好,那就埋半坡上去。

碧奴有点犹豫,抱着葫芦往坡下看了又看,说,半坡也不好,那猪倌粟德最喜欢把猪放到半坡上,万一猪把葫芦拱出来，那贪心的老粟德肯定把葫芦带回家，剖了做水瓢。

小琢一下就没耐心了，这儿也不好那儿也不好，他威胁碧奴道，干脆别埋了，扔谁家水缸里去，你没听见他们说吗，葫芦就应该剖两半，扔到水缸里去！

碧奴一赌气就推开了小琢，小琢还想偷偷把葫芦上的红线坠子拽走呢，让碧奴发现了，打掉了那只顺手牵羊的手。碧奴有点怨，尽管她把小琢看成她在桃村最后一个亲人，小琢却不这么想。他一直听信村里人的谣言，认为碧奴的魂被岂梁带走了，他天天来吃碧奴烙的南瓜饼，吃完了就在门口啐三口唾沫，说是怕吃了碧奴的饼泻肚子，用三口唾沫避邪。

碧奴后来一个人在坡上走，走到老柳树下她又看见了那只青蛙。小琢一走青蛙就来了，青蛙胆怯地伏在柳树下，怀着人的心事。青蛙一来碧奴便看见那个死于洪水的山地女子憔悴的身影，她穿黑色上衣头戴草笠，蹲在柳树下等她，是那个女子的幽魂在等她。碧奴看得见那个幽魂，伤心人最知伤心事，她替那个山地妇人伤心，活着的时候不听人劝，就知道在木筏上沿河寻子，死了变成青蛙，倒知道一个盲人寻儿不易，要找人结伴往北方去了。碧奴看见青蛙也替自己伤心，村里那么多恩爱夫妻呢，丈夫一走，女的都流泪，可她们流几天泪就开始盘算别的了，盘算自己和孩子的冬衣，盘算口粮。锦衣那么爱她的丈夫树呢，可她说，树是一个大男人，光着就光着，冻不死他的！祁娘平时那么疼商英，可是碧奴去动员她同行的时候被她推出了门，祁娘说，商英巴不得去筑长城呢，他一走倒轻松了，光吃不做的老爹老娘，还有天下最懒的小姑子，一大家人都丢给我养呀，我还给他送包裹去？送块屎粑粑去吧！

　　桃村的妇人像躲避瘟神一样躲避碧奴的游说。就是天上的大雁南来北往都排了雁阵飞，赶远路的人都要找人结伴的，可碧奴从夏天找到秋天，一个同伴也没有找到，倒是一只青蛙，打它也打不跑，一心要与碧奴结伴。

　　碧奴对青蛙说，你倒是性急，我还没埋好葫芦，怎么上路？你是青蛙，还到处跳着找儿子呢，我没你命好，死了变葫芦，我要不把自己埋好了，会让人捡去剖了做水瓢的！

　　青蛙仍然伏在树下，它在倾听碧奴焦灼的脚步。碧奴抱着葫芦围着柳树转，看看东边，东边是下坡，坡下还积了一片水，几棵树的树身都浸在水里；看看西边，西边地势高，坡上有棵老刺柏，树梢上还有一抹吉祥的晚霞。可不知道是谁把一群羊放在树下吃草，就算把羊赶走了，那地方也不合适，村里人一眼就看见她了，看见她就看见了葫芦坟。这么大个桃村,埋个葫芦也不容易!碧奴最终放弃了想象中所有完美的地点,她快快地打量着眼前的柳树,对柳树说,就你吧,你不是什么庇荫祈福的树,我也不是什么荣华富贵的命,我们谁也别嫌弃谁!然后她看了看东边的槐树,又扫了一眼西边的老刺柏,说,让松树柏树大槐树给别人去吧,我不稀罕,我就要这棵柳树!

而小琢已经爬上了北山,他在高处,看得见碧奴隆重而掩人耳目的葫芦葬仪,碧奴蹲在柳树下忙碌了一会儿,等她站起来,手里的葫芦不见了。小琢用双手做个喇叭,对着山下喊,快来看,碧奴下葬啦!他喊了半句声音就噎住了,是一阵山风吹到他嘴里,阻止他透露碧奴的秘密。小琢只好打着嗝,低头去寻止嗝的金钱草。那是小琢最后一次看见他的远房姑母碧奴。人人都听说了柴村女巫的预言,碧奴将死于北上的途中,小琢也听说了。年幼的小琢是个熟练的殡葬者,他帮父亲埋葬过祖父,帮母亲埋葬过父亲,后来独立自主埋了母亲。别的孩子有兴趣埋一只葫芦,他没有,他埋惯人了。尽管这样,小琢还是关注了葫芦的葬仪,他认为柳树下面是个好地方,选择半坡的柳树埋葬葫芦,那是小琢印象中碧奴干的唯一一件聪明事。她终于在出门的前一天葬好了葫芦,也提前把自己埋葬在故乡了。

蓝草涧

Bluegrass Ravine

蓝草涧一带的山被过量的人迹所侵蚀，昔日陡峭的山梁变得平坦而单薄，山口人烟稠密，风过处，可以闻到空气中飘散着炸糕和牛粪的气味。已经是青云郡的边疆地区了，离山口三十里地，就是传说中的青云关，出了青云关就是平羊郡，平羊郡是无边无际的平原和农田，他们说南下巡视的国王的车马，正在那片平原上神秘地驰骋。

碧奴终于看见了带轮子的驴车和牛车。马匹是被征往北方了，耕牛与毛驴获得了商贾贩卒的重用，它们戴上了用铜皮敲制的铃铛，被人套上了车，聚集在路边等候重物。牛和驴在蓝草涧表现各异：牛离开荒凉的农田，发出了巨大的迷茫的响鼻声；毛驴由于受到百般宠爱，其叫声显得轻佻而傲慢。一条通往山下的红土路旁搭建了无数的台状房屋，分不清其主人是贵族还是豪绅，碧奴从来没见过这样的房屋。半空中旗幌高悬，大多绘有彩色的漂亮的文字，碧奴不认识字，她问一个驴车夫，旗幌上写着什么，看得出来那车夫也不识字，他眨巴着眼睛，过了一会儿他猜出了那个字，轻蔑地斜视着碧奴，说，这字也不认识？是个钱字嘛，不是钱字是什么？这地方什么都要用钱的！

蓼蓝草犹如黄金点缀了山口地区，在兵荒马乱的时代，蓼蓝依然在此疯狂地生长，很明显，蓝草涧因为一种草而繁荣，悄然成为青云郡新兴的集镇。碧奴在路上遇见过好多带着篮筐的妇女和孩子,她以为他们也是去北方,可他们说,去北方干什么,去寻死吗?我们去蓝草涧,采草去,十筐草卖一个刀币!碧奴极目四望,看见山微微闪着蓝色的光,那些蓼蓝在阳光下确实是蓝色的,而衣衫褴褛的采草人,他们沿着溪流寻找蓼蓝草的叶子,分散的人影最后往往聚在一起,即使在山下,也可以看见采草人在山上争抢蓝草的身影,那些闪烁的怒气冲冲的人影,远远看着像一群夺食的野兽。

你也是来采蓝草的吧?怎么头上顶着个包裹,你的筐呢,你的镰刀呢?那个驴车夫头裹青帻,黑髯乱须,看不出他的年龄,他斜眼注视别人的目光,一半是邪恶,另一半却有点温暖。

我不采草。他们告诉我蓝草涧有驴车去北方。碧奴说,大哥,你的驴车去北方吗?

去北方干什么,寻死去?车夫恶狠狠地反问,他的手怕冷似的插在怀里,脚却光裸着,翘得很高。他斜着眼睛研究碧奴头上的包裹,没有得出结论,突然抬起脚来,在碧奴的身上踢了一脚,说,包裹里什么东西,打开来看看!

乡兵让我打开包裹,县兵要我打开包裹,大哥你是赶车的,怎么也要检查我的包裹呢?碧奴嘀咕着把头上的包裹取下来，没什么东西呀，她潦草地松开包裹一角，说，包裹看上去大，没有值钱东西，就放了我男人的一套冬衣，还有一只青蛙。

什么青蛙？你包裹里还带个青蛙？车夫有点惊愕，他的眼睛像灯一样亮了，把包裹都打开，什么青蛙，让我看清楚，你是黄甸人吧？人家黄甸人出门带公鸡引路，你怎么带了只青蛙？你把青蛙藏在包裹里，它怎么给你引路？

我不是黄甸人，大哥我从桃村来呀，桃村和黄甸，隔着一座北山。我的青蛙也不会引路，它还要靠我引路呢。

你还说你不是黄甸人？听你口音就是黄甸人，黄甸人到哪儿都鬼鬼祟祟的，包裹不值钱还顶在头上？你那包裹里一定有鬼！

碧奴一时不知道怎么证明她从桃村来，倒是包裹的清白容易证明。碧奴就气呼呼地抖开包裹。青蛙你出来，出来让这位大哥看看，我包裹里有什么鬼？一只青蛙没什么见不得人！又不是私盐，私盐才不让带；又不是匕首，匕首才不能放在包裹里！碧奴鼓励青蛙跳出来作证，青蛙却蜷缩在岂梁的鞋子里，它似乎习惯了鞋洞的柔软和黑暗，怎么也不肯出来。它是让吓坏了，青蛙的胆子小，一路上这个吓它那个吓它，把它怕坏了。碧奴替青蛙解释着，捧出那鞋子给车夫看：大哥，我不骗你，里面是一只青蛙，我带一只青蛙去大燕岭，犯什么法？

犯法不犯法你说了不算！车夫大声道，我看你神神鬼鬼的样子，一定是黄甸来的！我告诉你，国王已经到了平羊郡，黄甸人和蛇，统统要被消灭干净！

我不是黄甸人，是桃村人呀！这青蛙也不是蛇，大哥你看清楚，鞋里是青蛙，不是蛇！

还说你不是黄甸人？黄甸人反朝廷反了三十年了，男男女女都出来做刺客做强盗，不是黄甸的女子，谁一个人满世界走，谁把青蛙藏在鞋子里？这青蛙也危险，说不定是蛇变的！我好心才告诉你，只要你们从这山口下去，过了青云关，进了平羊郡就有你的好看了。国王最怕的是蛇，蛇怎么养也咬人，国王最恨的是黄甸人，黄甸人怎么管也管不服，天生就要谋杀国王。我给你提个醒，鹿林郡村村镇镇的草都烧过好几遍了，蛇蛋都要烧干净，跑到平羊郡的黄甸人，不管老少统统抓起来了，也是一把火，统统要被烧死！

碧奴吓了一跳，她不是黄甸人，黄甸和桃村隔了座北山，可碧奴还是让车夫吓了一跳。她在慌乱中抱着包裹往路边卖草箩的摊上走。箩摊上的人都来看碧奴的包裹，碧奴就愤愤地展开岂梁的鞋，大家都看看，这是青蛙还是蛇？明明是一只青蛙，那大哥非说它是蛇变的！那些人好奇地围观鞋里的青蛙，嘴里猜测着碧奴的来历。有个人说，带个青蛙和带一条蛇有什么区别？这女子，不是个巫婆就是个疯子！一个穿桃红色夹袍的女孩子倒是喜欢青蛙，她上来把一根手指伸到鞋里，邀请青蛙出来亮相，青蛙还是不肯离开鞋子，那女孩便偷偷地拉碧奴的袍袖，问，姐姐你为什么放一只青蛙在包裹里？碧奴一五一十地对女孩子说起了北山秋天的大水，说起了那个沿河寻子的山地女子的木筏，当碧奴强调她带的青蛙是一个寻子妇人的魂灵时，那女孩子面色惨白，呀地叫了一声，就强拉着她母亲的手逃走了。远远地碧奴听见那受惊的女孩子在问她母亲，那带青蛙的女子，是不是个疯子？做母亲的拍着女孩子的背为她压惊，说，看她的模样不是，看她包裹里那些东西，应该是个疯子吧！

在繁华的蓝草涧，碧奴尝受着一个人的荒凉。

碧奴不撒谎，可是这里的人们不相信她。她清白的身世一说出来，别人就听得疑云重重，她说她不是黄甸人，是桃村人，两个地方隔着一座山，口音也完全不一样。可是蓝草涧的人们根本不知道如何辨别桃村和黄甸的口音，他们问，那你们桃村出刺客吗？碧奴说她是桃村万岂梁的妻子，各位客官有谁见过我家岂梁吗？蓝草涧一听都笑，没有人认识万岂梁，听者怀疑地反问，万岂梁是谁？他脑门上写了名字吗？他们说去修长城的人成千上万，谁认识你家万岂梁？有好多人对她头上的包裹表现出了反常的兴趣，他们不洁的手莽撞地伸进去，肆意捏弄着岂梁的冬衣，他们说，你千里迢迢去大燕岭，就为了给你丈夫送这些东西？碧奴说，是呀，送冬衣去，不送怎么行？我家岂梁光着脊梁让抓走的！多么平常的话，他们偏偏听成了疯话和梦话。穿桃红袍子的女孩子逃走后，碧奴决定不说话了。说什么你们都不信，还不如不说话。碧奴嘀咕着，小心地扎好了包裹，她对卖箩的老汉说，不如不说话，我装哑巴你们就不会说我是疯子了，我对你们撒谎你们就相信我了。那老汉斜睨着她，鼻孔里哼了一声，说，你这样的女子，让你撒谎难，让你不说话更难！碧奴觉得那老汉看到了她的心里，却不肯示弱，她重新把包裹顶在头上，对那老汉说，装个哑巴有多难？不说话有多难，这次我下了狠心做哑巴了，谁也别来跟我说话！

那个车夫斜倚在富丽堂皇的驴车上，腿跷在空中，有意无意地挡着碧奴的去路，那半截腿从花面褥中探出来，干瘦而肮脏，却比手更具侵略性，很蛮横也很精确地戳在碧奴的臀部上。走，走哪儿去？他说，我听见你那包裹里有刀币的声音，留下买路钱再走。

碧奴羞恼地躲避着，来回推那讨厌的腿，她决定不说话了，可是人家用脚来挡她的道，她不能不说话。什么买路钱？你是拦路的强盗呀，你还总用脚！碧奴用手指在脸上刮了几下来羞辱他，说，大哥我不想开口骂人，别人的手下流，你那脚比手还下流！

车夫对碧奴冷笑了一会儿，不是要做哑巴吗，怎么又开口了？他突然把掖在怀里的双手举了起来，说，手？手有屁用，我摸女人从来不用手，你看看我的手，看看我的手在哪里？

碧奴吓了一跳，她看不见车夫的手，看见的是两根枯木一样的手臂，举在空中。两根枯木一样的手臂，炫耀着它的断裂和枯萎，手指与手掌不知所终。碧奴惊叫了一声，情急之下用手蒙住了眼睛。她蒙住眼睛，还是忍不住地问，大哥，谁把你的手砍成这样？

车夫刻意地伸展他的手，先展览左手再展览右手，你又不嫁我做媳妇，问那么清楚有屁用！他嘿嘿一笑，说，谁砍的？你猜谁砍的？你猜一辈子也猜不出来，是我自己！我自己先砍的左手，抓丁的说砍一只左手没用，那右手还能去抬石头，我就让我爹来帮我对付右手，告诉你怕吓着你，差吏在外面敲门，我在地屋里砍手，我爹在旁边帮忙，等他们把门撞开，我的手已经没有啦！

我知道你的手没有了。碧奴白着脸从指缝间打量着车夫，她说，大哥你没有了手，怎么赶驴车呢？

没有手我还有脚呢！蓝草涧谁不认识我车夫无掌？我的腿脚名震八方，就你个蠢女子，不知道我腿脚的厉害！车夫无掌的腿充满表演的欲望，它们缓缓地升起来，双脚像手掌一样严密地合拢，夹住了车绳。他回头看着碧奴，告诉你吧，我是衡明君的门客，我要没有脚赶驴车的绝技，衡明君怎么会收我做他的门客？

碧奴不理解车夫自我透露的特殊身份，她的表情仍然是惊恐，没有丝毫的钦佩或敬重。无掌有点恼，说，你眼睛瞪那么大干什么？可怜我？我可怜？可怜个屁，我要不是断了手掌，早就拉去大燕岭做苦役了。我要是留着两个手掌，练不了脚赶驴车的绝活，哪有资格去吃衡明君的门客饭！你别瞪我，看那边，赶牛车那个驼背，他是驼背都没用，人家说驼背去长城背石头正好，不用弯腰，要不是他肯塞钱给差吏，还轮不到他在蓝草涧赶牛车！

碧奴转过脸去看牛车上的驼背男人，那驼背用木耙翻弄着半车蓝草，一边偷偷地窥视碧奴和车夫无掌，不知为什么他歪着嘴笑，嘴角上的笑容有点猥亵。碧奴一看他，他放下木耙，一只手按着腹部下面，对碧奴眨巴眼睛。碧奴问无掌，他有眼病吧，怎么眼睛眨个不停呢？无掌只是笑，没说什么，那边的驼背突然放肆起来，一只手往下面滑过去，做了一个古怪的手势，嘴里喊起来，多少钱？碧奴不解地反问，什么多少钱？我又不卖蓝草。驼背干脆就用几根手指配合着，做了个更下流的手势。碧奴羞红了脸，朝他啐了一口，不解气，又啐一口。驼背说，你啐什么啐，还假正经呢，这年月一个年轻女子在外面乱跑，不干这个干哪个？

碧奴气得弯腰拿起一块石头，正要砸过去，发现石头大了，就去换了块小的，小的石块抓在手里，方向不容易瞄准，没砸到人，砸到那头牛身上了。牛没跟碧奴计较，只是甩了下尾巴，驼背车夫叫起来，你敢砸我的牛，我告诉你，要是我的牛有个三长两短，你赔不起！碧奴转过身去，气恼地用手拍打眼睛，一边说，我要像青蛙一样瞎了就好了，眼睛看见的都是这种人，要眼睛干什么？

旁边的无掌冷静地注视着她，你拍你拍，把你的眼睛拍出来！你没有眼睛怎么去大燕岭？你没有眼睛，去了大燕岭也不知道谁是你的丈夫！无掌说，你一个年轻女子走这么远的路，还背个贞节牌坊呀，一只母鸡从窝里跑出来还有公鸡追呢，何况你一个单身女子，你要眼里干净，除非去做瞎子！

碧奴在气头上，对着无掌嚷道，要是满世界都是下流男人，我情愿做瞎子！

车夫们看来也不是好人，一个把她当成刺客，一个把她当成娼妓。碧奴准备走，她要顺着山口下去，去那些有钱人的高台下看看，那边有没有好人。可就这样轻易地从一辆驴车一辆牛车旁边经过，她不甘心。她绕着无掌的驴车走，一只手留恋地在驴背上抚摸了一下。那是一头青云郡特有的长腰白驴，驴掌被钉了马蹄铁，驴屁股里正涌出一堆灰色的粪便，一群苍蝇围着驴屁股飞。碧奴好心去挥手赶苍蝇，长腰白驴却不肯接受她的善意，突然傲慢地跳了一下，回头向她咴咴地叫着，用屁股对着碧奴，又旁若无人地拉下一堆来。连蓝草涧的驴也不尊重碧奴，可是碧奴对驴充满了难以遏制的爱惜。她打量着驴子灰色的大眼，还有杂乱地缠绑在驴身上的绳辔，她说，这驴打扮得比人还花哨呢，是头好驴，就是脾气大。

你不是要做瞎子么，车夫说，你做了瞎子还盯着我的驴看？告诉你，我的驴不能白看，看一眼付一文钱！

大哥我跟你说正经的呀。碧奴对车夫说，我问你一下，买一头牛贵还是买一头驴贵？

牛贵，驴也不便宜，比买个人贵，你肯定买不起。车夫说。

碧奴怯懦地瞥了车夫一眼。我知道现在的牲口贵，买不起就不买了。她试探着问，我有九个刀币，大哥我能雇你的驴车吗？

你是抬举我呢？要雇我的驴车去北方？车夫无掌瞪着碧奴，突然气恼起来：你没有耳朵的，告诉你我是衡明君的门客呀，你没听说我还没听说过衡明君？人家是国王的亲兄弟！我哪儿有这么好的驴车？你给我弯下腰来，看看这车轴，这轮子，是你用的货色？看见这车梁上的豹印吗，这是衡明君的徽印，普天之下盖着豹印的东西都是衡明君的，连我的人也是他的，你懂不懂？不懂就转过来，看看我的袄背，看见没有，一个豹印！

碧奴转到驴车那一头，果然在无掌骄傲的后背上看见了一个圆形的豹徽。我懂，不是你的驴车你不能做主。碧奴赔着笑脸道，大哥你肯不肯带我去见衡明君，跟他说个情，让他把驴雇给我，那么好的车我也不敢用，只要这头驴，我把九个刀币都给他。

九个刀币，九个刀币，你以为怀里揣九个刀币就是富人了。无掌掩饰不住他的鄙夷之色，说，你要是身怀绝技，会飞檐走壁会喷火踩水，我就带你去见他，还能得几个赏钱；你要是能让你的青蛙向衡明君道万福，我就带你去见他，黄甸的公鸡会引路，黄甸的青蛙也该会说话，让你的青蛙去跟衡明君说话去，让你的青蛙给他磕头道万福去，我就带你进百春台。

碧奴说，大哥你的耳朵长在哪里呀？我告诉你多少遍了，我从桃村来，不是从黄甸来，这只青蛙从板桥来，也不是从黄甸来，它不会磕头，更不会说话！

不会磕头不会说话你就别去了。去了你雇不成驴，说不定衡明君看上你，把你的人也买了。这些年他买了好多女子了，长得水灵俊俏的，屁股大能生养的，手脚麻利的，针线活好的，有的买给他自己，有的买了送给门客。他喜欢什么就买什么，就是我们头上这块天割碎了卖，他也一定挑大块的买，我的主人是什么人，你现在懂啦？还敢骂我没耳朵？你自己的耳朵呢，耷拉在脑门下是喝粥用的？

碧奴先是点头，然后又摇头。大哥我没骂你没耳朵，你再怎么说我是黄甸人，我还是不是，不是就不怕。她注视着一架富贵逼人的驴车，越看驴子越高傲，越看车氅越奢华。她想象着更加富贵的车主人，怎么想头脑里也是空白，就叹口气放弃了，她说，那人家有钱有势，驴车打扮得比人还好，我就不雇他家的驴了，大哥你带我去跟那驼背说说，把他的牛车雇给我。

那个烂驼背怎么会有那么好的牛车？无掌突然吼叫

起来，他的人，他的牛车，都是乔家织室运蓝草的！你还是个女子呢，乔家织室的百花绫都没听说过？青云郡最好的特产，王公贵族每年都来买乔家的百花绫，国王也用乔家的百花绫。乔家兄弟靠手艺也封了爵啦，封了爵就能买人。那兄弟俩天天坐着，肠子不通，解手要年轻漂亮的女子在一边，替他们通屁股，你去雇他们的牛，他们兴许看上你，把你人买去，拿手指通他们的屁股！

碧奴看那车夫的唾沫愤怒地飞溅出来，有点手足无措，她说，大哥，你别出口伤人，雇不上驴就不雇了，我走路也走得到大燕岭，我就是不明白，路上的人为什么都骗我，他们都说蓝草涧有大牲口卖的。

那是你脑子笨，大牲口说的是人，不是牲口！车夫无掌对碧奴失去了耐心，他用脚夹住一条鞭绳，高高抛出去，竟然在碧奴头上甩了一个响鞭——闪开闪开，我在这儿接衡明君的新门客呢，马上人家就下山了，你别在这儿碍我的事！碧奴慌忙中跳了一下，一跳她头上的包裹便响起了金属的撞击声。车夫的眼睛炯炯闪亮，他说，你这个女子倒不骗人，也不怕遇见了小偷和强盗，我听出来了，你是有九个刀币。其实我也没骗你，去买大牲口吧，你自己往山口走，走下去你就看见人市了，要买也行要卖也行，人市上都是大牲口！

人 市

The People Market

暮色中的人市临近曲终人散，那群人仍然站在路的两边，最引人注目的是一些打扮妖娆的年轻女子，从她们艳丽烦琐的服饰来看，应该是来自青云郡的北部地区，她们统一地在前额、颧骨和嘴唇三处抹了胭脂，穿上蓝色、桃色或水绿色的花袍。那些花袍的袖口和衣摆上饰有或大或小的菱形彩纹，腰带上镶有玛瑙粒翡翠片，结成一个蝴蝶垂下来，陪同蝴蝶结垂下来的还有玉玦、银锁和香袋。她们盛装而来，也许是盛装带来了自信和优越感，从她们的脸上看不出多少乱世的悲伤。由于天色已晚，慷慨的买主仍然不见人影，她们像群鸟归林前一样叽叽喳喳地吵嚷着什么。散落而站的是赤足戴草笠的山地女子，还有几个素衣玄服的长治郡的中年妇女，后者沉默着，以一种恰如其分的哀伤的姿态观望着路上来往的车马；而在路的另一侧，上了年纪的男人们和未及弱冠的男孩们，懒懒地盘腿坐成一排，有的晨昏颠倒，靠在别人的肩膀上睡着了。一个不安分的男孩爬到了路边的野枣树上，他努力地摇树，但野枣早被人提前采光，摇下来的都是干枯的树叶。树下有人吼起来：别摇树了，你把野枣树摇死了，以后遮阴的地方也没有，让你站在太阳地里卖，让太阳晒死你！男孩受到威胁后放弃了摇树的动作，他在树杈上坐下来，很快发现一个头顶包裹的陌生女子正从山口下来，他一下找到了新的目标，一边从怀里拉出一个木头弹弓，一边紧张地朝树下喊，又来一头大牲口啦，给我石子，快给我石子！

他们看见头顶包裹的碧奴从野枣树下走过，甚至路那边的妇女都听见石子沙沙地打在她的身上，但对碧奴来说，那样的袭击是应该承受的。她只是朝树上的男孩瞥了一眼，说，你用小石子打我也伤不到我，你爬那么高，小心掉下来，伤着你自己！男孩没有料及她的反应，那种冷静善意的反应让他觉得好笑。他快快地收起弹弓，对树下的人说，我用弹弓打她她不骂我，还担心我掉下树呢，哼，这大牲口的脑袋一定有问题。

碧奴站在土路上，树下是男人的领地，她不可停留，路那边倒是一群女子，可她们雍容的裙钗风光在萧瑟秋风中显得突兀而暧昧。她不敢轻易过去，于是碧奴就站在路上，茫然地观察着蓝草涧的人市。那些盛装的女子也在注视她，怎么把包裹顶在头上？辛辛苦苦梳出来的凤髻，也不怕压坏了？有人说，什么凤髻，是个乱髻，他们南边的女子，不肯好好梳头的！也有人专注于她的容貌和打扮，嫉妒而无知地说，南边也出美人呀？你们看她蛾眉凤眼杨柳腰的，是个美人嘛。旁边有人刻薄地补了一句，就是不知道洗脸化妆，拿灰尘当脂粉往脸上抹呢，你们看看她脸上的土，可以种菜啦。

那群盛装女子的飞短流长，碧奴不计较，是她们夹路守候的姿态让她大胆地走了过去。从桃村到蓝草涧，碧奴一直对路边聚集的女子有一种错觉，她以为她们都是等马车去大燕岭的，她以为会遇到来自他乡的寻夫女子，她们可以结伴去大燕岭。碧奴先是站到一个盛装的正在吃饼的绿衣女子身边，问，你们是在这里等马车吗？你们是去大燕岭吗？绿衣女子斜着眼睛看碧奴，嘴里嚼着饼说，什么大燕岭？这儿又不是运苦役的驿站，哪儿有马车去大燕岭？你别在这儿转悠了，趁天还没黑透，赶你的路去！碧奴说，那你们呢，你们是在等什么？你们要去哪里？绿衣女子从腰带里掏出一个荷包来，我们跟你不一样！她举着荷包在碧奴面前晃，看见没有？是针线，我们不是大牲口，我们都是女织匠，有手艺的，我们等乔家织室的马车来雇人，你站在这里干什么？碧奴听出那女子对她的歧视，她说，大姐你不可以这么说话的，大家站在这里都是没办法了，谁是大牲口？会个针线活就娇贵成那样了？我们桃村的女子从小种桑养蚕，针线活粗，可你这荷包上的丝线都是从蚕茧上拉出来的呀，我认得出来的，是我们桃村的蚕茧拉出的丝线！绿衣女子眨着眼睛打量碧奴：我们荷包里装的都是你家的丝线？你从桃村来？怪不得说话跟打雷似的！她突然得意地笑起来，我知道你是谁了，他们说桃村有个疯女子得了相思病，带着一只青蛙去北方寻夫，说的就是你吧！

碧奴又是一惊。她不知道关于她北上的消息传到蓝草涧，已经被路人篡改了，听起来那确实是一个疯女子的消息。她发现绿衣女子注视她的目光里开始有一种怜悯，很明显是正常人针对疯子的富于节制的怜悯，碧奴气恼地拍着头上的包裹，是谁在背后乱嚼我的舌头？我是去给自己丈夫送冬衣呀，什么叫相思病？我才没病，谁忍心让自己丈夫光着脊梁过冬，谁才是得病了！

你没病，那你快去送冬衣吧，去大燕岭那么远的路，你再不赶路大雪就要下来了，你丈夫就要冻成雪人啦！绿衣女子嗤地一笑，甩着袖子向其他女织匠那儿挤过去，然后碧奴清晰地听见了她欣喜的声音：你们没看出来？快来看，她就是桃村那疯女子呀！

交头接耳的女织匠们全部回过头来了，她们都用惊愕而好奇的目光看着碧奴，就是她，就是她！相思病，疯女子！那青蛙呢？青蛙藏在她头顶的包裹里呢。碧奴站在她们针尖一样的目光里，脸上身上都感到了说不出来的刺痛。她累得心力交瘁，没有力气去和那些女子论理，桃村也一样，一群女子在一起谁不叽喳呢，她们都喜欢说她的闲话，碧奴没有别的办法对付她们，突然想起桃村的锦衣应对流言的方法，便对着那些女子响亮地吐了一口唾沫。

路边还有其他女子，几个山地女子，沉默地站在人市一角，在暮色中就像一排树的影子。碧奴离开了盛装的女织匠，朝一个手执草笠的黑衣妇人走过去，那女子的身影让她想起了木筏上的山地女子，也让她想起包裹里的那只青蛙。她想问那女子从哪儿来，是不是从东北山地来，认识不认识一个乘木筏沿河寻子的妇人？但在这个充满敌意的人市上，碧奴对交流失去了信心，她决定不说话，什么都不问，我不问你，你也别来问我。碧奴沉默着站在那里，和山地女子们站在一起，站在一起等过路的车马。那黑衣妇人放下掩面的草笠，露出一张浮肿的灰暗的面孔，她一说话嘴里散发出一股鱼腥草的气味。你不应该站到她们那儿去，老的，丑的，病病歪歪的，没有手艺的，应该站在我们这儿。那女子神情木然地打量碧奴头顶上的包裹，说，你比我们强，头上还顶个大包裹呢，我们什么都没有，只好站在这里等，我们不等织室的马车，有人肯把我们买去拉套犁地就好，大牲口说的就是我们呀，可没人要买我们山地女子，做大牲口都不行，嫌我们丑，嫌我们笨，我们等不到马车的，我们是在这里等死呢，你要是也等死，就跟我们在一起。

蓝草涧人市并没有碧奴的位置，她不能站在女织匠那边，也不想站在山地女子这边了，她听出黑衣女子绝望的话语不是挽留，更多的是拒绝。碧奴为自己感到心酸，连山地女子这边也无容身之处，这样一来她只好站在路的中央了。

碧奴惘然地站在路的中央，和其他人一起等，等。他们守望着路过人市的最后的车马。蓝草涧的天空正在慢慢地暗下来，山口吹来的风有点冷了，大路上偶尔会过去一辆车，两边的人群便随之躁动起来，女织匠们掸衣整发，举起五颜六色的荷包，仪态还算保持了一点矜持。对面的男孩子干脆就跑过去拉拽着车辕，他们想直接爬上车去，被赶车人的鞭子打回来了。赶车人说，不买人了，今天不买人！那些自卑的山地女子们在后面怯怯地追上去，大声问，大牲口要不要？不拿工钱，管饭就行！车上的人回答道，不要不要，不要大牲口，光管饭也不行！

碧奴顶着个包裹在路上躲闪着车马，她孤单窘迫的身影再次引起了树下那些男孩的注意，他们朝碧奴头上的包裹指指戳戳，说，去看看，包裹里有没有一只青蛙？另一个粗哑的声音听起来是属于某个老年男子的：看什么青蛙，去看看那包裹里有没有刀币？碧奴感到暮色中的这个人市有点险恶，路的中央依然不是她适宜停留的地方，她准备回到路的左边去。野枣树沙沙地摇晃了一阵，那个藏弹弓的男孩从树上跳下来了，还有一个男孩也站了起来，向碧奴追过来。碧奴大叫一声，说，你们要做强盗？小心官府把你们绑走！男孩们一时怔在那里，那个老年男子的声音又阴险地响起来，绑走就绑走，绑到牢里有饭吃，比在这里饿死好！他们受到了明确的鼓励，一个男孩鹦鹉学舌道，绑走就绑走，绑走有饭吃！另一个学着强盗的口气说，留下买路钱再走！他们像两头野兽一样朝碧奴撞过来。碧奴尖叫起来，她向那边的盛装女子们求援道，他们明火执仗呢，你们就这样看热闹？盛装女子们漠然地看着碧奴，一个蓝衣女子指着路那边说，孩子他爷爷就坐在那儿呢，他都不肯管，关我们什么事？碧奴转而去抓一个山地女子的衣袖，那女子慌忙抽着自己的袖子说，别抓我，你快跑呀，也怪你自己，带着那么大个包裹还站到人市来！碧奴走投无路地奔逃着，突然就迁怒于包裹里那只青蛙了，她一边奔跑一边拍打包裹，你还不出来，还不出来？我要是带条狗还能帮我，带了你你叫都不叫一声，带着你有什么用！

　　青蛙也许是被碧奴从包裹里拍出来的，也许是自己跳出来的。路两边的人们惊愕地看见碧奴头上银光一闪，那只传说中的青蛙像一个从天而降的神迹，悄然匍匐在碧奴的头上，准确地说是伏在那只包裹上。蓝草涧一带暮色浓重，他们本来看不清楚那包裹上的青蛙，可是令人惊叹的是青蛙双眼紧闭，眼睛周围闪烁着一圈银白色的泪珠，从来没有人见过青蛙的泪水，那泪水是银白色的，照亮了自己忧伤的黑绿斑纹，也照亮了它的主人碧奴苍白愤怒的脸。

　　是毒蟾，别去碰它，会瞎眼睛的！路那边响起了老年男子惊慌的声音,别去惹那女子,她一定是个女巫。

碧奴看见了两个男孩惊骇的眼睛,他们开始后退,带弹弓的男孩尖声说,青蛙是瞎的,一只瞎青蛙,它怎么会哭?另一个拽着他往树下跑,爷爷说了,那不是青蛙,是一只毒蟾!带弹弓的男孩说,这女子为什么带一只毒蟾?另一个叫起来,爷爷说了,她是女巫,快跑!他们撒腿就往野枣树下跑去。碧奴悲喜交加,她来不及取下包裹看她的青蛙如何哭泣,对着两个男孩的背影喊,我就是女巫!我就带了只毒蟾!路上遇见你们这些人,我不是女巫怎么办,我不带毒蟾怎么赶路?

在蓝草涧的人市上,碧奴依靠一只流泪的青蛙获得了尊严,尽管那是一种意外的女巫的尊严。碧奴在暮色中拾掇包裹的身影也散发出一丝神秘的气息,那边的盛装女子先向她悄悄地围过来,然后山地女子们也面露愧疚之色,亲热地站到了碧奴身后。人市上的妇孺老小像一群旱地上的鱼游向一口泉眼一样,游向碧奴,怀着鱼对水天然的尊敬。他们是来向她打听自己的命运来了,碧奴起初有点慌张,她想脱身,可是转念一想涌过来的都是穷人,都是可怜人,她的命运也是他们的命运。锦衣玉食的富贵命,碧奴不懂,饥寒交迫的穷命苦命,她是说得清楚的,龙凤投胎的人,碧奴一个都没见过,从水里土里钻出来的贫贱之人,碧奴见得多了,预知贫贱的命运有什么难的？碧奴想到这儿就壮起了胆子，她挑了个干净的地方放好岂梁的鞋子，再把青蛙安顿在岂梁的鞋子里，自己模仿柴村的女巫，在地上画了一个圈，盘腿在圈里坐下了。

绿衣女子向碧奴献出了她没吃光的半块饼，屈膝行了礼，说，看不出来你是个女巫呀，我丈夫也是夏天被拉到大燕岭去的，一去就没音讯，你给我占个卜，问问你的青蛙，看看他还活着吧？

碧奴瞥了一眼绿衣女子华美的服饰，在她缀满珍珠玛瑙的腰带上抓了一下，说，你穿得这么好，你丈夫光着脊梁，等到北风一起，你丈夫恐怕就会死的。

他会被冻死？众女子齐声叫起来。

碧奴说，不，青蛙说了，他是心酸而死！

绿衣女子惊声道，那我该怎么办？

你回家去呀，回家把你丈夫最暖和的冬衣找出来，明天趁着太阳好，放到太阳地里晒一晒，晒好了就可以送到大燕岭去啦。

绿衣女子瞥了一眼鞋子里的青蛙，羞惭地垂下头，说，哪儿还有他的冬衣？让我换了一袋谷子啦。我不能跟你比，你是女巫，见山翻山，见水趟水，我走不了那么远的路，我身子骨弱，我去一定会死在路上的。

你怕死在路上,就不怕你丈夫活活冻死?

绿衣女子被问住了,过了一会儿为自己申辩道,他的日子苦,我自己的日子也不好过呀,有手艺也没用,还不是在这儿等死吗?反正我前世是一只蝴蝶,等我死了就变回一只蝴蝶,再飞到大燕岭去看他吧。

一个白胡子老汉佝偻着身子过来,献给碧奴一颗酸枣。他呼呼地喘着粗气,我儿子下山卖柴的时候被捕吏抓走了,村里人诬赖我儿子呀,说他偷了人家的羊才被抓的,我到县上的公堂去,让人打出来了。衙门里的人说就是我儿子偷羊,也没空抓他,女巫大姐给我问问你的青蛙,我儿子到底犯了什么事,到底被抓到什么地方去了?

碧奴告诉他,你儿子什么事也没犯,他一定是被抓到大燕岭去修长城了,修长城是世上最苦最累的活,青云郡的男子是世上最不怕苦最不怕累的人,所以他们都去了大燕岭。

那老汉脸上先是露出了一丝欣慰之色,随后他忧心忡忡地打听,从蓝草涧去大燕岭,还要走多少天?

碧奴说,青蛙说靠两只脚走,大约要走到冬天才能到。

老汉一下就绝望了,他说,那我也去不了啦,走个几十里我就跟你一起去了,我一走路就喘呀,那么远的路不能走。我要是再年轻个十岁,喘死也要去大燕岭,去替下我儿子,可我快入土了,只好守在这里,熬一天是一天。等我儿子从身边走过，恐怕我已经在坟里了，儿子从坟上走过，我都看不见！

大燕岭三个字像燧石一样擦亮了众人的眼睛，但所有的火花纷纷随风熄灭。除了碧奴，没人要去大燕岭，即使是青蛙神秘的眼泪也无法说服人们随她北上。他们情愿在路边等候。除了等候，那些倦怠的人放弃了一切，他们向青蛙打听的是等候的命运。在山地女子突然爆发的哭泣声中，山口的风变得凄冷难耐，碧奴清楚地知道在这个绝望的人市上，她是最后一个怀着希望的人，她的孤单也是命中注定的。盛装的女织匠们问过了各自的命运，每个人的命运都一样的苦涩，一样的与思念和牵挂有关，一样的与幸福安康无关，这使她们面露不悦之色。她们带着怀疑探讨着青蛙的眼泪和碧奴的巫术，吵吵嚷嚷地离开了人市，她们的家就在不远的山谷里。流离失所的山地女子们也拖着疲惫的脚步走到了地洞口，那些地洞是匆匆掘出来躲避风雨的，她们揭开洞口的枯树枝，田鼠一样地钻入地下。那个黑衣女子进洞前向碧奴招手，热情地邀请她去洞里过夜，碧奴谢绝了她的好意。她们习惯了田鼠般的生活，习惯了地洞，碧奴不习惯，她习惯了走路，白天走，有月亮有星光的黑夜，她也敢走。

碧奴独自站在风中，她把包裹顶在头上，守望着通向山下的路，路在黑暗中越来越模糊，她听见驴铃的声音从很远的地方传过来,看见一个熟悉的举脚赶车的人影,是那辆迎客的驴车穿越暮色,从山口那里冲下来了。碧奴拦车的动作非常突兀,也非常坚定,归心似箭的车夫无掌用绳鞭打她也赶不走她,只好把驴车停下来了。

车夫说,你到现在也没把自己卖掉?今天卖不掉明天再来,不许拦我的车,你没见新门客来晚了?我们已经错过衡明君的酒宴啦。

碧奴不说话,只是固执地拦着驴头,她的一只手抬起来,从包裹里掏出了一个闪亮的刀币,摊在手上,向车夫的脚递过来。

你真变哑巴了?怎么不说话,到底要去哪里?

大哥,我不停还能走,一停下来,腿再也迈不动了。你行行好捎我一段路吧,只要向北走,捎我到哪里我就到哪里。

车夫抬起脚,两颗脚趾麻利地夹住了刀币,另一只脚也跷起来,上下晃动着。碧奴看懂了那只脚,迟疑了一下,又掏了一个刀币放在他的脚趾间。她的手明显有点发颤,我从来没花过这么多钱,她说,岂梁知道了会骂死我的,搭个驴车花这么多钱,可我走了三天三夜了,今天再也走不动了。

你还嫌贵?也不看看你搭的是谁的驴车!车夫回头看

了看后面的门客，说，这位大哥心善，他同意我才能捎你呀！你还不赶紧谢过他？两个刀币就能坐一回衡明君的驴车，别人没有你这么好的福气！

碧奴对着车上的人鞠了个躬。她登上驴车，才注意到那个迟到的门客像一块巨大的岩石，在驴车上投下了一大片阴影，借着最后一点光线，可以看见那个男子乱发垂肩，玄巾蒙面，身上隐隐散发出一种冰冷的麝香味道。

大哥你从哪儿来？碧奴怯怯地问了一声，那门客好像没听见，车夫无掌却回头呵斥她了，不准多嘴！我车上的客人从哪儿来，到哪儿去，我都不敢问，你倒敢随嘴乱问！

那神秘的男子沉默不语。碧奴和他坐在一起，觉得自己是与一块黑暗的岩石坐在一起。她尽量地不让自己妨碍他，偶尔地随着驴车的摇晃，碧奴的包裹触及那男子的袍角，那包裹会瑟瑟地颤动，青蛙在里面咕地叫了一声，又叫了一声。碧奴把包裹抱回到膝上，低头之际看见那男子袍角靴口布满了一摊摊污痕，它们坦然地暴露在暮色中，一眼看去分不清是泥印还是血痕。她莫名地想到了黄甸，那个危险而可怕的地方，身体便离他远了一点。碧奴有点慌，对旅伴的来路不明有些畏惧，也就无从排遣，偶然的匆匆一瞥，她看见玄巾上那人闪闪发亮的眼睛，她分不清那眼睛里的光芒，是傲慢还是仇恨，是仇恨还是哀伤。

百春台

Hundred Springs Terrace

他们在天黑之前抵达了百春台。

月光下的百春台是一座奢华而明亮的孤岛,在秋夜凄凉的青云郡大地上,这孤岛高台飞檐,烛影摇曳,萦绕着弦乐丝竹之声,看上去像是最后一头狂欢的巨兽。驴车穿越了一片树林,来到水边。车夫勒缰停车,回头对碧奴说,下去,下去,拿你两个刀币,我带你往北走了二十里,你该下车了!

碧奴没有听见车夫的驱逐令,她一路上努力地闪避蒙面客的眼睛,还有他袍下飘起的神秘的麝香和薄荷的气味。驴车上的二十里路令她精疲力竭,蒙面客的眼睛在暗夜里有如一盏灯,扫视着四周,她恰恰是在他灯火般的目光下迷了路。蒙面客冰冷的仪态以及他袍下扶剑的手势,让碧奴回忆起她小时候在北山上遇见的一个黄甸人,那人掖着东西在山上走,桃村的孩子追着他打听,叔叔你袍子里掖了什么东西?那人笑了一下,袍子掀开来,是一个血淋淋的人头!碧奴想起那个人头,便再也不敢看他的袍子了,在驴车的颠簸之中她觉得自己和一把剑一起在夜色中飘浮,她迷失了方向。

车夫粗鲁地踢了她一脚,你是聋了还是睡着了?到百春台啦,快给我下去,别让人看见!

下了驴车,脚下的地面仍然在波动,碧奴发现她有点站不稳,人就蹲下来了,蹲在一个陌生的梦境一样的地方。水把百春台和树林隔离开了,一条壕河锦带似的包围着百春台，对岸人影闪烁，一排豹徽灯笼迎风飘摇。铁链和辘轳声交叉地响起来，河上有一片巨大的黑影一闪，一座桥从半空中降落下来，那座半空降落的吊桥把碧奴吓了一跳。

碧奴仓皇间弯下了腰，头上的包裹跌落在地上了，她半蹲着拾掇包裹的时候看见驴车已经上了桥，便跳起来对车夫喊，大哥你不能把我扔在这里，你拿了我两个刀币，怎么就捎了我二十里地，大哥你得退一个刀币给我！

车夫和蒙面客都回过头，沉默的蒙面客仍然沉默着，只有眼睛在夜色中闪闪发光。车夫骂了一声，说，看你样子傻，你倒是精明，拿你两个刀币，你还要我带你进百春台？也不瞪大眼睛看看，百春台是你能进去的地方？

碧奴屏着呼吸倾听河那边的声音，说，大哥你骗我呢，谁说女子不能过这桥，我听见女子的声音啦！

车夫先怒后笑，说道，那是卖笑的女子！你要去卖笑？看你的姿色，学点吹拉弹唱的，倒是有本钱，你再扔一个刀币过来，我把你引荐给乐房主事，让你进去卖笑去！

碧奴没来得及说什么，是那只青蛙在包裹里面焦灼地挣扎，青蛙从鞋子里跳出来，在碧奴的手背上停留了一个瞬间，留下一片反常的滚烫的热痕，然后它就跳出去了。从桃村到百春台，青蛙一直羞怯地躲在岂梁的鞋子里，可现在它大胆地跳出来了，碧奴惊愕地看见青蛙在月光下跳，跳，跳到了驴车上，从蒙面客躲闪的身体来看，青蛙是跳到他怀里去了。

别过去，他不是你儿子！碧奴突然明白了青蛙的心，她惊恐地叫喊起来，快回来，他不认识你，他不是你儿子！

碧奴对青蛙尖叫着，可惜她的制止已经迟了，蒙面客捉住了青蛙，她看见他的手轻轻地一挥，一个小小的黑影划出一道弧线，坠落到水里去了。

吊桥那面响起一阵急促的锣声，是守夜人在催促驴车过桥。车夫的脚举了起来，甩响鞭绳，碧奴绝望之中去追驴车，她的手在慌乱中顺势一拉，抓住的恰好是蒙面客的腰带。在月光下，碧奴看清了她手里的是腰带，碧奴的手下意识地松了一下，松了一下又紧紧地抓紧了。慌乱中她对那男子叫了起来，那不是青蛙，是你母亲的魂灵呀，你会遭报应的，你把你母亲扔到水里去了！

蒙面客站了起来，袍飞之处冷光一闪，惶然之间，一把短剑已经断开了碧奴的手和腰带的纠缠，蒙面客拔剑割断了自己的腰带，他仍然像一块岩石耸立在车上，车夫暴怒的声音从他身后传来，什么母亲？什么魂灵？车夫对碧奴吼道，你小心让他一剑穿了心，他是衡明君请来的大刀客，他的刀剑不认人，不认亲人，更不认鬼魂！

碧奴跌坐在地上，手里抓着一小截腰带，借着月光可以看见织锦腰带上的豹子图纹，一片黑色的痕迹很蹊跷地粘在上面，碧奴现在肯定了，那是一摊血迹。

驴车过桥后，对岸一阵忙碌，吊桥沉重地升起来，从河上消失了，壕河恢复了它的防范之心，把碧奴一个人隔绝在岸边。对面的灯影中已经空无一人，唯有炼丹炉里还闪烁着红色的火苗，司炉火工偶尔从墙后出来，往炉膛里填入柴禾。碧奴手执一截蒙面客的腰带站在河边，看见对面的百春台浸泡在月光下，像一头巨兽，夜空中弥漫着一股神秘的气味，也许是炼丹的气味，也许只是巨兽嘴里的呼吸。

碧奴沿着河边走，寻找她的青蛙。月光下的壕河水波粼粼，水面上依稀可见一叶浮萍，驮着一个小小的黑影向着百春台游去，留下一串链状的波纹，一定是那只青蛙。那只寻子的青蛙，碧奴是再也喊不回来了。河对岸的棚屋里传来许多年轻男子的喧哗声，他们都可能是那黑衣妇人的儿子，可是谁认得出一个变成了青蛙的母亲呢，谁愿意做一只青蛙的儿子呢？碧奴在河边等了一会儿，她知道青蛙不会回头了，那可怜的亡魂闻到了儿子的气味，她便失去了唯一的旅伴，剩下的路，她要一个人走了。

青蛙一走，包裹清静了，岂梁的鞋子也空了。碧奴在水里把岂梁的鞋子洗干净，然后她在水面上照了照自己的面孔，月光下的水面平静如镜，可这么大的镜面也映不出她的脸，她的脸消失在水光里了。她看不见自己，刹那间碧奴不记得自己的脸是什么样子了。她努力地回忆自己的模样,结果看见的是木筏上那山地女子憔悴苍老的脸,那张脸上一片泪光,眼睛充满了不祥的荫翳。碧奴跪在水边抚摸自己的眼睛,她记得自己的眼睛是明亮而美丽的,可是她的眼睛不记得她的手指了,它们利用睫毛躲闪着手指的抚摸,她抚摸自己的鼻子,桃村的女子们都羡慕她长了一个小巧玲珑的葱鼻,可是鼻子也用冷淡的态度拒绝了她的抚摸,还流出了一点鼻涕,恶作剧地粘在她的手指上。她蘸了一滴河水涂在皴裂的嘴唇上,她记得岂梁最爱她的嘴唇,说她的嘴唇是红的,也是甜的。可是两片嘴唇也居然死死地抿紧了,拒绝那滴水的滋润。它们都在意气用事,它们在责怪碧奴,为了一个万岂梁,你辜负了一切,甚至辜负了自己的眼睛、鼻子和嘴唇,辜负了自己的美貌。碧奴最后抓住了自己蓬乱的发髻,发髻不悲不喜,以一层黏涩的灰土迎接主人的手指,提醒她一路上头发里盛了多少泪,盛了那么多泪了,碧奴你该把头发洗一洗了。

　　碧奴不记得自己是否哭过了,摸到了头发她才摸到了泪。她突然想起来离开桃村之后还从没洗过头发,就拔下髻簪,把一头乌发浸泡在水里了。她的脸贴着水,贴得那么近,还是看不见自己的脸。河里的小鱼都来了,它们从未遇见在月下梳妆的女子,以为在水中浮荡的是一丛新鲜的水草,小鱼在水下热情地啄着碧奴的长发。碧奴知道那是一群小鱼,她想看见水下的小鱼，但岂梁的脸突然从水面下跃出来了，然后她感觉到了岂梁灵巧的手指，它们藏在水下，耐心地揉搓她的头发。她忘记了自己的模样，但岂梁是不可遗忘的。她记得岂梁的脸在九棵桑树下面尽是阳光，开朗而热忱，在黑暗中则酷似一个孩子，稚气腼腆，带着一点点预知未来的忧伤。她记得他的手，他的手白天侍弄农具和桑树，粗糙而有力，夜里归来，她的身体便成了那九棵桑树，更甜蜜的采摘开始了。鲁莽时你拍那手，那手会变得灵巧，那手倦怠时你拍打它，它便会复活，更加热情更加奔放。碧奴思念岂梁的手，也思念岂梁的嘴唇和牙齿，思念他的粘了黄泥的脚趾，思念他的时而蛮横时而脆弱的私处，那是她的第二个秘密的太阳，黑夜里照样升起，一丝一缕地照亮她荒凉的身体。她记得岂梁的身体在黑夜里也能散发出灼热的阳光，这牢固的记忆最终也照亮了异乡黑暗的天空，照亮了通往北方的路。碧奴最后从水边站起来，向北面张望，看见的是一片树林，唯一一条通往北方的路，藏在那片树林里。

　　树林深处搭满了零乱的草棚，黑漆漆高高矮矮的一大片，都在风中颤索，夜风吹来了混杂着人畜便溺的臭味，还有什么人疲惫的鼾声。只有一座草棚檐下挂了一盏马灯，碧奴不知道那是不是路人们说的衡明君的马棚。她借着马灯暗淡的光晕朝棚子里张望，偌大的棚子里空空荡荡的，三匹白马站在食槽前嚼食着夜草，银白色的马鬃在黑暗中闪着高贵的湿润的光芒。碧奴去推马棚的栅门，栅门后一个黑影一闪，一个冰凉的铁物不轻不重地落在她的手上，竟然是一把镰钩。惊骇之下，她看清楚是一个赤裸上身的老马倌，佝偻着腰埋伏在暗处，就是他用镰钩压住了她的手。

告诉过你们了，谁也不准进马棚，再来把你当偷马贼论处。老马倌把镰钩放在自己的脖子上比画了一下，恶声恶气地说，偷百春台的白马，要杀头的！

碧奴申辩道，我不是偷马贼，我是从这儿路过的！

这是衡明君的林子，不是官道，谁批准你从这儿路过的？老马倌瞪着眼睛说，路过这儿的人，十有八九是刺客，小心官府把你抓去，抓去杀头！

我不是刺客，我从桃村来。碧奴借着马灯的光竭力辨认着老马倌的脸，她说，听口音你老人家是北山人呀，你认识桃村的万岂梁吗，我是万岂梁的妻子！

什么北山，什么万岂梁？套近乎也没用，我不能让你进马棚，白露节气到了，这三匹马要去京城送百春丹的，要是马有个闪失，我的头也保不住！老马倌说着话，眼睛里露出了好奇之色，他的身子从栅门上探出来，用镰勾试探了一下碧奴头上的包裹：谅你也没刀没剑，深更半夜的，你一个女子跑到树林里来干什么？

碧奴说，老人家，不是我想往树林里跑呀，是你这树林挡我的路！我要往北去，不穿过这树林怎么能往北走呢？

别人都往南走，你怎么要往北去？北边的路，男人都不敢走，你个妇道人家怎么敢走？老马倌举起松明火把照着碧奴的脸，怀疑地打量着她。看你模样倒是俊俏的，还带着包裹，也不知道你是人还是鬼？都说赶夜路的俊俏女子，十有八九是个鬼，我老眼昏花弄不清楚了。他若有所思地嘟囔道，我老了，你是人是鬼我都不怕！就当你是人吧，我劝你赶紧找个地方过夜去，我这马棚是不留客的，羊舍猪圈你千万别去，气味不好，羊倌猪倌人也下流，女人女鬼都不放过的，你还是到鹿棚去，鹿棚里的那些孩子没爹没娘，可他们差不多变成鹿了，也不能对你个女子怎么样！

碧奴只好往鹿棚那里去。鹿棚外面有个起夜的男孩在撒尿。他睡眼惺忪，一边撒尿一边抓挠着自己的肚子。碧奴站在暗处，一眼看见那男孩脖子上挂了一只小葫芦，发髻上长出两根奇怪的鹿角，更令她惊讶的是男孩的夜尿像溪流寻海似的追着她的脚，她往左边躲不掉，右边也躲不掉，一道清亮的水流长了眼睛似的，准确地追逐着她的脚。碧奴不敢惊动男孩，就捂着嘴退到了草垛后。可她的影子还是让男孩发现了，男孩惊叫了一声，一个女鬼！草垛里藏了个女鬼！

碧奴躲在草垛后对那男孩说，我不是女鬼，我从桃村来，是人，不是鬼！她没来得及再表白什么，鹿棚里已经涌出来一群男孩子，甚至还有两头大胆的母鹿，他们瞪着眼睛观察草垛的动静，有个孩子喊起来，拿火把来，鬼最怕火光！另一个孩子说，小心失火，衡明君收拾你，去拿棍子，大家拿棍子打鬼！

男孩们把碧奴逼上了梁山。她顶着包裹从草垛后钻出来，脸上的笑容中慌乱多于恳切：你们这些孩子，谁听说过顶着包裹赶路的鬼呀？我不是鬼，我从桃村来，到大燕岭去，我是桃村万岂梁的妻子呀！

一个孩子用一种世故的声调说，谁是万岂梁？衡明君的门客我都认识，没有万岂梁！

另一个孩子貌似聪慧，尖声问，你怎么证明你不是鬼？我听见你走路带着风声！

碧奴说，那是我的袍子的声音，我风餐露宿的，瘦得厉害，我的袍子变得又肥又大，一走路风就灌进来了。

那个颈上挂着小葫芦的男孩一直好奇地盯着碧奴的包裹，他说，女鬼也有顶着包裹赶路的，包裹里装的是死人的骨头，你说你不是鬼，把你的包裹扔过来，让我们看看，里面有没有死人骨头！

那个建议获得了男孩们的一致赞成，他们说，快，快，把包裹扔过来！

碧奴向后退，一边摇头，一边更紧地抱着她的包裹。她慌张的态度引起了男孩们更大的好奇心。一个男孩大叫一声，搜！搜她的包裹！话音刚落几条黑影已经跳过来，他们像小鹿一样跳过来——在他们模仿鹿跳的动作中明显存在着竞争，看谁的鹿跳更逼真。碧奴闻到了鹿的气味，情急之下她高喊了一声，我的包裹里有毒蟾！他们停了下来，就像鹿听见哨音停在那里，与碧奴对峙着。很明显他们知道毒蟾的威胁。骗人，你不是女巫怎么会养毒蟾？碧奴说，我是女巫！一个男孩带着受骗的愤怒，对同伴们说，她一会儿是鬼魂，一会儿是良家妇女，一会儿又变成女巫，分明在骗人！另一个男孩仍然要证据，说，你说你有毒蟾，就把毒蟾叫出来，我们不怕它！碧奴说，我不骗你们，我的毒蟾刚刚跑到河里去了，它去百春台寻儿子去了。

  碧奴迷失在自己的表白里。她越是诚恳越是慌张，东张西望，前言不搭后语。男孩们识破了她的脆弱，他们突然发出一阵整齐的幽幽的鹿鸣声，双手搭在额前两侧，像一群鹿似的向她跳过来，准确地说是向她的包裹跳过来了。尽管是一群瘦弱的男孩，他们还是轻松地从碧奴怀里夺下了包裹。那庄严而神秘的包裹被一些小手粗鲁地打开后，显得寒怆而低贱，五个深藏不露的刀币冲破了冬袍的暗袋，陨石般地散落在泥地上，引起了男孩们的一片狂叫。碧奴看见岂梁的冬袍犹如惊鸟仓皇地飞到半空，又落下来，被好多手轻易地俘获了，有人在争抢袖子，有人在争抢衣角。岂梁的棉帻被一个男孩戴在头上，马上又被另一个男孩摘下，戴在了自己的头上。岂梁的腰带被一个男孩挥舞着，发出狂乱的噼啪之声。

碧奴尖叫起来，在凄厉的尖叫声中她看见树梢上的星空在摇晃，除了尖叫，她想不起任何语言了。在尖叫声中碧奴的目光追逐着岂梁的冬袍，那袍子在男孩们的手中飞来飞去，她的魂魄也跳出她的身体，追着男孩们的手飞来飞去，而她的身体在下沉，膝盖不知不觉地跪在泥泞的地上。她向一群孩子下跪，跪了没用，他们干脆从她肩膀上从她头上跳过去了，碧奴撑着膝盖努力地站了起来，站起来也没用，她追不到那些鹿一样善跑的孩子。男孩们光裸的腿在树林里跳跃，他们陶醉在一场掠夺的竞争中，充满了狂欢的喜悦。碧奴用尽力气去抱住一个男孩的腿，你们不能抢我的包裹，你们会天打雷劈的！可是她的声音被淹没了，她怀里的那条腿卖了个关子，让碧奴抱了一下，然后那男孩嘿嘿一笑，炫耀似的一蹬腿跳了出去，像一头鹿跳过障碍消失在黑暗中。碧奴看不见她的包裹了，只看见头顶的星空在摇晃，林子里的一大片黑暗也在摇晃。她向着那片黑暗俯下身祈求，是向天祈求还是向地祈求，是向孩子们祈求还是向岂梁祈求，她还没有选择好——她还没有听见自己祈求的声音，人便轻盈地躺下去了，躺下去了。

鹿 人
Deer-Boys

男孩们把碧奴拖到了羊舍里，被吵醒的羊倌拿了根木棍来打人，看见地上的碧奴就把棍子扔掉了。他呲着牙齿笑起来，说，我以为你们抓了头野鹿呢，没想到是抓了个人来，还是个年轻标致的小女子！羊倌赶开了几头羊，把昏迷的碧奴拖到了避风的草堆上。他还想把男孩们也赶走，可是男孩们坚决不肯离开他们的猎物。他们说，臭羊倌，你的心思我们知道，别想得美，是我们抓来的女鬼，我们还没审问她呢。

由于碧奴包裹里的所有东西都已经分赃完毕，他们安静了许多，对赃物的态度也变得实际而挑剔起来。一个名叫枢密鹿的男孩很快脱下了岂梁的冬袍，嫌袍子太大，不合身，他拿着冬袍要换那只兔皮帽，兔皮帽的新主人慷慨地换给了他，一转身枢密鹿就意识到自己做了亏本买卖，反悔了，要去讨回冬袍，头上的兔皮帽又不舍得还人，于是枢密鹿就和短刀鹿扭成了一团，刹那间羊舍里又喧闹起来。有男孩要将军鹿过来主持公道，将军鹿却拿了一根腰带躲在暗中，欣赏着自己光裸的肚子上的锦纹腰带，他说，打，打，谁打赢了东西归谁！

趁着羊舍一派混乱，羊倌蹲在一边欣赏着草堆上的女子，他故作神秘地研究了她的头发、耳垂和脉搏，自信地说，她有脉跳，耳朵是热的，这女子是人，不是鬼。一个男孩拖着包裹布失望地走过来，向羊倌披露他内心的疑惑，哪儿有青蛙？哪儿有乌龟骨头？连公鸡骨头也没有，她撒谎，她不是女巫！羊倌说，是不是女巫，摸了才知道！趁人不注意，羊倌把手探进碧奴的棉袍里，其他男孩一下都涌过来了，一边旁观一边讥笑着羊倌。这有什么大惊小怪的？你们没见过衡明君替女子验身？羊倌的手停留在碧奴的秋袍里，表情看上去很庄严，他说，你们什么都不知道，现在外面好多男人为了逃役扮成女子，这女子来路不明，我得查一查，她是不是男的！

碧奴在昏迷中轻轻地打着呼噜，听上去像是熟睡的鼾声。她的尘封的秋袍被粗暴地打开，乳房被那羊倌紧紧地抓握着，闪烁着苍白的疲惫的光晕。羊倌向男孩们介绍着他手里的乳房，他说，多好的奶子呀，她的奶子像一只碗，衡明君大人说了，没喂过奶的女子，奶子才像一对碗！你们自己过来看，看看她的奶子，像不像一对碗？男孩们犹豫着向草堆上挤过来，有人反对道，不像碗，像一只馒头。于是那羊倌受到了什么启发，眼睛突然亮了，那你要不要来啃一口？来，来，啃一口！那男孩被按在碧奴的身上，他挣扎起来，耳朵贴在碧奴的乳房上，他的半张脸被一片苦涩的水濡湿了，眼睛感到一阵辛辣的刺痛，然后他听见了什么声音，脑袋抬起来，抓着自己的耳朵摇了摇,又向碧奴的乳房俯下身去,嘴里惊叫起来,你们快来听,它在哭,它在流泪!

大多数男孩们看见的是一个昏迷中的女子,女人总是会哭的,但他们不相信一个女子能在昏迷中用她的乳房哭泣,他们起初怀疑那是渗出的乳汁,但根据他们孩提时代对母亲乳房的记忆,乳汁是白色黏稠的,不是那么透明晶莹的,那应该是汗液?可是这么个秋寒之夜,人披着麻片都瑟瑟发抖,她裸露着半个身子,怎么会流这么多汗呢?在普遍的好奇心驱使下,羊倌带头用手指蘸了蘸碧奴的乳房,塞到嘴里马上吐出来了,苦的,比树皮还苦!他说,你们谁尝过别人的泪?过来尝一尝,看看是不是泪水?男孩们一时都愣在那里,谁也没有尝过别人的眼泪。有一个男孩平时哭惯的,是鹿棚里的哭鼻子大王,这时候被羊倌强行推到碧奴身上,男孩申明他知道自己的眼泪是什么味道,别人的眼泪,他的舌尖不一定能品尝出来。他慌慌张张地在碧奴的乳房上蘸了一下,迟迟不肯把手指放到嘴里,结果手指被别人抓住,塞进了他的嘴巴,善哭的男孩打了几个喷嚏,镇静下来,紧张地呕着舌头辨别味道,他说,不光苦,还很涩,有点酸,像野山枣的味道。旁边的男孩嚷嚷起来,你就知道吃,快说,到底是不是眼泪?那男孩被粗暴地推搡着,情急之下忽然想起什么,然后他便故态复萌，张大嘴哭起来了，他一边哭一边指着自己脸颊说，我尝不出来，我不管了，你们自己来尝尝我的泪吧，比一比就知道了，她流的是不是泪！

他们陷入了僵局，也许是那男孩平时哭得过多的缘故，他的泪水味道平淡，仅仅带着一点点咸味。他们不能通过这样廉价的眼泪得到结论，所以那男孩被勒令停止哭泣，而且被推到了一边。这时候那个颈上挂着小葫芦的男孩站了出来，他勇敢地伏在草垛上，对着碧奴的乳房舔了一舔，然后他肯定地点了点头，说，是泪水，是女子的泪水！在别人狐疑猜忌的目光里，他显得坦然而自信，并且愿意与别人赌咒发誓，那是女子的特殊的眼泪。他告诉羊倌，离家前的那一夜他母亲抱着他哭，她的眼泪淌到了他的嘴里，就是这种又苦又涩的味道。

羊倌快乐而猥亵的笑容是忽然凝固的，他的手匆匆逃离了碧奴的身体。这女子恐怕是个南方来的泪人，碰了泪人，一辈子都不会遇见一件高兴事！他甩着手，眼睛里掠过一种莫名的恐慌，随后对着男孩们叫喊起来，你们好大的胆，深更半夜把个陌生女子搬来搬去的！谁让你们把她搬到羊舍来的？赶紧给我搬出去！

男孩们七手八脚地抬起了碧奴，碧奴已经满身是水。现在男孩们确定从碧奴身上汹涌而出的是一种陌生的泪水，不仅仅通过品尝，也通过了眼睛和耳朵的判断，他们清晰地感受到那乳房强烈的震颤，是哭泣的姿势，也是愤怒的呼叫。他们惊愕地偷窥着那不容侵犯的乳房，互相交流的目光都表达了一定的敬畏。然而敬畏之外，那哭泣的乳房也给他们带来了更多的困扰，他们开始争论，也有野蛮的男人在村外田边脱他们母亲的袍子，脱他们姐妹的小袄，为什么她们的乳房是那么顺从，为什么他们的母亲和姐妹都不能让乳房哭泣呢？有人猜测说，这女子不一样，欺负她的人多了，眼睛里的泪哭干了，所以眼泪便流到乳房里去了。那么她的手、她的脚会不会哭？在枢密鹿的提议下，他们把碧奴安顿在鸡窝顶上进一步检查。有人负责脱下了碧奴破烂的草履，报告说，她的脚趾头走路走烂啦，只有血泡，没有水！有人去握住碧奴的手，手心手背都细细察看，说，她的手跟死人一样，冰冷冰冷的！枢密鹿不甘心，说，摇摇她的手，晃一晃她的脚，看看她流不流泪！两个男孩就奉命摇晃碧奴的手脚，摇着晃着，男孩们的脸上都露出了惊恐的表情，鸡窝里的一只雄鸡也在慌乱中喔喔啼叫起来。一个泪水的奇迹不仅震撼了鸡窝旁的所有男孩，也惊动了睡眠中的雄鸡，碧奴布满血泡的脚趾间淌出了数道泪水的溪流，她摊开的双掌刹那间已经泪水滂沱！

一个谜一样悲伤的身体让男孩们欢呼起来。欢呼过后他们才意识到喜悦从何而来，他们从这个过路的女子身上发现了隐藏的黄金。男孩们各怀心思，谁也不肯离开碧奴回鹿棚睡觉。那个颈挂小葫芦的男孩甚至提醒起别人，是他第一个发现了这个神奇的女子。他们怀着一丝敬意一丝贪婪守着昏迷的碧奴，就像守着一堆黄金的矿藏。在公鸡紊乱的啼声中他们商量起黄金的开采方式。不知道是最先提出来的，要把碧奴卖给棉城的杂耍班子，这建议马上被将军鹿枢密鹿否决了，将军鹿骂那男孩笨，说，杂耍班子是逗人开心的，他们怎么会花钱买个女子让人看眼泪？枢密鹿认为他们不能见钱眼开，要做买卖就做大的。他说，衡明君说了，天下奇人宝物都要献给百春台，献了有重赏。他说衡明君帐下门客九百，有人擅长鸡鸣狗盗，有人擅长琴棋书画，有人擅长杀人和酷刑，有人擅长变脸小丑，而一个会用乳房、手掌和脚趾哭泣的门客，一定是能讨衡明君欢心的。这提议听上去非常完美，获得了男孩们的一致认同，唯一的疑问在于碧奴是个女子，百春台里养了好多女子，但她们不是衡明君的家眷就是卖笑的歌舞班女子,他们不敢确定衡明君是否会收下一个女门客。

趁着碧奴昏迷不醒,他们商量怎么尽快赶在衡明君早晨骑射之前把她献给百春台,如果衡明君收下了这女子,犒赏是肯定的。他们不要猪肉,不要刀币,他们要进百春台,成为衡明君帐下的马人。好多幸运的鹿人已经进了百春台充当马人,尽管那是最下贱的门客,不能和衡明君同膳同行,但那是男孩们所能想象的最简单的衣食无忧的生活。他们盼望这样的生活,也许这个昏迷的女子把幸运带来了,幸运该降临到他们的头上了。

树林的东侧天空微微泛白,天快亮了。男孩们把碧奴绑在一块木板上,然后七手八脚地抬起了碧奴,他们经过马房的时候,马倌在栅门后骂他们,你们抬的什么东西?吵吵嚷嚷了一夜,把马吵得不肯吃夜草,明天我告诉台上,把你们统统撵走!

一个男孩制止了另一个嘴快的孩子,他用一种夸张的庄重的声音对马棚喊,我们抓了一个泪人,我们把她送到百春台去!

吊 桥
The Drawbridge

泪人来啦！泪人来啦！

河那边的吊桥在男孩们的叫喊声中保持沉默，男孩们集体发出了尖利的鹿鸣声，那声音终于引来了两个骂骂咧咧的桥工，无论男孩们怎么描述碧奴神奇的到处流泪的身体，桥工还是拒绝放下吊桥来，他们在河那边大声辱骂鹿人，说他们的脑子比一头鹿还笨，泪人算什么东西？他们为善跑的马人放下过吊桥，为善唱的鸟人放下过吊桥，为常年微笑的笑面人放下过吊桥，可是他们的吊桥绝不欢迎一个泪人！一个老桥工出来对鹿人们好言相劝，他说衡明君再怎么广纳天下贤才，也不会收一个哭哭啼啼的泪人做门客，一个女子的泪水，会把百春台的风水哭坏的。他还埋怨世风日下，矛头直指对面那个昏迷的泪人，说现在什么阿猫阿狗都一心到百春台来做门客吃闲饭，连个女子，没别的本事，把哭当了本事，竟然也要投奔百春台来吃闲饭！

鹿人们仍然抬着碧奴不肯走，他们尖锐地指出百春台里养了好多女子，那些普通的女子会唱会跳就能进去，一个会用手掌和脚趾流泪的泪人就更应该进百春台。桥工就在河那边笑起来，说，你们这帮小孩子懂什么？女子进百春台，是她们笑得好，不是哭得好！一个女子要让衡明君高兴，除了能歌善舞卖笑卖艺，还要做其他很多事情：什么事情，你们这些孩子是弄不懂的。

他们有点迷惑，互相商量了一会儿，纷纷去拍碧奴的脸，拍她的胳膊和腿，你们来看呀，她的头发上都是泪，她的脚趾手指都会流泪！一个胆大的男孩把手伸进去，抓住了碧奴的乳房，向河对面的桥工们炫耀道，看，来看看她的奶子，她奶子也会流泪的！

碧奴在男孩们焦急的拍打中醒来，一袭秋袍已经敞胸露怀，一个尘封多时的身体被鹿人们好奇地打开了。他们野蛮的探索因为效仿鹿的动作，甚于一次劫掠，她的私处隐隐作痛，半掩半露的乳房闪烁着羞耻的泪光，她的身体泡在泪水里了。厄运提前降临，碧奴听见黑夜中传来无数尖锐的声音，所有的声音都对她充满了愤恨。包裹恨她：长着那么灵巧的双手，怎么就抱不住一只包裹！乳房怨恨她：穿得那么多，袍子系得那么紧，还是把男孩们肮脏的手放了进来！她听见男孩们口口声声称她为泪人，她怀疑自己在昏迷中流光了所有的泪水。一具被捆绑的身体现在那么轻，那身体似乎怀着巨大的羞耻感挣脱了她，宁愿投靠一块木板和一条绳索。她以为自己还在向北行走，可是疲惫的双腿背叛了她的意愿：它们与一块木板和一条绳子合作，在捆绑中寻求解脱。持续多日的奔走停止了，包裹已经丢失，昏迷让她尝到了安宁的滋味，在反常的安宁中碧奴第一次看见死神来访。一只葫芦从黑暗中坠落，溅起一地泪光。她看见自己死了。一个怀抱葫芦的人影站在拂晓的天空下，她看不清楚，是那只葫芦带着人影子走，还是人影子带着葫芦在走？她看不清楚，但心里知道，那就是死神的影子，死神在等候她。

还没有走出青云郡呢，她就要死了。碧奴怅然地想起柴村女巫的预言，她们说过她会死在路上，她有准备，死在路上就死在路上吧，路上总能遇到个好心人，拜托他把包裹捎给岂梁，她死得也不冤了。碧奴没料到自己这么快就看见了死神，死得这么快，还是死在几个孩子的手上！碧奴抬头看天空中的星星，努力寻找北斗星。几个男孩的脑袋低下来，挡住了大半片星空，她感到他们热乎乎的鼻息喷在她脸上。她听见他们的欢呼，醒了，泪人醒了！

碧奴醒了，闻到孩子们身上发出鹿的膻味，死神就在这群孩子中间，但隔着一个梦，她认不出来，是谁在她梦里怀抱一只葫芦？那么多孩子的脸上闪着星光，谁是她的死神？

我快死了，孩子们，快把我放下，找向阳坟地，把我埋了吧。埋了也好，那么远的路，那么辛苦的路，再也不用走了。

谁愿意埋你？你想得美！男孩们嚷嚷起来，你是泪人，不让他们把吊桥放下来，就不许死！

不许死你们就抬着我吧，抬我向北走，一直向北走，走到大燕岭去，把我交给万岂梁，如果他认不出我来了，你们告诉他，我是桃村的碧奴，我是他的媳妇。

我们不是你的挑夫,我们才不管什么万岂梁,你是泪人,我们要把你献给衡明君。

我是万岂梁的媳妇,你们应该把我献给万岂梁去,抬着我往北走吧,我说死就死了,你们就把我埋在路边,给我搬块石头做个坟碑,碑上写几个字,岂梁妻之墓,有块碑在路边,岂梁哪天回家就看见我了!

我们不给你做碑,我们也不会写字,有钱人和大人物坟上才有碑呢,穷人的坟上只有草,哪来的碑?

不竖碑也行,那你们给我坟上种棵葫芦就行了,岂梁哪天路过,看见葫芦就看见我了,看不见也不怕,葫芦藤会爬,爬到路上绊住他的脚,他就认出我来了!

鹿人们注视着被捆绑的碧奴,她对死亡充满热情的叙述使他们感到疑惑。他们议论了一会儿,揣测她是不是疯了。枢密鹿突然对河那边高喊起来,泪人快死了,你们再不放桥,就永远看不见她的泪了!河那边没有回音,鹿人们的目光投在吊桥上,他们的耐心在长时间的等待中丧失了,放桥无望,几个鹿人挡不住睡意,偷偷地跑了,只剩下四个男孩,坚持抬着她,为碧奴寻找新的归宿。为了碧奴的新归宿,他们一时产生了分歧,有的主张把碧奴抬到人市上去卖,但是考虑到她是个疯女子,也许卖不出什么好价钱。有的鹿人一心利用碧奴的神奇的泪发财,说棉城有个药铺收购男孩的尿做药，尿都可以卖钱，泪一定也能卖钱的，这泪人有那么多的泪，不知道能卖多少钱！

孩子们你们是疯了，世界上什么都能卖钱，泪不能卖钱的，碧奴说，别人都说我笨，你们这些孩子比我还笨呢，抬着我有什么用？不如就把我埋在这里吧，把我埋哪儿哪儿就长葫芦，葫芦老了你们摘去，摘一个能做两个水瓢！

谁稀罕水瓢？将军鹿呵斥碧奴，你也不看看这是什么地方？这是百春台，不能随便埋人，衡明君天天要从这走的！

那你们把我抬到河里去，衡明君骑马从路上走，不会从水里走的，你们把我放到水里，看见我沉下去，一只葫芦浮起来，那我就死了，死了你们省心了，我也省心了。

谁敢把你放到水里去？水也是衡明君的！这是百春台的御河，河里不能有死人，衡明君爱干净，你没看见河里连死鸡死鼠都没有，怎么能有死人？

那你们把我抬到大路上，找土松的地方，我自己埋自己。

你又不是一条蚯蚓，能钻地下去，你自己埋不了自己！

你们不给我生路，又不给我死路，到底要怎么样呢？

鹿人们一时也不知道如何处置他们的猎物。他们的脑袋凑在一起，商量了一会儿，将军鹿郑重地对碧奴宣布了她的归宿：衡明君不收你，我们把你抬到我们鹿王那里去，百春台不收你，我们鹿王一定会收你的！

鹿王坟
The Deer King's Grave

后来他们抬着碧奴往树林深处走,很明显,鹿王住在树林深处。

碧奴请求他们把她从木板上放下来。我不闹,也不跑,她说,反正是要死,死在你们这帮孩子手里算是好死,我求你们放下我,让我走着去,牲畜去屠宰才绑在木板上呢。

他们先是沉默,沉默过后异口同声地说:不行,你是祭品,祭品都是绑在木板上的!

鹿人们抬着碧奴向树林深处走。由于碧奴默许了他们的安排,鹿人们对她友善了许多,一路上他们七嘴八舌地向她炫耀鹿王的荣光,说鹿王已经跑得比马快了,他已经让衡明君挑进百春台当马人了,可他心甘情愿地留在树林里和鹿人在一起。鹿棚里那么多鹿人,只有他放弃了当马人的机会,他是所有鹿人私下推选出来的鹿王,是整个青云郡的鹿王。除了提醒碧奴对鹿王不得无礼之外,男孩们还顺便介绍了自己作为鹿人的身份。将军鹿傲慢地对碧奴拍自己的胸脯,说,知道我为什么叫将军鹿吗?我跑得最快,力气最大,鹿王不在,所有鹿人都归我管!那个文静的男孩不知为什么叫枢密鹿,脸上有一种老人的阴沉和沧桑。他对碧奴从容赴死的态度表示欣赏,谁让你跑到我们林子里来的?他说,我们鹿人吃的就是林子饭,就是大雁从林子里飞过,也要拔它一根羽毛,别说你一个女子!还有一个长相木讷的男孩不肯说话,就被将军鹿推过来了,对碧奴说,你知道他是什么鹿吗?他是面饼鹿!他们强行把面饼鹿的身体摆成一个大字,用手指着他手臂和腿上的圆形疤癍,让碧奴数。你数数,数数他中了多少箭,他跑不快还要做鹿人,中了箭就哭,哭了衡明君就把面饼用箭射给他,他一天能吃三个大面饼,你看看他的肚子吃得多么圆!

面饼鹿肮脏的小脸和浑圆的肚子多么熟悉,碧奴突然想起了桃村的远房侄儿小琢。小琢的肚子也是那么浑圆的,怎么吃也不够,柴村的女巫说小琢的肚子里有吸血虫。碧奴的手举起来摁了摁面饼鹿的肚子。可怜的孩子,你肚子里一定有吸血虫呢,你不能在外面这么跑了,回家去,回家让女巫把你肚子里的虫打下来。她伸出手去抚摸面饼鹿布满疤癍的小腿,那男孩的小腿紧张地绷直了,然后他忽然踢了碧奴一脚,恶声恶气地说,你说谁可怜呢?你马上要给鹿王守坟去了,我们要把你拴在树上,让你天天给鹿王守灵烧香,你自己才可怜!

他们来到一个隆起的小土墩前,那就是鹿王坟了。鹿王坟前堆满了祭物,一看就是出自孩子之手,牛骨、铜锁、贝壳、木弹弓,还有几只干瘪的死鸟。一个高大的稻草人穿了一件破烂的蓑衣，歪斜着站在土墩旁边，手里还拿着一支箭，看上去它应该是守墓人。现在有了碧奴，那稻草人被无情地推倒在地，将军鹿还在它身上踩了一脚，说，你就不肯好好守坟，看看鹿王坟上的干草，都让鸟啄光啦。

将军鹿从哪里拉了一条铁链过来，他抖动着铁链，命令鹿人们把木板与碧奴分离开来，碧奴的腿来不及松动，就被面饼鹿恶狠狠地抱住，拴在一棵树桩上了。将军鹿听见碧奴尖叫起来，过来安慰她说，你别怕，你戴着这铁链可以走十步远呢，你可以走到林子里去摘野果吃，你要拉屎撒尿也别在鹿王的坟前，到林子里去方便。枢密鹿在一边帮忙，他说，林子里有野猪，千万别让野猪来拱坟，也别让鸟停在坟头上，你摘来的野果，千万别光顾自己吃，一定要给坟上祭一份！

孩子们竟然替她安排了这么一个归宿！碧奴害怕了，她不怕死，但是她害怕这个古怪的归宿。她开始一声声地尖叫，发疯般地挣脱那条铁链，可是所有的鹿人都围了过来，他们细瘦有力的腿，一齐举到碧奴身上，压紧她反抗中的身体。不知是谁的手，为了阻止碧奴的叫声，竟然别出心裁地伸到碧奴的腋下，挠她的痒痒。

他们也许不是孩子，是一群鹿。也许他们不是鹿，但有了一颗鹿的心。碧奴终于明白了他们身上为什么会散发出鹿的腥膻气味，为什么他们走路不肯好好地走，总是像鹿一样跳，为什么有的孩子发髻上绑了两根鹿角，为什么他们的嘴里能发出群鹿的鸣声。碧奴很害怕，不是害怕鹿，而是害怕他们那颗鹿的心。人心总能打动人心，可是对一群鹿，她怎么才能说动他们的心？碧奴在树下尖叫，她叫喊着岂梁的名字，那悲恸的声音使树上的夜露纷纷坠落，她把树喊得枝叶飞卷，可是孩子们冷酷的心还在沉睡，将军鹿充满鄙视地看着碧奴说，岂梁是你丈夫？你喊他有什么用？来了一起拴在树上！碧奴对着一群孩子尖叫，固执地叫喊岂梁的名字，她听见身后那棵老榆树也尖叫起来，岂梁，岂梁岂梁——然后夜空中响起清脆的一声，一根榆树枝啪地折断了，落下去，正好打在将军鹿的身上。

将军鹿浑身一震，拿起那树枝，对其他鹿人惊呼道，这女子怎么喊的，她把树枝喊断了！

枢密鹿过去接过那树枝，研究着树枝上的露珠，说，不是喊断的，是哭断的，这树枝上全是她的泪。

男孩们突然间陷入了莫名的恐慌，他们说不能再让这个女子喊叫了，她喊叫的声音那么尖利，回荡在树林里，就像他们童年生病时母亲上山喊魂的声音，那声音打开了回忆之门，让他们记起了远方的母亲，记起母亲便记起了家乡，记起家乡便记起了一个孩子讨厌的负担、良心、孝道和德行，那对于一个自由的鹿人来说没有好处，对于他们从鹿人到马人的一路奔跑的事业也是有害的。为了阻断回忆，他们决定制止那女子的喊叫。

枢密鹿从坟上捡了一丛麻线塞在碧奴的嘴里，他说让你再喊，这是麻线，你越喊塞得越紧！树下夜露如雨，枢密鹿抱怨老榆树上的露珠打在他头上，他的鹿角便疼得厉害，快从头上掉下来了。将军鹿也躲开了树，他说他一踩到落下的树叶，便感到腿脚酸痛难忍，几个月来练就的鹿跳本领很可能毁于一旦了。别的鹿人也有种种不适的生理反应，其中一个鹿人的手在自己的胸口游弋不停，试图摸到心的位置，而面饼鹿的眼角沁出一颗泪珠，跌在隆起的肚子上，趁别人没留意，他慌忙擦去了。

男孩们封锁了碧奴的声音，便从她身边跳开了，他们隔着几步之遥研究着她的脸，忐忑不安地等待着什么。碧奴的声音消失了，眼睛成为潜在的危险。碧奴的眼睛瞪得很大，瞳仁里映出黎明半暗半明的天空，看起来并没有多大的怨恨和愤怒。那眼睛让男孩们联想起母亲的眼睛，只是那双眼睛充盈着水光，很明显泪水即将从碧奴的眼睛里流出来了。流泪的乳房、流泪的手掌和脚趾让男孩们感到惊喜,而一双流泪的眼睛却令他们慌张,因此也引起一片莫名的骚乱。

眼泪,眼泪,她眼睛里流泪了!别让她这么看着我们,把她的眼睛也蒙起来!

他们扑上去扯下碧奴的腰带,蒙住了她的眼睛,然而他们没有遮挡住碧奴的泪水,一片潮汐般的泪水从她的脸颊上淌下来,闪着晶莹的光,并且轻盈地溅起来,溅在男孩们的身上。男孩们躲闪不及,他们预感到碧奴的眼泪充满了魔咒,他们跳着尖叫着拍打身上的泪珠,可是已经来不及了,所有的男孩几乎同时遭遇了罕见的悲伤的袭击:思乡病突然发作,遥远的村庄,一只狗,两只羊,三头猪,田里的庄稼,爹娘和兄弟姐妹模糊的脸,喧嚣着涌入他们的记忆。他们头上的鹿角纷纷滑落,他们捏住自己的鼻子,盖住自己的眼睛,可是已经来不及了:眼泪如暴风骤雨无法遏制,于是他们放下了碧奴,齐声恸哭起来。

一共四个鹿人,将军鹿弯着腰对着河岸的方向哭,哭着哭着他想起了另一条河岸,他家的茅屋就搭在河岸上,他的父亲在对岸捕鱼,他的母亲在这边浣纱;哭着哭着他还听见他姐姐的声音,姐姐从茅屋里探出头喊他的名字,白薯煮好了,回来吃吧。枢密鹿对着一丛野菊花哭,他看见野菊花变成了湘妃竹,湘妃竹里钻出了一只斑鸠,他去抓斑鸠,手上握着的是野菊花的花瓣,枢密鹿就摊开手掌尖叫起来,斑鸠呢,我的斑鸠呢?面饼鹿对着树干哭,他记起自己曾是个铁匠铺里的小学徒,师傅打好的农具,他锯好长长短短的树棍,负责装上锄头柄、铁褡柄和镰刀柄,那时候他也吃得多,可他的肚子根本没有现在这么大。第四个男孩颈上戴着小葫芦,他是自称葫芦鹿的,葫芦鹿对着木板上的碧奴哭:碧奴衣衫不整的身体一会儿让他想起他的母亲,一会儿又令他记起了祖母和姐姐,所以那男孩一边哭一边对着碧奴喊:娘!奶奶!姐姐!碧奴嘴里塞了东西,不答应他,男孩就急了,他把那团麻线从碧奴嘴里拉出来,又对着她叫了一声,娘!

一共四个男孩,三个男孩先后记起了回家的路:一个男孩说他要向东走,回家去吃白薯;一个男孩说他要翻过青云关,回到山上的茅屋里去;第三个男孩说他要走到棉城的铁匠铺去,他要回去安锄头柄了。他们在太阳升起之前记起回家的路,匆匆地离开了树林。只有葫芦鹿守着碧奴,他年龄太小,记起了母亲却不记得回家的路。后来他替碧奴解开了眼睛上的腰带,用一块石头砸开了铁链,他对碧奴说,起来,起来,你也回家去吧!

碧奴泪流满面,一片灾难的白光照亮了她的脸,也刺痛了她的眼睛,她抬起头看着老榆树的树枝,问男孩,我脸上是什么?是树上掉下来的露珠吗?

男孩说,什么露珠?是眼泪,你的眼睛也流泪啦。

你们这些孩子,怎么把我的眼泪气出来了?桃村人的眼睛里流出泪,死期也就不远了。孩子,姐姐快死了!碧奴看见男孩脖颈上的小葫芦,眼睛亮了一下,很快就暗淡下去了。她伸手捏了捏男孩肮脏的脸蛋,手被男孩甩掉了。碧奴凝视着男孩,嘴边浮出一种酸楚的微笑,她说,是你呀,怪不得你守在我身边,怪不得你带着葫芦,孩子,我在梦里就见过你了,你是我的盖坟人,你是我的掘墓人!

什么盖坟人?什么掘墓人?男孩愣在那里,他说,你还活着呢,活人怎么给你掘墓,你要把自己活埋吗?

是死神把你送到我身边的,孩子!碧奴说,我的死神就在这林子里,进了这树林,我再也到不了大燕岭了,到了也没用:包裹没了,我的心也碎了,见了岂梁,让我拿什么东西给他?孩子,你就是我的掘墓人呀,赶紧去柴房吧,拿把铁镐来,再拿把铁锹来!

树 下

Under The Tree

碧奴坐在树下等候死神。

黎明时分，暗蓝色的天光已经勾勒出树林苍老的线条，空气里弥漫着苔藓杂藤淡淡的腥味，树枝分割的天空很零乱，有的地方亮了，有的地方还沉在一片幽寂中。碧奴的心也是半明半暗的，黑暗的一侧是无边无际的悔恨和内疚。她对不起母亲的亡灵，从小到大，母亲教了她多少克制眼泪的方法呀，她学不会，只学会了用头发哭，母亲在世时埋怨她，长得聪明伶俐有什么用？怎么教你你就是哭不好，就会用头发哭，哭得头上又酸又臭的，走到哪里都讨人嫌！她用头发哭了那么多年，好不容易学会了用手掌和脚趾哭泣的秘法，怎么一出门就忘了呢？她就是哭不好，即使天塌下来，泪水也不能从眼睛里流出来，桃村的女孩谁不知道这规矩？偏偏她就守不住这规矩，如果桃村的乡亲知道她是怎样流出了多年来的第一滴眼泪，没有人会同情她的，他们会说，让几个孩子弄出了眼泪，你还有脸说？几个孩子欺侮你，你的眼泪就忍不住了？眼泪不值钱，命也不值钱，你只好去死了！

碧奴坐在树下，怀着怨恨想起柴村女巫含糊不清的预言，预报个死讯是容易的，但她们从来没有告诉过她，死神来得这么早，她还没过青云关，看不见大燕岭的山影，更看不见岂梁的人影！路上遇见过不少的好心人，好心的叮嘱她都记住了，记住了有什么用？他们劝她避开山路避开强盗，却没有告诉她树林的危险；他们一味地提醒她提防狼群、毒蛇和蓄须的男子，却没有告诉她孩子也要提防：可怕的孩子，半人半鹿的孩子，他们用恶魔般的童真唤醒了碧奴的眼泪。碧奴的星辰坠落了，每一个桃村人都知道，泪水从眼睛里出来，那双眼睛就要永远地闭上了！

又一个黎明降临了，碧奴坐在树下等候死神。

一群灰鹿从树影里跑出来，分散在鹿王坟四周，警觉地注视着树下的女子，还有她脚上的铁链。有一头鹿以主人的姿态朝碧奴跑来，试探着地上的铁链，很快鹿发现铁链不是那女子的武器，它就用鹿角在碧奴的身上顶了一下，又顶了一下。很明显，灰鹿们把碧奴看成了入侵者，它们要把她从鹿的领地驱逐出去。

碧奴看清楚那是头鹿，她说，是鹿呀，你要把我撵哪儿去呢？我就在树下坐一会儿，坐不了多久啦，我的死神就要来了。

又有一头灰鹿大胆地跑过来，用蹄子试了试铁链，然后在碧奴的身上踢了一脚。

碧奴对那头鹿说，你别踢我，不是我要赖在你们的树林里，是那些孩子把我拴在树上的。我在这里等死，不吃你们的草，不吃你们的蘑菇和松果，我不碍你们的事。

灰鹿离开了，树上飞来了一对鹧鸪，它们肩并肩地停在树枝上，起初两只鸟很安静，看上去是在思考，也像是在回味鸟类的爱情，很快它们发现了树下的陌生人，两只鸟便不安地啼叫起来，鸟粪带着怒气，准确地打在碧奴的头上。

碧奴抬头看着树上的鸟，鸟也对着我的头上拉屎呢，连你们鸟也来赶我走？她说，你们栖在树上，我坐在树下，我不碍你们的事呀。

两只鹧鸪在头上愤愤地叫了几声后飞走了，碧奴看见两只鸟撞开的树叶间露出了一小片湛蓝色的天空。天快亮了，树林的边缘传来了一些嘈杂的人声。天快亮了，百春台的人们都应该醒来了，碧奴却疲惫地闭上了眼睛，睡前抱紧包裹是她的习惯，可现在她怀里是空的。碧奴的手在地上盲目地抓取，抓到了一堆散乱的铁链，她把铁链拉起来，那声音惊动了对面鹿王坟上的荒草，荒草飒飒舞动，一条布满褐色花纹的蛇突然窜出草丛，向碧奴这里游过来了。碧奴来不及判断蛇的来历，慌忙跳起来躲到树干后面，刹那间一种巨大的悲愤袭来，碧奴拿起铁链举在半空中，对着那条蛇叫喊起来，欺人太甚啦，我碍你们什么事了？这么大的树林子都容不下我一个人，鹿来撵我，鸟来撵我，蛇也来撵我，你们到底要把我撵到哪儿去？

蛇冷静地昂起头，绕着那棵老榆树游动，很明显蛇不是碧奴的听众，它的任务就是驱逐碧奴。碧奴对蛇举起了铁链，铁链刚刚举过肩就从她手里滑落了，她听见鹿王坟上的荒草疯狂地互相拍打起来，那声音使碧奴怀疑荒草下潜伏着一个陌生的鬼魂。她依稀看见风吹黄土，青烟升起，坟里钻出来一个带鹿角的少年，那少年长着鹿一样水汪汪的眼睛，有着鹿一样柔软的毛茸茸的皮肤。他手指坟土对碧奴说，别埋怨了，来吧，到我的坟里来吧。

唯一一个善意热情的邀请，偏偏来自坟下的幽灵，碧奴吓了一跳，反身就向鹿棚的方向跑。鹿棚那边鹿鸣呦呦，林间已经响起了男孩们晨跳的脚步声，她不知道那个小男孩是否忘了锄头和铁锹的事。他是她的掘墓人，他是她的盖坟人，碧奴一定要找到他。碧奴迎着树枝上空的第一道曙光在林间奔走，一路走一路掩面而泣，裙裾过处一地泪水，枯叶残藤和野蘑菇全部被一个南方女子的悲伤所感染，树林里平地扬起了一场泪水的风暴。

马人
Centaurs

天快亮了，百春台的马人们三三两两地走出他们居住的棚屋，他们在河边清洗自己的马鬃时看见了一只古怪的青蛙。青蛙沿着河岸跳跃，有时落在草丛里，有时伏在水上，带着一股令人费解的慈爱在马人们身边徘徊，无论他们怎么驱赶，青蛙始终不肯离开他们的视线。后来有个马人注意到了青蛙的眼睛，他突然笑起来，大叫道，你们看那只青蛙，眼睛是瞎的，还跳得那么欢！

马人们大多已经成年，乍看是一群彪悍健壮的青年男子，细看他们的背、臀部、脖颈，还有裸露的腿部，都焕发着神奇的马的风采。他们一齐弯腰在河边清洗马鬃时，看上去像一群饮水的马，等到他们直起身子向河那边眺望时，所有人的眼神里充满着青年特有的模糊的欲望。他们看见过一个女子的身影，但那身影被薄雾笼罩着，忽隐忽现，后来干脆消失了，来到河这边的是一只青蛙。

他们对青蛙的来访起初并不介意，渐渐地随着马人雪骢的到来，他们才注意到青蛙的种种反常之处。那青蛙对马人雪骢狂热的追逐，看上去别有一番滋味。由于不久前一只纺织娘飞入马人青皮的被窝，导致马人青皮连续数夜梦见家乡的妻子，并且夜夜梦遗；而马人紫驹也在饭碗里发现了一只巨大的蚂蚱，那蚂蚱一朝一暮在碗里准时鸣叫，紫驹便能清晰地听见老父的咳嗽声，那声音使紫驹无端地惊惶，他在别人嘲笑的目光中满屋子乱转，到处搜寻一把柴刀，说是要上山砍柴。那些神秘的昆虫诱发了马人们的思乡之潮，因此水边的盲青蛙最终引起了他们讨论的兴趣，有人大胆地猜测青蛙的来历，说兴许是一只寻亲的青蛙，寻到雪骢这里来了。

雪骢已经为早晨的骑射做好了准备。他在肩膀上披好马鞍，脚踝处套上了马蹄。他把清洗好的马鬃戴在头上，甩掉了马鬃上残留的水滴，然后他突然站住，看着自己的脚不动了。那只青蛙正伏在他的脚背上。

雪骢厌恶地注视着脚背上的青蛙，你干什么？怎么又跳到我的脚背上来了？他告诉别的马人：青蛙夜里已经来过棚屋，跳到他的肚子上站了很久，让他赶走了。他还问紫驹，你就睡我旁边，青蛙有没有站到你身上去？

紫驹说，青蛙不认得我，怎么会站到我身上，它认得你才跳到你肚子上，认得你才站到你脚背上的。

雪骢仍然怒视着脚背上的青蛙，面有愠色。青蛙认识虫子，不认识我！他说，你们没见它是瞎的？是一只瞎青蛙，怎么认得人？

马人们听雪骢说得在理，一时都茫然地看着他脚上的青蛙，那青蛙依偎着雪骢粗糙皲裂的脚背，盲眼里滚出了一滴晶莹的水珠。有人叫起来，它流泪了！一只瞎眼青蛙，它还流泪呢！马人们勇敢无畏，从不惧怕鬼神，更不忌讳一只青蛙的眼泪。他们已经很久没见过人的泪了，更何况是青蛙的泪，一种好奇心促使他们涌上来，抬起雪骢的一条腿，热情地围观青蛙的那滴眼泪。有人评价说青蛙的泪跟人的泪没有两样，有人则一口咬定青蛙的泪比人的眼泪亮得多，也圆润得多，有点像一颗珍珠，而马人枣骝被那滴泪珠唤醒了智慧，他提醒雪骢道，雪骢，你娘不是瞎子吗？那就是你娘，她死了变成一只青蛙，寻亲来了！

我娘眼睛是哭坏的，谁说是瞎子？你娘才是瞎子，你娘死了才变成青蛙！雪骢勃然大怒，他把脚背弓起来，对青蛙吼道，到他那边去，他才是你儿子！

他们看见雪骢一脚把青蛙踢到枣骝身上去了，可是青蛙也许不认得枣骝，也许它认为枣骝不是她的儿子。青蛙从枣骝身上落下来，固执地向着雪骢的脚跳过去。雪骢不知道为什么那么恼怒，他从水边捡起一只破陶碗，啪的一声，青蛙被倒扣在碗里了。雪骢对着陶碗厉声警告道，不准出来，给我待在碗里，再缠我，小心我一脚踩死你！

马人们看见雪骢气呼呼地离开河边，谁也无法猜透雪骢内心的秘密，正如他们无法识别青蛙的心事，他们蹲在河边，透过陶碗的破缝打量那只被囚的青蛙。谁是你的儿子？你儿子是谁？他们快乐而孩子气的声音一遍遍地在河边回荡，陶碗下的青蛙依然沉默不语，善良的马人玉兔看见了青蛙的眼泪，那眼泪也被囚禁，像一颗珍珠在暗处闪闪发光，马人玉兔被那奇异的光芒所打动，他打开了陶碗，把青蛙放了出来。

青蛙的一滴泪消失了，另外一滴泪涌了出来，它在马人们的脚丛中探寻儿子的气息。不知道是出于感恩，还是灵敏的嗅觉帮助它闻到了另一个儿子的气味，哀伤的青蛙发现了玉兔，盲眼里的泪珠越来越亮，它突然高高地跳起来，跳到玉兔的膝盖上去了。

玉兔是个善于奔跑而不擅言辞的马人，他涨红了脸蹲在那里，看青蛙久久地停在他的膝盖上，看得出来，他觉得不舒服，但他不知道该如何对待一只寻亲的青蛙。

玉兔，蹲着别动！马人们又骚动起来，玉兔，那是你娘，小心别摔着你娘！

它不是我娘！玉兔说，我娘是一棵树变的，我爹是一块石头，他们的魂灵守在蒹葭山上，从来不出门！

马人们都笑了，他们以为玉兔是在开玩笑，可是玉兔不是开玩笑，说起远方的父母他的表情有点忧伤。这青蛙，不知道是从哪儿来的？他说，我们那里有好多石蛙的，我三姨死了就变成一只石蛙，青蛙和石蛙也算是亲戚吧？这青蛙大概是认错人了，把亲戚当儿子啦！玉兔捧着青蛙，一只脚踩到了河水里，他是最善良也是最聪明的马人，最后把青蛙放在一片浮萍上了，他对青蛙说，你坐着浮萍四处找找吧，去河那边看看，也许你儿子在河那边呢。

而在河的对岸，那些年幼的鹿人也已经纷纷醒来，一夜过后他们失去了将军鹿的领导，带着自由和混乱组合而成的清新气息，呼啸着从树林里跳出来。他们手执鹿角，耸身而立，像鹿一样朝空中的吊桥张望。他们在等待百春台上射猎的号角，射猎的号角快要吹响了，御河上的吊桥快放下来了。

掘 墓

Gravedigging

碧奴荷锄，男孩扛锹，他们在树林里走。

你别走了，天亮了，没地方给你掘墓了。男孩在碧奴的身后说，谁让你不趁天黑时死的，现在好了，太阳出来了，他们都起来了，你在哪儿挖坑都会让人看见的！

泥泞的空地上，鹿和孩子们的足印交织在一起。一片落叶旁有翻挖的痕迹，碧奴忍不住地停下来，用锄头刨了几下，她知道鹿人们把什么都埋在地下，于是她抱着一点幻想，能不能把岂梁的衣服刨一点回来，哪怕挖出一只鞋，也是好的。

你看你还说要死呢？要死还刨你的东西？男孩说，我看你一点也不想死，什么眼泪流出来你就会死，骗人的，你让我拿锄头和铁锹，原来是要挖你的包裹！

我没骗你，我想再看一眼岂梁的东西再去死。碧奴说，孩子，我不甘心呀，一路上看包裹看得那么紧，躲过了强盗躲过了贼，就是没躲过你们这些孩子！

不怪我们，是你自己跑到树林里来的！他的眼睛无辜地瞪着碧奴，说，你什么也刨不出来的，包裹里的东西都分光了，每人都把自己的东西藏起来了！

孩子，你们把刀币拿去我也不怨你们，碧奴说，你们不该把岂梁的冬衣也分了，岂梁是大人，他的袍子你们穿不上，他的帽子你们戴不上，他的鞋子你们没法穿的！

蠢女子，不能穿怕什么？拿到集市上能卖钱的！男孩观察着碧奴的一举一动,突然跑过来把锄头夺过去了,他说,你要挖你的包裹就用树枝,不准用我的锄头。我就知道你骗人,人人都怕死,你为什么不怕?别人埋到坟里还要钻出来逃命呢,你活得好好的,为什么自己挖自己的坟?你不是挖坟,是挖包裹!

碧奴悲伤地看着男孩,她叹了口气,说,那好吧,孩子,我再也不挖包裹了,我们就挖坟,我也死心眼,人不死心就不死,还在惦记那包裹!干脆埋到土里,倒也省心了。孩子,我们走,找个向阳的地方去挖坟!

男孩对碧奴的挑剔不堪其烦,他把铁锹在地上重重地顿了顿,脑袋侧向树林外面百春台的方向,什么向阳不向阳,向阳有什么用?你听呀,射猎的号角吹响了,衡明君的马队就要出来了,热乎乎的面饼也要端出来啦!他说,我上你的当了!你活又不肯好好活,死又不肯好好死,到底准备怎么样?你还没说呢,雇我做你的掘墓人,到底给我什么好处?你的包裹没有了,做你的掘墓人,我还能捞到什么好处?

孩子,我是葫芦变的呀!碧奴说,等我死了变回葫芦,你可以来摘葫芦的,摘回去剖两半,就是两个水瓢,要是不剖就把小头切开个口,可以做盐罐,也可以做油灯的!

谁要你的水瓢?谁要你的盐罐?你倒会哄人!男孩轻蔑地哼了一声,过来在碧奴的袍袖里摸了摸,他说,有钱才能使鬼推磨，你身上还有刀币吗？

碧奴拍了拍她的袍子。除了这袍子，你们什么也没给我留下呀。她看见男孩脸上掠过一丝失望的表情，就从发髻里拔出了一根银簪：我就剩下这一件东西了，是白银打的，现在我怎么打扮也没用了，梳什么髻子岂梁也看不见了，你拿去，以后送给你媳妇。

什么媳妇不媳妇的？用这么个小玩意来雇我，我吃大亏了。男孩嘟囔着，犹豫了一会儿，最终还是接受了碧奴的银簪。他谨慎地注视着银簪，是白银做的？没骗我吧？在得到了碧奴的赌咒发誓后，男孩终于露出勉强的笑容，他把簪子塞到耳朵里转了转，掏出一片耳垢，说，衡明君大人天天要掏耳朵的，有钱有势的人都要掏耳朵的，我以后就用这东西来掏耳屎，天天都掏！

为了兑现自己的诺言，男孩开始履行掘墓人的职责，他瞄准了一块松树下的空地，丈量了一下，用树枝划出一个方框。斜着躺下去就够了，他说，反正你死了，不吃饭就不要锅灶，不怕冷热就不要门窗，不怕风雨就不要屋顶，你长那么瘦小，这块地方够安顿你啦。

碧奴端详着那棵松树下草草划出的墓线，依稀看见死神在那个方框下欠起了身子，焦灼地等待着她。她不怕死，但死到临头她突然想起自己葬身在这树林里，没有人替她举起丧幡,没有人会到坟边为她掉一滴泪,碧奴不甘心,她决定在死之前为自己痛痛快快地哭一场,于是她沿着那个方框走,一边走一边让泪水尽情奔流。碧奴的泪水雨点般地滴落在地,她乌黑的长发失去了簪子的束缚,在获得自由的同时大声呜咽起来,发间泪珠像雨点一样从头发上泻下来。男孩惊恐地叫起来,你在干什么?碧奴说,我在转坟,我在哭坟,我死了没有人替我转坟,也没有人来哭坟,我只好自己转自己的坟,自己哭自己的坟了!男孩半信半疑地瞪着碧奴,你们妇人就是事多,活着事多,死了也事多!

碧奴转好了坟,透过满眼泪水打量着松树下的墓坑,想起自己最后葬在这么一棵树下,不靠路,不见阳光,无论如何算不上一个好坟茔。于是,她向男孩提出了最后的建议,孩子,我们能不能换个亮一点的地方,我是要变葫芦的,这树下不见阳光,等我埋下去了,万一葫芦藤子长不出来怎么办?

什么阳光?什么葫芦藤子?男孩受骗似的叫起来,我就知道你千方百计赖着,赖着不肯死。你要是耍赖,我就不做你的死神了!

我不是耍赖,我是不放心,这里有那么多鹿,万一葫芦秧子刚出来就让鹿啃了呢,要是变不成葫芦我就没来生了,没有来生我就白死了。

男孩把手里的锄头扔到碧奴那边,叉腰站在坑边,鼻孔喘着粗气，愤怒地喊起来，你是个骗子！你自己掘你的墓去，自己埋自己去吧，我再也不上你的当啦！

两个人隔着地上的方框对峙了一会儿，赴死的人有口难辩，掘墓的人气急败坏。松树上落下一片褐色的鸟毛，愤怒的男孩抬起头，发现树顶上有只鸟巢，鸟巢凌驾于树杈之上的样子让他顿生灵感。男孩说，好，好，我有好地方了，你不用担心见不到阳光，也不用害怕鹿来啃葫芦藤了，我把你捆起来，挂到树上去死！男孩眼睛里闪着亢奋而寒冷的光，他捡起锄头去灌木丛砍下一丛荆条，抽了一根，卷起来，松开，说，你不是要阳光吗？把你挂到树上去，挂你这么又瘦又小的女子，三根荆条就够了！

碧奴朝树上瞥了一眼，看见那只鸟巢孤零零地垒在树上。我不是鸟，我不到树上去！碧奴说，就是鸟，它死了也要落到地上，就是一片树叶，枯死了也要落在地上，孩子，你怎么能把我挂在树上？

你自己说的，我是你的掘墓人，不管你的生，只管你的死！男孩嚷起来，我让你死在树上，你就死到树上去！

男孩抓着荆条过来了，他没有料到碧奴向着他举起了锄头，那女子满面是泪，可她的脸上出现了罕见的倔强泼辣的表情，这使男孩毫无思想准备，他一时被难住了。她不肯死到树上去，她不肯死在树上！一个精神崩溃的女子在寻死的地点上寸步不让，男孩觉得很好笑：你怎么这样笨呢？你死了就什么也不知道了，你就把自己当一棵树枝好了，树枝不都是死在树上的？

碧奴叫喊道，我不是树枝！孩子，你不能让我死到树上去！

男孩皱着眉头注视着碧奴，他思考着什么，突然向她下了最后通牒：反正不是树上就是树下！给你最后一个机会，松树下到底行不行？不行我就走了，我把簪子还给你，你找别人盖你的坟去！

这次轮到碧奴妥协了，她来到了松树下，仰望着茂密的松枝，说，不要阳光就不要阳光吧，孩子，我是不该臭讲究的，你别生姐姐的气。她提起袍子在方框里蹲了蹲，又侧身半躺着试了试。斜着身子埋下去，是也够了。她用一种迎合的语气对男孩说，聪明的孩子，你来盖我的坟，是我的福气，姐姐怎么会去找别人呢？

树林中土地潮湿，他们挖坑的声音很闷很轻，本不至于惊动树林外面的人，更不应惊动河那边的百春台。当一个穿着紫袍的百春台门客突然飞奔而来的时候，男孩傻眼了，惊叫了一声，千里眼看见我们了，快跑！他扔下锄头就跑，跑了没几步便让那门客擒住了，紫衣门客千里眼一手挎住男孩，一手举着一面旗帜，凶神恶煞地朝碧奴走来，他说，我夜里就盯住你了,你在河边晃来晃去的,是不是谁派来的刺客?

男孩在千里眼的臂弯里说,她不是刺客,她是个泪人!

什么泪人?是贼人吧!谅你也不是做刺客的料,是偷树贼?千里眼自得地说,我隔着一条河看见树叶的动静,就知道树林里有没有贼,果然有贼,你们是偷树来的吧?

我不是贼。碧奴指着地上的那个坑,她说,我们挖坑不是要偷树,是要埋人。

男孩看起来很怕千里眼,他打断碧奴叫起来,说,不是我要埋她,是她自己不想活了,她雇我盖她的坟。

千里眼松开了手里的男孩,用严厉的目光轮流审视着他和碧奴。男孩爬到树上,满脸无辜地看着千里眼,碧奴低头凝视着地上的浅坑,她的面颊上有一道闪亮的泪痕,两只手一直颤个不停。千里眼踢了一脚地上的土。你是什么人?敢在这里挖土做坟?千里眼大发雷霆,他恼怒地把手里的旗帜插在坑里,你们给我看看,这是谁的林子?他指着旗帜上金色的豹徽吼起来,哪儿不能死人?你竟挑了这林子来寻死?这是衡明君世代相袭的风水宝地,连我们门客死了都没资格埋在这儿,你一个来路不明的女子,怎么可以死在这儿?

男孩在千里眼的吼叫声中逃到更高的树杈上,攀着树枝问他,那她应该埋到哪儿去?

千里眼瞥了碧奴一眼,手指西北方向,说,乱坟冈!你们平时不长眼睛的，路上的死人，身份不明的人，统统都拖到西边乱坟冈去的！

碧奴顺着他的手指朝西北看，看见树林尽头一角灰色的天空，那就是乱坟冈的天空了。她在通往百春台的路上看见过那片荒地，满目乱草覆盖着蘑菇般的野冢，荒地的上空飞满了乌鸦。与乱坟冈相比，树林里的这个墓坑是多么好，她忍不住地朝坑里伸进去一只脚，然后她用求助的目光看着她的死神，孩子你下来呀，你跟这位大人好好说说，我就要这么巴掌大一块地方，怎么就不行？那男孩躲在树上，怎么也不肯下来，嘴里还在抢白她，谁让你那么挑剔的？早点动手，说不定人已经埋下去了，现在后悔还有什么用？你只好死到乱坟冈去啦！

千里眼把碧奴从坑里拉了出来，抓过锄头，三下五除二地，坑边的土又填回到了坑里。他把豹徽旗插在碧奴的身边，他说，这位大姐，不是我瞧不起你，你挑坟地不该挑中衡明君的林子呀，别看他们这帮小鹿人现在在林子里又跑又跳的，死了都得拖到外面去埋葬，连我们门客病死了都不让埋这儿的，怎么能让你埋下去？大姐你千万别跟我犟，你也别在这里动什么鬼点子，我是千里眼，你去打听打听，百春台三百门客，谁的眼睛最尖？你就是偷偷地埋下去三丈深，也瞒不过我的眼睛，我会把你挖出来的！

门 客

Followers

百春台最早以马人闻名于世。

青云郡的王公贵族中盛行骑射之风,这优雅高贵的习俗流传多年。遭遇了梨花年间的三年战事,数万匹良种青云白马跟随征战的将士驰骋疆场,而西南边疆狼烟未沉,北方的长城工事又在召唤所有幸存的马匹,无论是骏马还是病马老马,都随北上筑城的人流而去。从未有过的马荒,严禁私养马匹的非常戒令,使王公贵族骑射的习俗几成无米之炊,贺兰台、涌金台、芳草台的主人纷纷告别弓弩。只有百春台主人衡明君是个例外,台内三百门客都知道主人对骑射异乎寻常地热爱,不骑射毋宁死。随着马棚里的好马一匹匹地离开,主人面色憔悴,而在门客们敏锐的目光里,他的臀部比面孔更憔悴。门客们习惯了为主人排忧解难,针对马的替代物,他们群策群力,创造和思考的热情像潮水一样在百春台蔓延,以人为马的发明应运而生。

于是骑射这本古老的书翻开了历史上最华丽的篇章。百春台以人为马的创举令人耳目一新,不仅在青云郡,七郡十八县的王公贵族纷纷群起效仿,这种顾全大局的节俭风气受到了朝廷的美誉,国王体恤下情,宣布各地马人列入免征徭役的名单。消息传出,城乡各地的青年男子都开始为一门新兴的职业而竞争,掀起了一场疯狂的负重奔跑的热潮。他们在山岭之上驮着石块奔跑,他们在树林里驮着圆木奔跑,他们在家门口驮着年迈无用的祖父母奔跑，他们练习马的步伐、马的呼吸，甚至马的嘶鸣之声，像马一样奔跑，甚至比马跑得更快。跑到青云郡的百春台去，跑到北方的贺兰台和芳草台去，跑到南方的涌金台去，去做四大王公的马人，成了所有青年男子的梦想。

骑人射猎的新风尚风靡各地的贵族圈子，并且有愈演愈烈之势，但是新生事物的发展多少会遇到些阻碍。各地的森林山坡每天箭镞不断，野外大量的鹿、麂、野兔和黄羊从丘陵地带迁徙到了高山上，飞禽不知去向，骑射之娱很快陷入新的困境。骑手枉有射月之功，马人们枉有追风之速，猎物绝迹，他们也只好空手而归，眼看主人衡明君愁眉不展，百春台的三百门客掀起了新一轮探索发明的热潮。一个名叫公孙禽的门客有一天在蓝草涧人市上发现一个瘦骨嶙峋的男孩，他在树下跑，树上的孩子用草镞射他，四处飞来的草镞使那个男孩跳着奔跑起来，跑得像一头鹿！天资过人的公孙禽眼前一亮，他买下了那个男孩。在去往百春台的路上，那男孩尾随着公孙禽，他胆怯地打听自己的未来，大人，你把我买去做马人吗？你要不要骑在我身上试试？公孙禽直率地说，孩子，你的鸡巴毛还没长出来呢，怎么做马人？你不是马人，是鹿人！

鹿人们大多是未及弱冠的男孩子，作为野鹿和黄羊的替代品，他们的待遇与马人不同，但其严格的选才过程，还有长时间与鹿为伍的训练，与马人相比并不轻松。公孙禽挑选鹿人第一挑他们的腿，腿的优劣以鹿腿为标准；第二考察他们跳跃的高度和耐力，结果那些长了瘦长腿的孩子得到了青睐。由于青云郡北部尤其是蓝草涧人市聚集着大批无家可归的孩子，给公孙禽的鹿人计划提供了方便，他把一群筛选来的流浪男孩带进萧条的鹿棚，让他们暂时放弃对马的模仿，做马人的理想也搁置在一边。公孙禽给小鹿人的口号是：马人的事业先从鹿人开始！那些男孩们被说服了，心甘情愿改学了鹿跳。他们没有让公孙禽失望，八九岁的年龄，灵巧的骨骼和天然的弹跳能力，使他们对鹿的模仿天衣无缝，相对于青年男子的马奔，小男孩们的鹿跳无疑更加出色更加逼真。公孙禽有一天在高台上手指河那边的树林，让其他门客看那儿的鹿影，没有人发现树林里的鹿影其实是人影，所有门客都大喜过望，欢呼道，回来这么多鹿啊，赶紧通报衡明君！

使用鹿人的好处很快就体现出来了，他们招之即来，来之能跳，狩猎的地点时间也完全可以掌控，即使下雨天也不妨碍衡明君的兴致，加上那些鹿人大多年幼，只求果腹，不享受门客薪俸，也不会增加台上的开支。鹿人制度一出，引起了各地新一波的仿效热潮，当然各台的门客也不甘心总是拾人弃慧，他们结合自己主人的爱好和地理环境，创造了更复杂更奇特的射猎篇章。其中人们谈论最多的是贺兰台主人阳泰君养的野猪人。阳泰君热爱打野猪，他的门客中有好多人肥胖如猪，食量惊人，而贺兰台训练野猪人的方法也别具一格，人们说那些野猪人每天只做两件事，一件事是吃，另一件事就是在山坡上练习滚坡。百春台的门客带着讥讽的口气议论贺兰台野猪人的滚坡训练，他们说阳泰君年事已高，视力衰退，他已经打不到奔跑的猎物，也只能打几只滚坡的野猪了。

这年秋天，百春台意外地迎接了一辆来自长寿宫的黄埤马车，南巡的国王仍然在传说中南巡，不见其影，钦差使的车辇却在官道上长驱直入，直奔百春台而来。一个黄衣宫吏拍马来到壕河边，举起钦差使的旗帜，通告国王的嘉奖黄诏送抵百春台。刹那间百春台里一片哗然，三百门客如同群鸟乱飞，飞到他们的主人身边，黑压压地在河边跪成一片。沙尘满篷的黄埤马车停在吊桥下等待放桥的时候，两个桥工不知怎么惹的祸，他们无论如何也放不下桥来了。衡明君在轳车和铁索尖利绝望的碰撞声中勉强保持了镇定，而门客们则开始窃窃私语，以占卦术闻名的门客子康注意到晴朗的天空里飘来了几朵乌云,他提醒衡明君看那几朵云,衡明君却拒绝了他的好意,他说,不用看天,我的心里已经飘满了乌云!

钦差使疲惫的脸上除了倨傲之色,还有一丝难以琢磨的微笑。衡明君跪接黄诏的时候清晰地听见那钦差使打了一个饱嗝,很明显他们已经用过午餐,钦差使不吃百春台的饭,是在路上吃的!衡明君的手忍不住颤抖起来,不祥的预感得到了更不祥的印证,谁也没有料到国王嘉奖的内容:国王的黄诏上什么字迹也没有,偌大的诏书上只留下了半个金印!在门客们焦虑的目光下,衡明君强颜欢笑,他虔诚地阅读一纸空诏,还有半个金印,谢过大恩之后,命令下人燃放烟花,杀鸡宰猪,而钦差使的人马,被三百个恭敬的门客夹道迎进了百春台。

那面孔苍白神情阴鸷的钦差使让所有人都感到了不安,每个人都看见他一手带来了鲜花,一手却捏着毒药。门客们分批分时去试探了钦差使的兴趣爱好,钦差使对美酒和女色无动于衷,而金银珠宝也不能打动他,衡明君见多识广,他知道京城官吏时兴豢养男宠,便猜想他一定好男色,结果又落了空,那钦差使非等闲之辈,女色不爱,男色也没用!衡明君派出的一个貌如潘安的少年,三更天衣袖含香地进入西厅,四更天就捂着下体哭出西厅来了。守在西厅下的门客把他带到衡明君面前，他还捂着那地方哭哭啼啼，告状道，钦差使也不好男色，不仅不好，而且嫉妒别人唇红齿白，差点拧断了他的命根！

钦差使像一个幽灵般地出现在所有不该出现的地方，他多次闯入河边马人们居住的棚屋，对马人的来历追根究底，他对马人们跑得如何漠不关心，却特别考察了他们使用兵器的能力。他长时间地观察衡明君的炼丹炉，甚至想从炉工嘴里套出配方的秘密。他对吊桥的升降原理很好奇，缠住桥工，打破砂锅问到底，而对遍布于百春台各处的地窖、暗室和夹墙，钦差使更是表现出一种疯狂的兴趣。他用一根从长寿宫里带出来的檀木龙杖，在这里敲几下，到那里捅几下，百春台在他制造的种种回音里显得深不可测，处处暗藏了机关。

衡明君对钦差使充满了戒备之心，怀疑他担负某项不可告人的险恶的使命。他派出了平时看管树林的千里眼门客，日夜监视钦差使入住的西厅，可是西厅的窗子很快蒙上了厚厚的帷幕。千里眼非常惭愧地来禀报，他目前的功夫只能穿透白纱，还不能穿透那么厚的紫色帷幕，衡明君对门客仁慈，也没有责怪千里眼，只是婉转地提醒他，你是三百门客中唯一靠眼睛吃饭的，如果只能穿透白纱恐怕不行，还要加强眼睛的本领。西厅悬挂的厚厚的帷幕让衡明君茶饭不香，他隐隐觉得帷幕遮盖的是磨刀霍霍的阴谋。门客们自然地要为主人献计献策，鸡鸣之徒三更先生第一个站起来，说，不让他们睡好觉，我二更天就让方圆百里的鸡都叫起来，吵死他们，让他们睡不好觉！门客们平日最不屑三更先生的那点本事，这时群起攻之，你除了会学鸡叫，还有没有别的能耐了，那么早把他们吵醒有什么好处？让他们三更天就起来密谋整治我们百春台？三更先生坐下后，箭术高强百里穿杨的门客射月先生拍案而起，不就是个狗屁钦差吗，再大的客人也是客，他居然敢在西厅挂帷幕，不把我们百春台的规矩当规矩呢，看我一排箭把那些尿布片子打成个马蜂窝！射月先生是衡明君最宠爱的门客之一，他犯牛脾气，别人就不好当面顶撞。大家看着衡明君，让他批评射月先生，衡明君一杯酒泼到了射月先生的脸上，让他不得冲动，他说，你那排箭要射出去就真的射了马蜂窝了，他是国王的人，只能智取，不得动枪动箭！

　　门客芹素此时离开了酒席，像一只壁虎一样无声地攀柱而上，最后将身体倒挂在梁上，用自己的身体和怀才不遇的眼神提醒大家：养兵千日用兵一时呀，你们怎么忘了百春台养了一个梁上君子！

一个倒挂在梁上的身体终于令众人的眼睛一亮,梁上君子芹素是最好的人选!公孙禽等一批智囊纷纷涌到衡明君身边,带着一半内疚一半逢迎的口气夸赞他不拘一格降人才的门客引进制度;之前,他们还对芹素的门客身份有抵触情绪呢,认为堂堂百春台养着个小偷做门客,不免让人耻笑,也容易引来不必要的猜疑。这一刻他们尽释前嫌,在衡明君的建议下,大家举杯向着梁上君子芹素,敬了一杯。

第二夜好多门客躲在暗处,观看了芹素飞檐走壁潜入西厅的过程,他们惊讶地发现芹素在平地上走路脚步拖沓懒散,到了墙上梁上却是健步如飞,刹眼之间,那芹素已经隐身在西厅鬼鬼祟祟的灯光中了。

可惜芹素毕竟是芹素,他习惯入室偷点什么,这次不允许他偷,让他看,让他听,他反而在钦差使的房间里迷失了方向,把一件好事弄得一波三折。

钦差使的房内有一种奇怪的香料味,让人想打喷嚏。芹素费了好大的力气,才忍住没打出那个喷嚏。他发现钦差使与随行的小马弁两人头靠着头,在灯下铺开一卷丝帛,用朱砂粉在丝帛上绘了一张花哨而复杂的地图。芹素急于向衡明君禀报地图之事,就脱身从东厅那里下了屋顶,直接到了衡明君的帐前。

衡明君帐内有几个歌舞班的女子，有的一丝不挂，有的只在上身挂了一个花肚兜，她们或卧或坐，一个持箫的美女则坐在衡明君的腿弯里，那些女子玉体横陈的样子不免让芹素心有旁骛，所以衡明君询问地图的内容时，芹素一问三不知，偶尔清醒一下也是答非所问，衡明君有点气恼，没见过女子？你鼻孔里还拉风箱呢，我就见不得你们这副没出息的下流模样！他用一把拂尘将芹素顶出去很远，说，我怎么关照你的，让你看清楚了听清楚了再回来，你看见一张地图就回来了，地图上到底画的什么，看清楚了再来告诉我！

于是芹素从东厅的屋顶上返回了西厅，他返回的那几分钟里，下面望风的人注意到钦差使的房间内有人影一闪，灯光忽然暗下去了，他们觉得异常，向着上面举了举蓝灯，可是芹素不理会蓝灯的警告，下面的人看见他的黑影在房顶上停了一下，然后果断地沉了下去。

这次返回酿成了大错，首先是一只青蛙让芹素感到心神不安，他是在西厅黑暗的回廊上遇见那只奇怪的青蛙的。芹素轻风般的脚步声能安全通过人的耳朵，却不能蒙蔽一只青蛙，他的潜入引起了青蛙的注意。芹素没有料到青蛙对他的追逐如此热情，如此固执，他从来没见过一只追逐人的青蛙。他沿着回廊奔向钦差的房间，看见那青蛙尾随而来，它的眼睛似乎是瞎的，芹素向青蛙摆手，还做出一些投掷的姿势威胁它。青蛙置之不理，它只是追寻着芹素的脚步努力跳跃着，一对蛙眼在夜幕里闪着两圈微弱的白光。芹素怀疑是自己身上的什么气味牵引着讨厌的青蛙，他忍不住闻了闻自己的身体，可他并没有从自己身上闻到昆虫和死鱼烂虾的气味。

  一只青蛙让梁上君子芹素的心蒙上了莫名的阴影。他攀上房梁，从空中看见钦差使已经吹了灯，人已在床榻上躺下，那张画了地图的丝帛铺展在微暗的月光下，像一片脆薄而神秘的宝藏。他顺着房梁潜入房间时，隐隐听到了外面的一声蛙鸣，一声蛙鸣唤起了芹素孩提时代遥远的记忆，他不知道自己是怎么从梁上掉下来的，只看见眼前突然灯火通明，那狡猾的钦差使从帘幕后面出来了，床上假寐的马弁也跳起来了，有人从床肚子底下钻了出来，他们发出了得意的笑声和喊叫，打小偷，打，打！钦差使挥起檀木龙杖，一杖就把芹素打晕了。

  守候在西厅下面的门客听见了芹素最后怨恨的叫声，哪来的青蛙？是谁把青蛙放进来了？门客们知道上面出了意外，但是再聪明的人也听不懂芹素的怨恨，他们不知道窃取地图之事与一只青蛙会有什么联系。

芹素

Qinsu

百春台好多人见到过那只青蛙，河边的马人说那是一只寻找儿子的青蛙，在其他门客们看来，马人们对事物的见解是毫无参考价值的。马人毕竟是马人，血统低贱，谈吐也就低贱，见解就像干草一样杂乱无趣，否则衡明君就不会像对待马一样对待他们了。马人们混居在河边的棚屋里，门客们是有自己房间的，尽管是三五人一间，尽管那些房间沉在台基下，一半见天，一半见地，但他们是住在台里的，他们与主人住得近，心也贴得紧。有门客在台上看见过那只盲眼青蛙，可是他们眼观四路，耳听八方，心里想的都是主人，谁会去注意一只青蛙呢？如果不是芹素将他的失败归咎于那只青蛙，他们绝不会去搜寻那只青蛙。百春台已经够乱了，芹素一句话，乱上加乱，害得三百个门客一起出动去搜寻一只青蛙，结果他们找了一个早晨，却是一无所获。那只青蛙来得蹊跷，走得神秘，它似乎已经从百春台消失了。

千里眼告诉公孙禽，他曾经看见那青蛙出没在门客少器的窗前床下，甚至跳到那个初来乍到的新门客的鞋履里。新来的门客少器，他处理那只青蛙的方式也很新颖，千里眼起初看见他用剑柄拍地驱赶鞋子里的青蛙，青蛙不走，那新门客就用剑头挑起鞋子，连鞋带青蛙一起扔到了壕河里！

但他们沿着河岸四处搜寻，也没看见青蛙的影子，公孙禽很自然地向新门客少器多看了几眼，门客少器冷笑起来，别看我，我不知道青蛙的下落，只知道百春台所有仇人的下落！门客少器异常冷静的态度感染了众门客，他们纷纷说服公孙禽，放弃搜寻青蛙的行动。找到了青蛙又怎么样？即使那青蛙承担了什么阴谋的使命，谁是阴谋的策划者，阴谋是什么，都是没法盘问的。公孙禽无可奈何地看着同仁们，苦笑道，我何尝不知道这道理？可是衡明君大人在气头上，他要搜青蛙你不能不搜呀！公孙禽落寞地看看河水，看看天上，说，好在太阳升得这么高了，大人兴许把青蛙的事情忘了，我们还是伺候大人骑射去吧。

公孙禽他们路过河边棚屋的时候看见马人们坐在地上晒太阳，看上去无所事事。他忍不住地呵斥了几声，怎么都像木头一样坐在那里？什么时候见马坐在地上的？你们算什么马人，懒死了！还不快起来，活动活动你们的马蹄！马人们很不情愿地站了起来，那个名叫雪骢的马人大声说，公孙先生，弓箭房已经通知我们了，今天不骑射，衡明君大人没心情！

公孙禽有点意外，抬头看看天，说，怪不得，今天的太阳是从西边升起来的！他从马人们身边走过的时候，突然想起什么，又回头问，你们中间，谁是青蛙的儿子？马人们都似笑非笑的，一个个摇起头来。青蛙的儿子不在我们这边！马人雪骢突然说，在你们那边呀，公孙大人你还没听说吗，芹素就是青蛙的儿子！

门客们都应声而笑，说得妙，那不中用的东西，他不是青蛙的儿子，又是谁的儿子？公孙禽也要笑，但他天生注重自己的身份和仪态，嘴唇一绽开就严峻地闭上了，手指远处的黄皴马车，厉声道：不得瞎说，告诉过你们了，现在是非常时期，百春台的大事小事，就是谁放一个屁，也不准走漏风声！

门客们后来围聚在豹堂外面，隔墙陪伴着他们的主人。秋风吹来，风卷珠帘，却卷不走豹堂的愁云。他们的主人正在豹堂里品尝苦酒。当钦差使把五花大绑的芹素推上豹堂时，有几个门客激愤地向芹素做出了侮辱的手势，有人干脆就学着马人的语言，粗鲁地喊起来，芹素，你这青蛙养的东西！他们听见豹堂里传来衡明君羞恼的叫声，他当场叫人斩断芹素的手，外面有门客应声举手，我来！可是外面的门客不敢造次，他们听见了钦差使阴沉的拿腔作调的声音。他宣称芹素已经是朝廷的罪犯，如何惩戒之事由不得百春台方面做主，他要扣下芹素，把芹素带回朝廷衙门三堂会审。

太阳升起来了，百春台却沉浸在一片巨大的阴影之中。寂静压迫着门客们的心，他们为主人效劳的时刻到了。飞檐走壁的盗徒出了事，还有力大如山的力士、吞火吐水的魔法师、倒弓射大雕的神箭手、精通催眠术的催眠老人，他们忠诚地聚集在衡明君的面前，可惜他们一个个涌进豹堂，都被主人挥手赶走了。很多时候英雄并无用武之地。芹素一出事，衡明君已经不敢轻举妄动，他对门客们说，我情愿让芹素死，也不能让他们把他带走。门客们清楚主人的言外之意，谁都知道一旦芹素被钦差使带走，百春台的某些秘密也将被带到长寿宫去，那对衡明君是天大的灾难，对于他们这些门客，也是危险的事。

门客们决定让芹素去死。

起初大家都把目光集中在新来的门客少器的黑面罩上。尽管他在百春台门客堆里身份独特，白天也蒙面，只有衡明君可以看见他的真面目，但大家不用看他的脸也知道，他是一个远道而来的刺客。蒙面的刺客少器站在角落里，除了一双冰冷的眼睛，谁也看不见他的表情，他没做什么表示，是衡明君让大家不要盯着少器，他说，此等小事，何须动用少器先生的刀剑，少器先生现在不出马，他另有重任在肩。

大力神门客自告奋勇,他要求去执行这项任务,夸口道只要他的手抓到芹素的脖子,就可以把他的脑袋拧下来。他冷酷莽撞的建议立刻遭到了一致否决:暂且不论芹素是在钦差使手中,不易近身,即使让大力神门客抓到芹素的脖子,也不宜蛮干,给钦差使留下新的口实。门客们认为让芹素去死,最好是说服他自尽,所以文武之道中要取文道,衡明君同意这种观点,就把大力神他们都劝下去了。

精通催眠术的门客谷不醒举手道,他不用近身,隔着百步之距也可以让芹素昏睡三天三夜,谷不醒是适合的人选,唯一的遗憾是他能让芹素轻易地睡着,却不能让他直接去见阎王,如果芹素昏睡着,不正好让钦差使方便带回长寿宫吗?门客们认为此事最终的关键在于物色说客,物色一个具有最灿烂的智慧和三寸不烂之舌的人。要把一个苟活的人劝到死神一边去,不是易事,让芹素自己死,死得要干净,这样的说客不是常人能胜任的,所以他们的目光最后都落在门客公孙禽身上。公孙禽号称是百春台的大脑,此时脸上却颇有难色,他对着主人指指自己的喉咙,衡明君一下就绝望了:事情纯属不巧,在最需要公孙禽著名的三寸不烂之舌的时候,偏偏他喉咙有恙,身居高位带来了强大的压力,这压力首先压垮了他的声音。

衡明君绝望的时候会产生便频的生理反应，他的两个贴身男仆只好手执便壶，不时地跪下去掀开他的锦袍，一个负责摸索衡明君的阳具，一个负责用便壶接应，锦袍后发出的清脆的时断时续的声音启发了公孙禽。公孙禽开始从声音中寻找出路，门客们看见他眼睛一亮，拉住了旁边的歌者百里乔的衣袖：公孙禽示意百里乔跟他走，门客们大感不解。在一番激烈的手势交流之后，百里乔和门客们终于明白过来，公孙禽要动用百里乔响亮动听的歌喉，他要百里桥到囚禁芹素的窗外去，去诵祷劝死经。

也只有聪慧过人的公孙禽，会想起流传在故乡鹿林县一带的劝死经。他和百里乔以及芹素，恰好都来自鹿林县，一个山高皇帝远的地方，人们习惯用诵经来表达自己的感情，甚至来裁决恩怨情仇，而劝死经是其中最具威慑力的，主要是念给偷牛贼听的。公孙禽知道芹素的底细，他们一家祖祖辈辈从事偷牛行当，错以为世上的穷人都以偷牛为生，那样的家庭出来的人，看上去没有尊严，实际上那尊严躲藏在他们的耳朵眼里。芹素的祖父去邻县偷牛时失手被擒，人们让他吞了三天牛粪，他没被牛粪胀死，那家人在喂他牛粪的时候无意中诵读起劝死经，没想到他很快就被读断了气。芹素的父亲去偷一户有钱人家的粮食，那家人养着几十个家丁，几十个家丁架他去游街，没羞死他；他们让他跪在一袋麦子前，跪了三天三夜，没跪死他；后来他们就给他念劝死经，念了一夜就把他念死了。

衡明君起初对劝死经的用途是持怀疑态度的，他让百里乔念几句听听。百里乔在开口之前申明他离开故乡多年，对劝死经的内容和曲调有点生疏了，谦虚一番后他还是念了。他用的是鹿林县一带的方言，高亢绵长的山歌式的旋律，在对一个偷牛贼进行百般的奚落挖苦后，门客们听见一个不断重复的清晰的声音：生不如死，不如去死。那声音像雨点般越来越急促，神奇地敲打门客们的羞耻心，他们纷纷地回忆起自己或大或小的罪恶，在一片喘息声中，对生死两世的比较令大多数人精神崩溃，门客们从各自的面孔上发现一种凄冷的悲苦之色，那是典型的厌世者的表情。

连高贵的衡明君也受到了劝死经对他灵魂的拷问，他突然捂住耳朵，制止了百里乔。我的耳朵也受不了啦，他说，出去念吧，去芹素的窗下念！

劝死经
Of Death

公孙禽带着百里乔和一批门客来到西厅的窗下，看见被缚的芹素正凭窗眺望，监视芹素的是钦差使的两个随从，他们嘴里呵斥着什么，对芹素推推搡搡的。为了防止他用脱身术挣脱捆绑，两个人在绳子的一端拴了块石头，可是石头也不能阻挡芹素矫健的身手，公孙禽看见他们在东边把芹素的头按下去，一会儿那脑袋就从西边坚强地浮起来了。芹素的下颔枕在窗栏上，向河那边的方向张望。

门客们问，芹素芹素，你在看什么？

芹素说，看那只青蛙呢，不该来的时候它来了，该来的时候又不见了。是我家瞎眼奶奶变的青蛙，它不在水田里好好待着，跑来跟我要饭吃！我还要找你们算账呢，是谁把我的瞎眼奶奶放进百春台的？我走神失手，你们也有责任！

门客说，芹素你堂堂男子汉，怎么拉不出屎来怪茅坑呢？害我们找了一早晨青蛙，还把屎盆往别人头上扣！守台的兄弟也很辛苦，怎么看得住一只青蛙？青蛙是从河里游过来的，谁看得住它？你惹了祸，不会要找一只青蛙问罪吧？

青蛙一来，人也要来了，我们老家的青蛙会给人引路。芹素说，你们看河那边，是不是我娘来了，是不是我娘在替我挖坑。

门客回头，看见河湾那边确实有一个女子荷锄的身影，女子身后还有一个更小的身影，两个人在水边走走停停，不知道要干什么，千里眼门客说，芹素你看花眼了，那女子比你还年轻呢，怎么是你娘？

芹素说，那你们去替我问问她，她是不是我娘替我找来的媳妇？

千里眼说，什么媳妇？那是个疯女子呀，她寻死觅活，要把自己的坟挖在衡明君的树林里，让我给撵跑了。

门客们齐声笑起来，芹素把个疯女子当媳妇呢，芹素你从小就出来偷，哪里娶得到媳妇？谁给你这个梁上君子做媳妇？芹素芹素你死到临头了，还在做桃花梦。

芹素说，那你们看那个小孩，是个男孩吧，他一定是我儿子。

千里眼笑得弯下了腰，芹素你比那女子还疯呢，那是个小鹿人嘛，你没娶上媳妇，怎么有儿子，儿子从你屁眼里拉出来的？

门客们哄堂大笑，钦差使派守西厅的随从用一把木槌在墙上敲，对着下面的人大喊道：禁止喧哗，禁止说笑，他是死囚，你们不能和他说话，更不能跟他说笑，等会儿我们大人回来，有你们的好果子吃！

下面的门客说，我们在自己的地盘上，怎么不能说话？怎么不能笑？等会儿我们还唱呢。公孙禽提醒门客们注意百春台人的风度礼仪，给兄弟们送来一壶酒，喝几口解解乏吧！他对上面喊着，让人把一只篮子用竹竿挑上了西厅，监守大叫一声，不得贿赂，我们不喝你们的酒！公孙禽说，喝几口吧，我们的酒喝不醉！上面的人很快看清楚了，酒壶里盛的不是酒，是满满一壶刀币，他们迅速把壶拿走了，篮子送了下来，于是木槌敲墙的声音也停下来了。

百里乔开始清嗓子，他的手里捧着一只碗，碗里盛满苦艾草泡的水。他从人堆里挤出来，低头喝了一口水，然后把碗放在地上，拜了天拜了地，东西南北四个方向也一一拜过，突然一声，劝死经开篇高亢的颤音犹如晴空霹雳，在所有人的头上炸响，下面的人打着冷战都从百里乔身边逃开了。窗口的芹素却不为所动，竟然狂笑起来，他说，好呀，给我唱劝死经来了！我知道你们这么多人跑来，就没安好心。你们还不如那鬼钦差，他还让我活几天呢，你们却要我马上就死。

百里乔唱道，偷牛的贼人呀，天不容你，地不容你，你偷了我家的牛，太阳晒死你，河水淹死你，你走不到家门口，一块土疙瘩会绊死你！

芹素冷笑道，我爷爷那辈人才偷牛，我什么都偷过，就是不偷牛，对我唱劝死经没用，劝不死我。

百里乔也意识到自己不能生搬硬套，他眨巴着眼睛，即兴修改了劝死经的经文，继续唱，芹素芹素你惹人恨，夏天的风不吹你，冬天的风吹死你，东村的女子不看你，西边的鬼魂缠上你，你生不如死，不如去死！

芹素说，放屁，我芹素投奔百春台时，顶风冒雪走了三天三夜，我会让风吹死？我怕鬼魂拉我？哪个鬼魂拉我，我把他抓到火堆上烤了吃。

百里乔的诵经声中开始带着火气了，芹素芹素，养你三年，用你一夜，你偷张地图也鸡飞蛋打，你恩将仇报，生不如死，不如去死。

芹素说，告诉你们多少次了，怪那只青蛙让我分神呀。我是在这里吃了三年闲饭，你让我把三年的酒饭再吐出来还给衡明君呀？

百里乔再也唱不下去了，他跳起来对着窗口的芹素啐了一口，芹素你没有廉耻，枉为平羊郡血性男儿，你不忠不义，不配活，只配死！

芹素嚷道，住嘴，这百春台三百门客谁有廉耻？我是脸皮厚，脸皮厚才混到三年闲饭，你们有人混吃十年了，什么事情也没有做，你们怎么不去死？

公孙禽和百里乔都估计到芹素对劝死经有一定的抵抗能力，但他们没有料到芹素有如此强烈的抵触情绪，百里乔唱得口干舌燥，最后还是无功而返，他气呼呼地对公孙禽说，对这种没有廉耻的人，不能用口，只能用手！公孙禽勉励他不要泄气，他说衡明君说不用手就万万不可用手，他还帮助百里乔回忆鹿林县人劝一个盗墓贼去死的漫长过程，那劝死经不是念了七天七夜吗？他说，给一个没有廉耻的人念诵劝死经要有耐心，有时候需要七天七夜，有时候七天七夜也没用，劝说芹素这样的人去死，也许需要一年，你喝口水歇口气，从头再来。

可是他们没有那么多时间了，在高处烽火台上望风的人用旗语告诉这边，出外游览的钦差使已经在返回的路上，他们必须赶在钦差使返回之前完成这个使命。

公孙禽动员所有的门客模仿百里乔，跟随他一起念劝死经。门客们便用各自含糊不清的语言加入了诵经的声浪中，杂乱的诵经声引起了芹素的讥笑，他在上面说，你们这么念劝死经，我就是死了，也是被你们笑死的，不是被你们念死的。

下面有一个门客高声喊道，不管你怎么死，反正你要死！

人们注意到钦差使手下的两个随从，他们起初一直像局外人似的，毫不掩饰对劝死经的轻蔑之情，渐渐地那两个人被铿锵响亮的诵经声所蛊惑，一个泪流满面，嘴里不停地喊，我无耻，我无耻！另一个痛苦得用头撞墙，一边撞一边念：生不如死，不如去死。

当事人芹素却不为所动，四面楚歌中，他被缚的身体反而更加灵巧轻盈。芹素拖着一块石头在窗边跳来跳去，示威似的对外面的门客们喊：我芹素生下来就是小偷，哪来的廉耻之心？要杀要剐随你们便，对我念劝死经，没用！再念下去你们都死了，我芹素还活着！

公孙禽对芹素的嚣张和傲慢感到很恼怒。也许是世风日下了，他的父亲当年在鹿林郡乡下用了半天就劝死了一个偷看他母亲沐浴的光棍汉，而他的祖父祖母甚至把一个过路的女子劝死了，那女子拔了他家地里一把青蒜。他不相信劝死经念不死一个人，只是对芹素不灵验而已。如果时间允许，如果召集更多的人来，每个人都有百里乔那么高亢动听的嗓音，念它七七四十九天，三个芹素捆在一起，也会一个个地念死他，可惜他没有那么多时间，也没有那么多的人才了。

烽火台上的旗帜挥得越来越频繁，钦差使已经在返回百春台的路上，芹素死得越快越好。也许让芹素去死是要付出什么代价的，还是要谈判，可是公孙禽忽然倒了嗓，发不出声音了，他拉拉百里乔的袖子，让他停止诵经。然后他捡了根树枝，在地上画了一块方正的土地，地里画了房子，房子周围还画了几只鸡鸭，门客们便喊起来，芹素快来看，给你一块地，还给你大房子，还有鸡和鸭养呢！

芹素探出脑袋朝地上看了看，嘿嘿笑起来，说，公孙先生呀，亏你想得出来，给我一块地，让我去死，我死了房子给谁住？地给谁种？鸡鸭给谁养？

公孙禽把树枝掰断，抓了短的一截继续在地上画，这次他画了一堆刀币和元宝，堆得像一座山那么高。画了一会儿，他抬头瞥见芹素讽刺的眼神，就把山头上的几个元宝擦去，画了一壶酒。他觉得芹素的表情在鼓励他，就又在酒壶旁边画了一盘肉一碗鱼，门客们都清楚地看见芹素的喉结抽搐了一下，他咽口水了！芹素咽了好几次口水，突然转过脸去，说，狗眼看人低，把我看成什么可怜人了，只要不死，凭我这身本事，到哪儿混不到一壶酒喝，到哪儿能饿着我？

门客们愤愤地嚷起来，芹素你以为你是什么东西，你吃了衡明君三年闲饭，养兵千日用兵一时，你号称郡内第一偷，可一张地图你都偷不来，让人捉到了贼手，衡明君让你自己死，是给你天大的面子，公孙先生许你这么多东西，你怎么就不领情，敬酒不吃偏要吃罚酒！

大力士此时走到一棵老树旁，挑选了最粗壮的树枝，他向芹素举起了他的胳膊，示意他注意：芹素你看着，我怎么让你脑袋搬家！他把胳膊向树枝一挥，只听见咯嚓一声，树枝应声落下。在众门客的欢呼声中百里穿杨的神箭手也把背上的弓弩拉了下来，他一边搭弓一边问芹素，芹素，你要我射你的眼睛，还是要我射你的鼻子？

芹素一闪就不见了，在里面喊，射吧，你有本事就一箭双雕，一箭射到我的眼睛不算本事，射到眼睛还要射到鼻子！

公孙禽见门客们都有点冲动，冲动于事无补，他让门客们安静下来，说服工作还是由他的树枝来做。门客们看见他在地上熟练地画了个人，是一个裸女，谁也没料到不近女色的公孙禽有这手绝活，他画的裸女如此生动如此逼真，那么宽大的臀，那么圆那么挺的乳房，双腿之间虽只寥寥几笔，却是画龙点睛，那女子几乎要从地上站起来了。他们从来没见过这么完美的裸女，不知不觉的，好多人的脑袋都向着一个焦点聚拢，久久不肯散去。然后他们听见芹素在上面叫了起来，闪开闪开，你们挡住我了，我什么也看不见！

门客们梦醒般地散开，把观赏裸女的最好角度留给芹素，他们说，芹素芹素，这下你动心了吧，你长这么大，偷了这么多年，什么都偷，鲜灵灵的女子你偷不到手！看看这光屁股的女子，多漂亮！让你睡一宿，死了也赚了！

很明显芹素是动了心，他僵立在窗前看地上的裸女，时而目光如炬，时而忸忸怩怩。门客们从来没见过羞涩的芹素，一个画在地上的裸女，出人意料地俘虏了芹素的心。寡廉鲜耻的芹素，忘恩负义的芹素，贪生怕死的芹素，现在他脸红了，他沉浸在一个灿烂细腻的想象中，这美妙的想象逼迫他投降，比什么都有效。他们注意到芹素瘦削的脸上一片红潮，红潮退去以后又变得苍白如纸,他说,这是哪儿的女子?不会是歌舞班里的女子吧,歌舞班的女子,再漂亮我也不要。

他们从芹素的眼睛里看见了胜利的曙光,便趁热打铁地追问,芹素芹素,你要什么样的女子?

芹素沉默着,抬头朝烽火台上的旗帜看,他哀叹一声,说,你们还是在哄我,那旗帜打得越来越急,什么样的女子我都没时间睡她了。芹素的眼角慢慢沁出一滴泪,他说,你们都小看我了,我其实不怕死,我是怕这么不明不白死了,我乡下的老娘也会气死,她还做着儿子衣锦还乡的梦呢,我离家的时候答应我娘,混出个人样就回家,我要带一个好媳妇回去给她做饭,带一堆儿女回家去给她梳头倒尿桶,现在好了,我是可以回家去守着我娘了,可惜回去的是一口棺材!

门客中有人说,给你一口好棺材,你要石头的也行,要柏木的也行,衡明君给我们门客打棺材,从来不省钱的!

一口好棺材打发不了我。芹素的脸贴在窗边擦眼泪,他说,没那么便宜的事,我芹素活着不能衣锦还乡,死了一定要风光一场,风光给乡亲们看,给我老娘一个交代!

你要怎么风光呢?门客们焦急地仰望着芹素,问,你要吹鼓手吹吹打打把你送回平羊郡?那就为难人了,你不是不知道,蓝草涧那边村子里的吹鼓手全部拉了差去修长城了。

要不纸人纸马多一点？纸很贵的，不过贵也不怕，你要多少我们给你扎多少。

纸人纸马打发不了我，我要活人，会哭会说的活人！我要活人给我哭棺送棺！

这又为难人了！孝子贤妻你都没有，谁去给你哭棺送棺呢？门客们都撇着嘴，左右为难起来，他们说，你为难我们就是为难衡明君嘛。衡明君大人说了，要让你死得体面，他要把最好的一套织锦寿衣给你穿呢，棺材你也放心，保证是一口大柏木棺材，可是芹素你也别过分，门客毕竟是门客，丧礼排场也不好太大，否则又让别人抓了百春台的把柄，说衡明君的闲话！

我不要排场，只要两个活人！芹素叫起来，叫了一句声音突然梗住了，眼泪又涌了出来。他羞于让门客们发现他的泪，就把脑袋拧过去，歪着头思考着什么。过了一会儿，他暗淡的眼睛有点亮了，目光变得倔强，下面的门客们窃窃私语着，追溯他的目光。最后大家的脑袋也都拧过去了，所有人的视线穿越壕河的河水，落在对岸的河湾那一侧。

你们看见河边那两个人吗？一个女子，一个男孩，去把他们买下来！芹素说，那个女子，让她做我媳妇，那个男孩，就算我儿子了，给他们穿上最好的丧服，把他们弄到我的运棺车上，一起运回鹿林老家去！

衡明君

The Nobles Of Heng-Ming

钦差使扣留了门客芹素的棺木,那一行人守着个棺木滞留在百春台,不说要走,也不说要留,百春台上下人人心神不安。衡明君要公孙禽去打听,芹素已死,回乡的殡车早就套好,他们为什么扣着一具门客的尸首,让百春台陷入不仁不义之地。钦差使的回答让公孙禽倒吸一口凉气,他说,你们百春台有鬼,我要等死人开口,替我捉鬼!这深奥而锐利的要挟让人无法应对。公孙禽把钦差使的话传给衡明君,衡明君气得浑身发抖,说,去问问他,他到底要拿百春台怎么样?衡明君的气话公孙禽是不敢学舌的,他只是假借替死人焚香防腐的机会,密切注意钦差使的眼睛。公孙禽习惯了从别人的眼睛分析别人的心思,喜欢什么要什么,嘴上说不出口,眼睛会说出来。但钦差使的眼睛很多时候是看着房梁的,还有很多时候看着百春台的落日,他不可能要房梁,也不可能要落日。公孙禽不得不承认,那钦差使的紫金高冠不是白戴的,他的城府比海还深。公孙禽试图从谈天说地中窥探对方的欲望,可是钦差使永远哼哼哈哈地应对所有的话题,即使是在评价芹素悬梁自尽的死法时,也只是淡淡地说了一句话,梁上君子死在梁上了,死得其所!

门客们在多次争论过后排除了钦差使清心寡欲的说法,世上还没生出那样的人,生出那样的人,一定没屁眼！那钦差使扣着芹素的棺材，一定是要拿棺材交换什么，交换什么？就是不说，要让你猜！公孙禽他们猜不出来了，束手无策之际决定由侧面着手，拉拢钦差使身边的亲信。于是六个美貌而放荡的歌舞班女子出马西厅，对钦差使的心腹马弁进行了一种名叫六燕齐飞的服务。在极度的欢愉和疲劳之中，那个小马弁终于道出了天机，他说，你们这里的歌舞女子这么聪明，门客怎么那么笨？天下哪有不吃虫子的鸟？下等人要的东西都一样，不是女色就是钱财，我们这样的中等人，要的东西多一点，女色多一点，钱财多一点，可我们主人是上等人，要的东西不一样，他喜欢马棚里那三匹马呀！

歌舞班女子从公孙禽那里得到了赏钱，却得不到他的笑脸。公孙禽万万没想到，钦差使索要的东西，恰好是主人最心爱的马！在国王下令禁养马匹的年月里，衡明君享受王公贵族特权，留下了三匹好马，那个讨厌的钦差使，偏偏只要那三匹雪山马！

公孙禽愁眉苦脸地到衡明君帐前如实禀报，衡明君果然发怒，说，这狗日钦差欺人太甚，他不是跟我要马，是要我的心！让我用三匹雪山马换一个死人？亏他想得起来，他一根马鬃也别想拿到！他那么稀罕芹素，让他把芹素的尸首拉走，凭一个死人，我不怕他到国王那里告状!

公孙禽小心地提醒主人,他手里不光一个芹素,还有那张地图呢。

衡明君怒声道,一张地图随便他怎么画,也画不出我的罪名来,我就是多藏了一点黄金,多置了一点兵器,我没杀君之心,无叛国之意,一张地图我怕它个毯!

公孙禽说,大人忘了,芹素说地图上还有好多字呢,那字怎么写的,谁也没看见,大人忘了,南边的林城君就是得罪了一个钦差,让一纸黑状送了命?我们不怕他的图,但那些字,不得不提防呀!

衡明君沉默了好久,突然大叫一声,挖耳屎!一个殷勤的侍女拿了金耳勺出来,把衡明君的脑袋温柔地放在她的腿上。公孙禽了解他的主人,那说明主人要思考了,耳朵眼里微微的痛感对主人的大脑有好处,许多重大的决策都是他挖耳屎时做出的。一根金耳勺令衡明君镇定下来,公孙禽便选择这个时机,抖出了一个未及证实的小道消息,他说,这杨钦差不比以前来的赵钦差余钦差,他是国王身边的人,听说他回宫后就升任丞相了,不管这消息是真是假,大人要留条后路,三匹雪山马不是换芹素那个死人,是换一条百春台的后路!

衡明君在侍女的腿上哀叹了一声,皇亲国戚有什么用，堂堂七尺之躯有什么用，还要拍一个狗钦差的马屁！公孙禽赔着笑脸说，大人不是拍谁的马屁，是做一笔交易呀！公孙禽还想说什么，看见衡明君的脑袋从侍女腿上升了起来，他的声音听上去咬牙切齿的：给他，今天给他三匹雪山马，以后要他还我九匹汗血宝马！

公孙禽吩咐人去准备一个大号的马笼，特意关照马笼四面要用木板封死，外观上必须看不出是一个马笼。情绪刚刚平定下来的衡明君又叫起来，你安的什么心，要把我的雪山马闷死呀！公孙禽解释道，不是我不心疼大人的马，只是那杨钦差做了婊子还要立牌坊：国王的禁马令路人皆知，他不敢明目张胆地把马牵回京城去，怕影响不好，他说要把马笼做成一个死囚犯的笼子，路上的老百姓就见怪不怪了。

后来衡明君就沉浸在无边的哀伤中了，我的宝贝马呀，我的聚宝，我的江山，我的美女！他轮番呼喊着三匹雪山马的名字，脆弱的排泄系统又乱了套。仆人们手忙脚乱地取来夜壶和便盆，在一次大解三次小解之后，衡明君失去骏马的哀伤也排解了好多，人的精神好了许多。他说，可怜我那三匹雪山马，我不舍得骑它们，天天骑马人呀，那么好的马，没想到明天早晨就压在一个臭屁股下面了，今天我要夜猎，来人，准备弓箭马鞍，今天夜里不骑马人，我骑雪山马！

那天夜里有人爬到高高的钟楼上，一片寂静中射猎的铜钟被訇然敲响，百春台射猎史上的第一次夜猎开始了。

吊桥史无前例地迎着月光放下来，河两边的马人们首先从睡梦中被叫醒，马人们得到一个奇怪的命令，他们今夜不用披马鞍，今夜没人骑在他们背上，他们只要像野马一样到树林里飞奔。迷惘的马人们走出棚屋，看见门客们已经早早地举起火把，照亮了夜射的路，从百春台到吊桥，一路红色的火光。

他们看见衡明君骑在那匹江山马上，他的脸在火光的映衬下，仍然残留着不可名状的悲伤。那养尊处优的江山马高大威风，它驮着衡明君肥胖的身体，果然像一片稳固的江山驮着悲伤的主人。江山马高昂着马头，向他们这些马人发出了示威般的嘶鸣，而聚宝马和美女马被马倌牵在手里。它们的马鬃在夜风中骄傲地飘扬，马蹄上的铁掌熠熠闪光，所有瞥向马人的美丽硕大的马眼，充满了真品对赝品天然的蔑视。

马人们一时都感到了自己的卑微。他们有的埋怨钦差使的来临打乱了所有的秩序，有的埋怨他们辛苦多年做了马人，今天还要尝试被箭射伤的滋味，有的马人肯吃苦，什么也不说，低头想象着野马奔跑的姿态和速度，一边活动腿脚一边还劝慰同伴，做野马不是很好吗？一样有赏钱，省得背上压着人了，跑起来更快更轻松嘛！

他们以为自己能像野马一样奔跑的，可是等到吊桥上一声令下，所有的马人都发现，背上没有人的骑跨，加上夜幕的障碍，他们无法像马一样奔跑，更无法像一匹野马那样奔跑了。没有重压的奔跑令马人们很不适应，尽管他们跑得不慢，嘴里也模仿了马群的呼啸声，但不管是玉骢还是枣骝，再出色的马人都跑得踌躇不决装模作样的，他们甚至不再像一群马，更像是一群傻子在夜色火光中盲目地奔跑。

有个门客对他们叫喊道，你们哪儿像野马？就像一帮傻子在瞎跑嘛！

马人们都努力地把身体弯下来，往树林里跑，后面又有人尖声批评，弯腰有什么用，现在是一群驼背在瞎跑了！又有个门客嚷道，你们现在不像驼背了，像群狗夺食，你们这么跑是要去吃屎呀？

衡明君在雪山马上搭好了弓，但由于马人扮演的野马跑得太虚假，人不像人，马不像马，他始终是引而不发，衡明君突然就怒吼起来，一群贱人，不骑他们的背，他们还就不会跑了！鹿人呢，让他们来，我不射野马了，射鹿！

静候在树林里的鹿人发出了一片感激的欢呼声，也许是头一次，他们在马人面前扬眉吐气了。鹿人们戴上他们的鹿角，安上他们的鹿尾，几乎以一种炫耀的姿态从马人们身边跳过去，跳过去。有一个鹿人还趁机发泄以前的积怨，对着马人枣骝骂了一句：笨蛋，你神气什么？你们不驮人就不会跑，你们马人哪点比我们鹿人强？

树林里火光人影闪烁，卑微的鹿人们在自己的树林里头一次有了主人的自豪感，他们带着一种翻身的喜悦跳，带着一种改变命运的梦想跳，带着热情和一颗感恩之心跳，有的像灰鹿，有的像麋鹿，有的像梅花鹿，勇敢的大小司马鹿兄弟甚至故意地跑到衡明君的马前，逗引他的追猎。强烈的刺激让衡明君亢奋地尖声叫好，他的榆木箭镞像一阵呼啸的风声穿透了树林，满满的箭袋一会儿就空了，他的江山马在疯狂地驰骋后也显示了一点疲态。衡明君摸到了马的汗，就喊了一声，江山累了，换马！

原来垂头丧气坐在地上的一群马人，闻声都站了起来。玉骢来了精神，几个箭步冲到衡明君的马前，弯下腰背说，大人你好几天没骑我了，请上马吧。

你是雪山马吗？你只是个马人！衡明君用马鞭把玉骢赶走了，说，我说过了，今天不骑马人，你们我可以骑一辈子，我的三匹雪山马，今天不骑明天就没得骑了，我要好好骑一下，一匹一匹骑！

马倌牵过来聚宝马，把衡明君扶上马背。美人马一腔醋意无处发泄，尥蹶子踢了雪骢一蹄。趁着派人回去取箭的间隙，门客们开始以火把引导，在树林四处检查夜猎的第一批成果。他们手执一枚朱印，拉起那些中箭倒地的鹿人，先看屁股，再看别处，并在中箭部位旁边盖上一个豹徽。中箭的鹿人大多是在屁股上留下了豹徽朱印，这引发了门客们的一片欢呼，他们都知道衡明君的仁慈，他不喜欢射出人命，为了孩子的安全考虑，他让人制造了专用的榆木箭，而且他对自己的箭法也提出了苛刻要求，射到孩子们的屁股，才是他认可的好箭，否则就是他说的臭箭。所以门客们在盖印的时候偶尔夹杂着几声争议，这不是大腿，是这孩子屁股太小了，屁股下来一点点，还算屁股，是好箭！

回弓箭房取箭的门客带来一个令人扫兴的消息，说榆木箭都用光了，只有铁箭了。他们提着几个箭袋，里面金属撞击的声音让衡明君骂起来，你们把铁箭拿来做什么？你们要我用真箭射那些孩子吗？

几个取箭的门客说，看大人射得开心，怕大人不尽兴，拿来以防万一的。

我是没尽兴，三匹雪山马我才骑了一匹，怎么木箭就用完了？是谁去箭房订的箭？订那么点木箭，哄孩子玩呢，还是替我省钱？

门客们不敢开口，都用眼睛去瞟公孙禽，其中含意很清楚，订制多少木箭是他的事，不是我们的错。公孙禽对他们的目光很恼火，将一个门客朝树林里推了一把，你们眼睛往哪儿看？站在这里看我干什么？快去把木箭一支支找回来！

那门客回嘴道，现在是夜里，地上树上都看不清楚，让我们怎么把箭找回来？

公孙禽怒声道，你手里的火把干什么用的？你的狗眼珠子看不见，火把什么都看得见！

还有一个门客小声地嘟囔，大人何必对一帮小孩那么仁慈，本来就是些无家可归的流浪儿，用真箭就用真箭了，射到几个有什么关系？

公孙禽一转身就赏了他一记耳光，他说，你放屁也不挑个好时候，竟然敢给大人做主，衡明君世代礼仪道德之家，什么时候做过此等不仁不义的事情？你不怕真箭就把袍子脱了，把你的屁股撅起来，让衡明君先射你一箭，热热身!

门客们有的开怀大笑,有的心里也想使用真箭,见状不敢发表意见了,纷纷举高了火把去树林里拾木箭。公孙禽看衡明君一脸不悦,便走过去向他抖开了一轴竹简,指着上面的记录道,大人今天射得高兴,平时三袋箭就够了,今天五袋木箭都用光了,大人你知道吗,今天射到了十六个鹿屁股呀!

这时候鹿人们那边开始出现了一阵骚动,那群男孩也许是被衡明君的仁慈所感动,也许是出于自愿,也许是为了在那群失败的马人面前彻底争得上风,他们突然开始用一片混乱而感人的声音向衡明君表决心了:用真箭!用真箭,我们不怕真箭!胆小鬼才怕真箭,大人大人,我们鹿人愿意为你效劳!

衡明君完全被鹿人们的忠诚打动了,他一手按着新送来的沉重的箭袋,一只手慈祥地举起来向他们挥舞着,他克制着激动的心情,说,好,好,好!公孙先生,快把孩子们的豪言壮语也记到竹简上去!

公孙禽吩咐人打开随身携带的笔墨竹简,说,一定要记下的,大人请放心,大人对四方百姓的恩情,百姓对大人的感恩戴德之心,我会汇编成册,收在东厅大箱子内,日后一定会有用的。

树林里突然静了一下，猛然响起一个门客的惊叫，打起来了，马人和鹿人打起来了！

让衡明君和公孙禽始料不及的是马人们糟糕的表现。他们在鹿人的压力下出现了集体性的失态，仗着年龄和体格的优势，他们在夜色的掩护下对鹿人的核心人物首先发动了袭击。枣骝第一个动手，他冲过去一把揪下将军鹿的鹿角，又对准枢密鹿踢了一脚，嘴里骂道，让你们臭显摆，你们这帮小屁孩，敢来抢我们的饭碗！

公孙禽高呼着马人们的名字让他们住手，可是精力旺盛的马人还在追逐四处逃散的鹿人。马人怀着仇恨对鹿人拳打脚踢，面饼鹿逃到树上，玉骢在下面摇树，竟然把那孩子从树上摇下来，一脚踩在地上。衡明君射猎多年，马人和鹿人各跑各路也形成了规矩，这种混乱的失去秩序的场面让他感到震惊，震惊之后是无法压抑的怒火，射！射！衡明君涨红了脸，命令身边的门客都举起弓箭，你们也射，射铁箭，射死人算我的！

急风暴雨般的响箭射出去，树林里先是一片尖叫，所有的鹿人和马人都应声奔跑起来。由于那箭雨声带着急促的催命的节奏，他们奔跑的节奏也比平时疯狂了许多，在火把的映衬下，所有的鹿人看上去都像一头亡命的鹿，所有的马人都变成了一匹驰骋如风的野马。

河 湾

The River Bend

夜猎的钟声惊醒了河湾里的碧奴，她在做死亡的梦，那片钟声把她从梦里拉了出来。碧奴在半人高的土坑里醒来，看见一小片低矮的星空，含蓄地盖住河湾，盖住水边的土坑，把死亡的所有细节也都盖住了。看上去星空固执地挽留着她的生命，她活着，生命变成奇迹，这奇迹却令人畏惧。碧奴的脸上凝结着几滴水珠，她知道那不是露水，是梦里流出的眼泪。那么多眼泪流出来，我怎么还不死？她记得母亲说过父亲为信桃君掉了一滴眼泪，在山顶上掉了一滴眼泪，走下山就丢了性命。她流了那么多眼泪，眼泪流出来三天了，早晨她预计自己会死于黑夜，黑夜来临她以为会死于黎明。她以为自己死了三天了，一抬眼，又看见了满天的星星！

碧奴站在她的坟里向河湾四处张望，钟声来自河那边的树林。月光遍地，水和杂草都泛出寒冷的白光，那个男孩正睡在坑边。碧奴叫不醒她的掘墓人，那男孩一定是累坏了，三天来他一直在等待碧奴死去，一边等一边挖坑，他说，你还活着呢，我怎么能埋你？你不是说桃村人一流眼泪就要死吗？我等你死呢，死了才能埋！我就怕你骗人，你要是骗我，我就白偷了这把锄头，白拿了这把铁锹啦！碧奴现在也迷惑了，不知道是她骗了男孩，还是桃村的女儿经骗了她。或许她的眼泪不值钱，流了就流了，流了也不算数，或许她的哀伤不算哀伤，她的苦楚不算苦楚，她满脸泪痕，谁也不稀罕看她！她等死等了三天了，等得人都憔悴了，还不死！她的死神也等得满腹怨气了，说死说死，就是不死。她看得出来，那男孩等得不耐烦了，他睡着了，鼻孔里还在轻蔑地喘气，他睡在土堆上，手里还紧紧地抓着那把锄头。

　　碧奴叫不醒熟睡的男孩，在夜色中她又细细地打量白天选中的这个墓地，多好的地方，靠着水，靠着路，是河床下降形成的一片处女地，离那个可怕的乱坟冈很远，离繁华的百春台不远。男孩说这河湾里的新地以后迟早要纳入百春台的财产，那是以后，以后她已经落在地下了，她已经变成了葫芦。百春台的人忙忙碌碌，他们把河湾的洼地让给了泥鳅、芦花，还有碧奴。傍晚有一个大人物的黄坡车队从河湾经过，车上的人看见他们，不知怎么就停下来了。下来了几个人，众星捧月地搀扶着一个老官吏，朝他们走来。碧奴以为又是来撵人的，她以为河湾里也不能挖坑呢。那老官吏远远地开口问她了，大姐你开荒种什么？碧奴不敢告诉他，就随口说，开荒种葫芦！老官吏说，种葫芦不好，种棉花好，大姐你知不知道西边在打仗南边也在打仗，你种了棉花纺线织布，给前线将士做战袍，女子也要为国家做贡献呀！碧奴对他的口音和措辞都一知半解，等他们返回到路上，她问男孩那人是不是衡明君。男孩说，什么这人那人的，人家是钦差使！国王身边来的，连衡明君都怕他！碧奴说，我不管他从哪儿来，反正我也不搭他们的车，别拦我们挖坑就行。

河那边树林里的火把渐渐地映红了半边天空，风把人声、鹿鸣声和马嘶声都送到河湾里来了。碧奴不知道百春台出了什么事，她又去推那个男孩，男孩终于醒了，他从地上跳起来，听着远处鹿哨的召唤，射猎了！他半梦半醒地眺望着河那边的树林，说，是夜猎呀，夜猎！我还从来没赶上过夜猎，我不盖你的坟了，我回去做鹿人了！

孩子你走不得。碧奴说，姐姐说死就死了，说不定太阳出来我就死了，你一走谁给我坟上扔土呢？

男孩肮脏的小脸上充满了憎恨的表情，他瞪着碧奴，突然用锄头挖起一堆土扔向碧奴，扔土扔土，我现在就扔！都怪你，口口声声要死了，就是不肯死！你耽误了我多少事，就给我一个掏耳朵的耳勺子！

孩子你别再埋怨我了，我也纳闷呢，怎么我就是这么个命？活不容易活，死也不容易死！碧奴抬头看着河湾的天空，说，我刚才还问天上的星星呢，怎么还不让我死？我梦见自己死了，梦了好几次了，一睁眼又看见星星！

男孩说，你懒，就会坐着等死！你不肯悬树，说吊死鬼吐舌头，死得难看；你不肯跳河，说溺死鬼的魂会在水上漂走，你非要死在土里嘛，土里是那么好死的吗？

碧奴说，孩子，我是葫芦，不死在土里怎么变回葫芦？

男孩突然怒吼起来，你不是葫芦，是屎壳郎，屎壳郎才钻在土里死！

男孩在夜色中奔跑而去，碧奴看见他敏捷地从横倒的锄头上跳过去，一会儿背影便消失了。碧奴拉不住男孩，便站在坑里看外面那把锄头，锄头在月色里闪烁着孤独的光，男孩一走就只有一把锄头陪着她了。她有点心寒，葫芦变的人就这么苦命吗，连死也这么难！男孩骂她懒，嫌她站在坑里等死，她从小到大哪里偷过懒？她是不知道一个人的命会苦成这样，连死也要勤快着死的！碧奴一赌气就爬出了坑。坑外的月光很冷，大风吹过岸边的芦苇。风吹乱了碧奴的头发，她低下头，看见地上拖曳着一条人影子，鬼魂是没有影子的，她还有影子，三天三夜了，她怎么还拖着自己的影子在河湾走？碧奴想起男孩提供的死亡的方法，悬树而死最快最省事，不要别人帮忙，只要一条布带。可碧奴不愿意把自己吊到树上去，她从小就见过吊死鬼，他们瞪眼吐舌的，死得那么吓人。第二种死法近在眼前，走到河水深处，让自己淹死，这也不难，走下去，让河水的大嘴吞下她就死成了，可她是一只葫芦，不是一条鱼呀，水也不是土，水到处流呀，她死在水里葫芦怎么办？葫芦秧子不发芽怎么办呢，葫芦秧钻不出土她变不回一只葫芦，变不回葫芦就没有了来生！碧奴看着月光下的河水，冷冷波动的河水让碧奴感到畏惧，水里没有她的来生，如果没有来生，她二十多年的苦都白吃了，泪都白流了，二十多年多少个日夜，每一个日夜都像这河水，白白流走了！

　　碧奴一只脚踩在河水里，另一只脚却在退缩，她的两只脚对水意见不一。僵持了一会儿，碧奴做了主，把水里的那只脚放回到了岸上。水里不行，死得再容易也不行！她好像是在劝慰她的脚，也好像在劝自己，迟早是要死的，还是死到土里去，土里安心。

　　河湾这边静悄悄的，远远的不知何处传来一声两声蛙鸣，她猜是那只青蛙在草丛里，碧奴站起来去寻找那只青蛙，沿着水边走了几步，又怀疑蛙鸣声是从路那边传来的，她嘀咕道，谁和你捉迷藏，去寻你儿子去，不稀罕你。她放弃了对青蛙的依恋。她们已经分道扬镳了，她们不再是同伴。如果真的是一只青蛙一个人就好了，可以做个好同伴，可惜她们是两个女子，隔了阴阳两重天，话说不到一起去，活人寻夫，死人寻子，她们同路不同心。

碧奴决定回到土里去,那个土坑在月光下像一个未完工的坟窖,也像一个简陋的家。坑里比外面温暖,没有风。她正要向坑里慢慢地滑下去,突然看见那只青蛙,青蛙正蹲在她的坟里,脑袋朝天倾听着。几天没见,青蛙干瘪了许多,盲眼里的白光看上去更加忧伤也更加绝望了。

出去,去寻你的儿子去!碧奴蹲下来对坑里的青蛙喊,出来吧,我对你再也不会那么好心了,我给岂梁扎好的包裹,让你钻进去了!我辛辛苦苦挖出来的坟,你又跑来蹲在里面!你个青蛙也来欺负人呢,那么小的青蛙,要占我这么大的坑!河湾地到处是烂泥地,哪儿不能埋你这只青蛙?你非要来赖在我的坑里!

青蛙不肯出来,看上去它是决心在一个坑里终止苦难的旅程了。碧奴不知道青蛙是为了独占她的坟坑,还是准备和她结伴死在一起。不管哪个动机,碧奴都不能接受。她拍手跺脚地威胁青蛙,青蛙无动于衷。碧奴没有办法把青蛙撵出来,犟脾气也上来了,她拉过那把锄头,往坑口上一搭,发誓道,你不上来我就不下去,看谁犟得过谁,就当我挖了一口旱井,谁也别在这里安顿!

青蛙在坑里一动不动,盲眼里的一滴泪在暗处闪着微黄的光。碧奴扭头,不去看它的眼睛。悲伤在这个夜晚失去了力量,不流眼泪的女子早已经流干了眼泪,盲眼青蛙的眼泪则成了别人的累赘，她们的眼泪再也打动不了对方。昔日的旅伴在河湾里开始了漫长的对峙，一种敌对的气氛使河湾的空气令人窒息，月光下的河水也在紧张地喘息。河那边树林里的火炬渐渐熄灭了，射猎的声音一点点沉在了水里，河湾旁边的土路上则隐隐地响起了木轮吱吱扭扭的滚动声。

那运棺的牛车终于出现在土路上，在一群晃动的人影中，碧奴看见了两个熟悉的身影，赶车的车夫无掌斜着身体，像一把弓倚在车架上，用脚夹着缰绳，站在车上的是那个男孩。归来的掘墓人看上去是得胜凯旋了，他向碧奴挥着手里的一支箭，远远地报告着一个噩梦般的消息，他说，别死，快从坑里出来，我把你卖了，你现在是芹素的媳妇啦！

碧奴起初并没有听清男孩在喊什么，她还迎上去问呢，谁把谁卖了？她迎着那口黑沉沉的棺材朝牛车走，走了几步醒过来了，谁会白白地送那么大一口棺材给她？是别人的棺材！于是她往后退着走，退了一步反而看清了那男孩身上穿的新袍子，是一件白色的丧袍。她正要问男孩谁给他穿上了丧袍，那牛车上跳下来几个彪形大汉，像豹子一样朝她冲过来了，刹那间她明白过来，是别人死了，是她被卖了！那个男孩，他把她卖给了一个死人！

就像老鹰抓小鸡一样，百春台的几个门客很轻松地把碧奴架上了运棺车，碧奴在他们手里挣扎了几下就不动了，身上渗出一片一片的水来，他们看见她瞪着夜空，嘴里重复着一句话，下去了就好了，下去了就好了！门客们问男孩，她嘴里嘀咕什么？下去下去的，下哪儿去？男孩站在车上指着河滩上的坑，说，土里，她后悔没早点下到土里去！一个门客说，下到土里也得把她掘出来，死了进棺殉葬，活着哭棺送灵，死活都跑不掉的！另一个门客一直被袍子上的水迹困扰着，嘴里喊道，这女子怕是投过水了，身上这么多水！男孩说，你们小心，那不是水，是她的泪，这女子是个泪人！门客们都笑起来，说，是泪人呀？怪不得芹素选了她，泪人给死人哭棺，正好！他们一边甩着手上奇怪的水珠子，一边手忙脚乱地替她穿戴起来：碧奴的秋袍外面套上了一件白色的丧袍，蓬乱的头上戴了一顶白色的三角帽，一条白带子缠到她腰上后，零乱的白袍看上去就熨帖多了。几个门客仔细地打量一番丧服加身的碧奴，都说她穿丧袍特别合身，那精疲力竭的悲伤表情，也和她新寡的身份非常匹配。穿戴告一段落，他们开始忙着在棺材上钉一个铁环，那边的人把铁环钉好，这边碧奴脚上的链子也绑好了，链子锁在铁环里，咯噔一声，碧奴的脚就被一口棺材铐住了。

青云关

Qing-Yun Pass

正午时分，运棺车来到了青云关下，一面迎风飘扬的白色豹徽旗透露了棺材的来历。从百春台到青云关，二十多里的路途并不遥远，但是那两头牛，三个人，还有一口新漆的棺木，看上去已经是风尘仆仆了。

关下的车马行人乱作一团，还有一群鹅不知道是从哪儿来，要到哪里去。它们盘踞在草垛和磨盘上，冷冷观望着四处杂乱的风景。正是封关的时间，守关的关兵们忙着驱赶一个贩盐的骡队，盐贩子怨天尤人，抱怨他们的骡队被活活分成了两截。十七头骡子，走了八头骡，怎么剩下的九头骡子就过不了关呢？关兵说，不是我们把你们的骡队分成两截的，是沙漏分的，上面要我们看着沙漏封关，沙漏满了就封，一秒钟也不能耽搁！盐贩子们不敢骂人，都望着城楼上的沙漏，咒骂起沙漏来：有的骂沙漏势利；有的干脆质疑沙漏的作用，说凭什么要用沙子来确定时间，用水用土，一定比沙漏公道；还有一个盐贩子很冲动地跳起来，骂头顶上面的沙漏是个婊子货，卖×还卖得那么高！一群人和骡子乱糟糟地堵在关门口，吵得正热闹呢，车夫无掌的脚鞭响起来了，两头青云牛闻鞭而动，驮着一口黑漆鎏金的棺木闯入了骡子的队伍。骡子们不知是被气势汹汹的青云牛吓的，还是害怕那口棺木，一下就四散跑开了。盐贩子们看见了牛车上的白色豹徽旗，一边追着骡子一边说，百春台欺负人欺负惯了，现在连棺材也跑出来欺负人啦!

守关的关兵看见用脚赶车的人来了,就知道衡明君的车夫无掌来了。他们认识无掌,无掌的怀里永远揣着一张衡明君的豹徽路条,封不封关,无掌的车都是可以过关的,但那口棺材,还有陪棺的陌生女子和男孩,他们不认识。那女子看上去伤心过度,她伏在棺盖上,乱发盖住了她的脸;男孩则显得与悲伤无关,他东张西望地坐在棺材上,还晃着双腿。

是芹素死了?前几天还看见他在蓝草涧的酒馆喝酒呢,喝了一坛酒,吃了好多肉!几个关兵围着棺材,不相信芹素已经躺在里面。一个关兵很沮丧地说,他在酒馆里还跟我借了一个刀币呢,说借我一个还我两个,这下好了,那一个也讨不回来了,他娘的,这是存心赖账呢。

那言语无意中伤害了车夫无掌的自尊,他冷笑起来。你是狗眼看人低呢,芹素好歹是百春台的门客,拿一条命来赖你两个刀币的账?哪儿有这么下贱的命!

另一个关兵对无掌的说法不以为然,小偷做了门客,大不了就是个小偷门客嘛!他说,我看芹素进了你们百春台,最大的长进就是学会了借钱!他以前从来都是偷的,什么都偷,我们邓将军的龙头宝剑他也敢偷,偷了献给衡明君,去做见面礼!

牵扯到百春台主人的名誉,无掌的表情就显得严峻起来。这位兄弟，以后说话掂量一下再说，芹素敢献那宝剑，我们衡明君大人也不收那不干不净的礼呀！无掌傲慢地用脚捅了捅那关兵，说，那宝剑不是还给你们邓将军了吗？再说了，我们大人什么宝剑没有？连国王都送了一把龙头梅花剑给他，是金柄的，刺到了血，剑上的梅花就开，别看你们执刀弄枪，剑上开梅花的宝剑，恐怕你们听都没听说过呢？

关兵们遭到了奚落，满腔怒火不便发作，就对无掌说，我们不管剑上开梅花还是杏花，我们是守关的，只管开闸封关查验路人，上面有令，非常时期王公贵族的车马过关，也要一视同仁，严加查验。

无掌说，验吧验吧，一口棺材，一个死人，看看你们能不能把死人验成活人！

关兵们涌上去围住运棺车，男孩跳下了棺材，那女子却怎么也拉不下车。她木然地坐在那里，任凭他们怎么拉扯，人和棺材似乎紧紧地粘在一起了，关兵们撩开她的丧袍才发现了奥秘，女子的一只脚被锁在棺材环上了。

这是怎么回事？关兵们大叫起来，这女子什么人？怎么把她锁在棺材扣上？

什么人？亏你们问得出来！车夫无掌说，芹素的媳妇才锁在芹素的棺材上！

关兵们狐疑地打量着碧奴，看见一张苍白浮肿的脸，额头上布满青瘀和血痕，眼睛哭肿了，状如核桃，泪水仍然从一线眼缝里顽强地流出来，看上去她的神智并不清楚。她张大嘴向关兵们说着什么，但是只发出了一丝丝含糊的气声，细若游丝。

无掌，这女子在说什么？关兵们听不清碧奴的声音，回头对车夫喊，这女子，看上去不对劲呀！

难道人家死了丈夫，还要对你们抛媚眼吗？她是伤心过度，人有点糊涂啦。

那她的额头怎么撞成这样？是撞棺材了吧？

你们大惊小怪干什么？没见过烈女哭棺呀？烈女哭棺，都要撞棺材的！车夫不耐烦地过来，整理了一下碧奴脚上的镣铐，把她往旁边推了推，给关兵们腾出了更宽松的地方。他说，你们别管她了，她的事情你们也管不了，赶紧查你们的棺材吧！

关兵们丢下碧奴，准备检查棺材，由于谁都怕掀芹素的棺盖招了晦气，几个人互相推诿起来，无掌坐在牛车前面冷笑，说，掀个棺材盖子也不敢？幸亏你们就守个关，要是派你们去打外寇，我们早就亡国了！也不知道关兵们是否听见了他的嘀咕。他们乒乒乓乓地敲打起棺木来，敲打声明显越来越野蛮。别敲了，再敲惹恼了芹素，看他的鬼魂怎么报复你们，把你们家祖坟里的尸骨全偷光！无掌威胁着关兵们，回头对那个男孩喊叫起来,你还在那里傻跳干什么?你已经不是鹿人啦!你个不肖子,就这么看着人家敲你爹的魂!快来把棺盖打开,让他们看看你爹的脸,他们要是不认识脸,就让他们看他的手腕,他的手,人人都认识!

男孩过来顺从地拉开了沉重的棺盖。棺木里果然躺着一个人,死人的脸上蒙着白绢,男孩蹲下来,鼓起腮帮吹那块白绢,吹不开白绢,他就用手了。他的小手在死者的脸部犹豫了一下,又跳过去,直接把死者的镶锦袖沿卷了起来。你们来看他的手嘛,左手一个贼字,是他在平羊郡做贼的纪念,右手这是个盗字,是造币局的人给他刻的,他的屁股上还有两个黑字呢,是小时候偷东西让邻居刻上去的!男孩如数家珍地嚷嚷着,一个盗字,一个贼字,你们看清楚了?如果要看他屁股上的字,还要给他脱衣服,给死人脱衣服很难的,我一个人脱不了,你们要看他屁股上的字,就自己动手!

关兵们看见那双手便确认了芹素的身份,他们对死者屁股上的字不感兴趣,断然拒绝了男孩的邀请。几个人窃窃议论着芹素突然死亡的原因,议论与实情有出入,男孩便大声地纠正他们,你们知道什么?衡明君从来不杀门客,钦差大人也不杀别人的门客,芹素死在百春台,是他偷东西失手,让人当场抓住了,他是自己羞死的!

关兵们说,好,好,他是自己羞死的,我们不如你知道,谁让你做了贼儿子呢?

青云关的查验程序规定,凡是遇到棺木,需要小心夹层,殉葬品不得使用铜铁兵器,所以一个关兵钻到牛车肚子下,隔着车板,用刀头从下面捅了几下,说,多好的柏木料子,二十年也不会烂,这么好的棺材给芹素睡,可惜了!其余人围住了棺木,用矛枪在死者身边挑着那些泥俑,给了他这么多女俑呀,第一层已经三宫六院的了,第二层的只好做丫环了!他们不无嫉妒地嚷嚷起来,你们主人倒是不拘一格揽人才呢,收个小偷做门客,死就死了,随便找个地方就埋了,怎么还要用三头牛拉到平羊郡去,还带了这么多泥俑!有个关兵敌不过好奇心,用矛挑开了蒙在死者脸上的白绢,死者神秘的面纱也一下被挑开了,一张年轻的脸,双眼满足地紧闭着,面颊上荡漾着一丝微笑,芹素的遗容比他们印象中的那张脸矜持了许多,也高贵了许多,石棺里弥漫着一股浓香。芹素一身锦绣地躺在香草和松果里,躺在虚荣和繁华里,散发着令人陌生的典雅气息。关兵不相信自己的眼睛,说,做百春台的门客是不错呀,这个芹素,他死了倒比活着神气了,身上也香了许多。

男孩盖上了棺盖就跳开了,他像一头鹿一样跳到墙边,发现土墙上架着一把云梯,就爬到梯上去了。他坐在云梯上晃悠着腿,看贩盐的骡队从他身边经过,对一个贩子炫耀道,我们有衡明君的路条,我们能过青云关,你们过不了的!那盐贩子没好气,回头骂道,你这孩子不是人养的,死了亲爹还咧着嘴傻笑,你过大年呢?没心没肺的东西,还不如我们的骡子!

那快乐的男孩引起了关兵的议论,一个关兵疑惑地说,这孩子是怪呢,不像是死了亲爹的样子,你们看他多开心!另一个关兵说,他刚刚还去揪那女子的头发数落她呢,哪里像什么母子嘛,倒像一对冤家!大家都注视着云梯上的男孩,各自的阅历使关兵们对男孩的身份做出了不同的判断,有一个关兵认为男孩的笑脸是正常的,而且他坦率地承认自己就是在父亲葬礼上忍不住笑,让长辈撵出家门的。大多数人附和他,相信他是芹素的儿子,说他不伤心才对,贼人的儿子讲的是贼道,哪来的孝道?他要伤心就不是芹素的儿子了,看那孩子贼头贼脑能爬能攀的,以后一定也是个梁上君子!

他们后来都把目光集中在那女子身上了。那女子一身缟素地坐在棺材旁边,人比黄花瘦,闪着一圈湿润的光。不知道她是怎么哭的,眼睛哭坏了,勉强保留了一条缝,对着阳光无法睁开,她的喉咙也哭坏了,他们听见她嘴里持续地发出一声声嘶哑的呼喊,却不知道她在说什么。他们三心二意地观察着那女子,听见运棺车上訇然一声巨响,那女子的额角已经撞在棺棱上了。

一个关兵冲过去架住了碧奴,他的手上脸上溅到了碧奴的泪,他的耳朵也被一滴巨大的泪珠所唤醒,那女子所有含糊的嘶喊声都变得清晰起来。这女子怎么回事?她说她是桃村万岂梁的妻子!怎么会跑到芹素的棺材车上来披麻戴孝的?那关兵用长矛指着碧奴,向无掌喊起来,她说她丈夫从来没偷过别人一棵草,这女子不是芹素的媳妇,无掌你带了个什么人出关?

是芹素的媳妇!车夫无掌嘴里嚼咽着干粮,大声反问道,你怀疑是我媳妇?当我傻瓜乌龟王八蛋了?谁会让自己媳妇为别人披麻戴孝?

也不是你媳妇,也不是芹素的媳妇,她自己说了,是桃村万家的媳妇!

什么桃村,什么万家?她是伤心过度,脑子坏了,你们怎么相信她的鬼话!

一直居高临下的车夫无掌这时不得不中止他的午餐,他把一个面饼夹在胳膊肘里,人从车上跳下来,向碧奴那边愤怒地跑了几步,看关兵们都瞪着他,脚步又放慢了,他对他们说,芹素的媳妇三天不肯吃东西了,让她吃个面饼,等她缓过来就不说胡话了。

那关兵一把揪着碧奴的袍子,不肯松手,更不肯离开,说要看着她吃面饼。车夫无掌说，你看着她她怎么肯吃？她是贞妇，平时吃东西都躲着人的，何况人家守头丧，本来不肯吃东西，你们看着她，她死也不肯吃的！

车夫无掌把碧奴的脸按在棺盖上，胳膊肘一松，那面饼落在棺材盖上。碧奴的脸被强行贴在一张面饼上了。

吃，给我吃，吃了你就不说胡话了！车夫怒吼道。

男孩这时候跑过来，眼巴巴地瞪着面饼：她不吃的，她一心把自己饿死！男孩说着手悄悄地伸到棺盖上去了，他没有拿到面饼，反而嗷地尖叫起来，他的手被车夫踩在棺盖上了。

你想吃？你也不是东西，看个半死不活的人也看不住！尽给我惹祸，还想吃面饼？吃个毬去！

男孩说，你不兴这么诬赖人的，要不是我在一边看着她，她早就撞死在棺材上了。

车夫松开了他的脚，示意男孩捡起面饼，不是让你吃！他警告男孩道，喂你娘吃，我看着呢，你不许嘴馋，她不吃就把饼撕碎，一块块塞给她吃！

关兵们看着那男孩，他带着怨气撕那张沾了烂泥的饼，粗暴地往那女子嘴里塞，委屈得快要哭了。你不吃他非要逼你吃，我饿成这样他不给我吃！他突然抓住那女子的头发摇了摇，你别死了，不到七里洞你不准死，你死了连累我，他们要找我算账的!

他们看见那女子顽强地把嘴里的饼吐出来,她对着男孩不停地喊着什么,听起来那男孩有一个非常古怪的名字:下去,下去。

下不去了!男孩把碧奴吐出来的饼又塞回去,他说,上了这牛车,你就下不去了!我现在不管你的死,他们让我管你活呢。你要是想死,到了七里洞再死,到了七里洞,你是死是活都不关我屁事啦!

关兵们注意到男孩对碧奴不同寻常的冷酷态度,他们说,肯定不是母子,就是母狼生一头小狼出来,也不是这个样子!有人便凑到男孩面前,问,这女子是你娘吗,你娘那么年轻,什么时候生出的你,你从她什么地方出来的?

男孩避开了关兵们晦涩而猥亵的询问,他指着墙上的石头和黄泥,没好气地嚷,你们都是爹娘生出来的,我不是,我从石头缝里钻出来的!

关兵们先是哄堂大笑,然后警觉起来,你娘是石头,那女子就不是你娘!他们逼问男孩,她不是你娘,芹素也不是你爹,你连爹娘都没有,不能出关,快下来!

有人去拉拽男孩,男孩不肯下来,扔下碧奴跳到了棺盖上,眼睛看着远处的茅厕缸,那车夫正蹲在缸上,男孩指着车夫说,我是鹿人!谁是我爹谁是我娘,我管不着,谁是我爹我娘，你们去问他！

关兵们面面相觑的，听见后面的盐贩子鼓动了其他路人，一齐在高声抗议，我们盯着呢，看你们怎么守关？盐不能过关，人不能过关，棺材倒可以过！该拦的不拦，不该拦的都给你们拦下了！关兵们感到了某种莫名的压力，他们商量了一会儿，最后擅自把三头牛调转了身。他们一边拉着沉重的运棺车转向，一边对无掌喊，这是什么殡车呀，除了死人是真的，三个大活人，倒有两个来路不明！无掌你也别白费唾沫了，这女子该是谁的媳妇就是谁的媳妇，这孩子该是谁儿子就是谁儿子，你一张嘴再怎么能说会道，也不能给他们换了主，你的牛车我们暂时扣下，你们能不能出关，恐怕要去请示邓将军了。

不准动我的牛车！你们怎么敢动百春台的牛车？车夫无掌没来得及系好他的袍带就跑来了。他用小臂猛烈地拍打着胸膛，衡明君的路条在这儿呢，我揣着它赶车走遍七郡十八县，从来没谁敢拦我的牛车，青云关的大门楼都是衡明君出钱砌的呀，你们怎么敢拦我的牛车？

我们知道你有路条，我们什么时候拦你的牛车了？衡明君的路条是你和牛车的路条，那女子的路条在哪里？孩子的路条在哪里？那女子身份不明，还有这孩子，他说他是石头缝的孩子，我们怎么能放他们过关呢？那么多人看着呢，放他们过去我们的麻烦就大了!

你们是要我回去给他们开路条?车夫无掌眨巴着眼睛,突然说,那芹素要不要开路条,棺材要不要开路条?还有车上的轮子要不要开,这面白虎旗要不要路条?

芹素是死人了,不用路条。关兵们并不理睬车夫言语中的讽刺,冷静地阐述着他们的理由:无掌你说话不要意气用事,棺材轮子什么的不是兵器也不是活物,也不要路条,那两个是人,就不一样了,不是我们刁难你,你自己也听见的,一个说她不是芹素的媳妇,一个说他不是芹素的儿子,都属于身份不详,身份不详者没有路条,统统不能过关!

少给我提什么身份,那女子什么身份由得了她?那孩子说他是石头缝里钻出来的,你们也信?他们到底是谁的妻子谁的儿子,他们自己说了不算,衡明君说了算!你们管个青云关也管不好,竟敢来管我们百春台的事?车夫无掌的声音因为过度激愤而失控,听上去像一个女子的尖叫:一帮蠢材,跟你们说什么也没用,狗屁不通,你们难道要我赶着牛车去见你们邓将军吗?

车夫耀武扬威的态度激怒了关兵,他们说,无掌你替百春台赶个牛车多了不起呀,见我们邓将军,你也配?

我是不配,看来为了个妇孺之事,还要让我们大人亲自出马了？！车夫无掌已经气恼至极，他数落完关兵，一腔怒火烧向了碧奴那一侧。他朝碧奴挥舞着两只树枝般的手臂，听见了吗，你身份不详，身份不详就是刺客！你个疯女子害人呢，腿脚锁在棺材上还要刺杀谁？他看见男孩若无其事躲在一边抠鼻孔，冲上去踹了他一脚，带着你还不如带一头鹿，你们两颗扫帚星串在一起害我，带着你们，百春台的牛车也没用，白虎徽印也没用，衡明君的路条也不管用啦，为了你们，衡明君要出马来通关呢！为了你们我只好斗胆去见邓将军了，我要去问问他，我们百春台哪儿得罪了将军大人？哪儿得罪了，衡明君一定会在哪儿赔礼！

关兵们听出来车夫无掌的伎俩越来越恶毒了。他们纷纷阻止无掌道，那是你说的，我们没说！我们什么时候说过百春台得罪了关上？我们的胆子是人胆，不是豹子胆，我们不敢要衡明君来赔礼！你别故意把我们往浑水缸里扔，我们在这里也是卖苦力挣个军饷，上边怎么说我们怎么守关，无掌你要体谅我们嘛。

这就对了，你们卖苦力用两只手，多轻巧，我卖苦力用两只脚呀，我用脚混个门客饭吃，容易吗？衡明君给我这送棺材的差使，我无掌要是连口棺材都送不出青云关，怎么有脸回百春台？兄弟们，你们怎么就不肯体谅一下我呢?

我们怎么不体谅你?看见你来了,知道你拿路条不方便,我们都不看你的路条呀!只是世道险恶,人心不测,国王下了平羊郡啦,上面命令紧,凡是身份可疑的人,老弱妇孺一律严查不怠。你车上那女子寻死觅活的,不怕死的人最要提防,现在也有女子做刺客的,你听说了吗,南松台的一个女织工,前几天差点用织梭刺死了郎阁君!

她都锁在棺材上了,总不能拖着棺材去行刺吧?她也不是织工,哪来的什么织梭?

关兵说,你锁得了她的脚锁不了她的心!没有织梭她还有舌头吧?无掌你听说没有,柴房章老大从人市上买了个山地女子,图便宜买了个没身份的,结果带回家头一夜,舌头让那女子咬下来啦!

车夫听得有点心惊,说,兄弟,你不会让我把她的牙齿也锁起来吧?

不是那个意思,我是给你提个醒呢,那关兵连连摆手,瞥一眼站在棺材上的男孩,说:看那孩子,还真像是石头缝里钻出来的,人心没长好,倒也不怕他,最多是偷个什么东西,谅他也做不出什么大事,看你们百春台的面子,我们通融一下,放他过关。那女子疑点多,不细细地查过，不能这么放她过关!

车夫无掌毕竟见多识广，别人给了台阶，他准确地踩上去，脸上终于有了点笑意，他看了看男孩，威胁他说，以后再在关口上胡说八道，我就真的把你塞回到石头缝里，塞回你石头老娘的肚子里去。在关兵们的哈哈大笑声中，他又把目光对准了碧奴，叹着气说，这个疯女子，她的心是不在车上，你们要查就查吧，查查她的心在什么地方。

关兵们踊跃地冲上了运棺车，几只手同时上来把碧奴架住，一二三，他们默契地喊着口令，碧奴一下就贴在棺材上了，不能动弹，有个关兵忍受不了她嘶哑的叫喊，就从棺材下拉了一把干草塞在她嘴里，一边正色地向碧奴宣布查身的规则：不准吐口水，不准夹腿，不准弯腰，听见了吗，你要配合我们!

他们熟练而细致地把手探入了碧奴的秋袍内，一个关兵嫌弃地皱起眉头，袍子上这么脏，头上一股汗酸味，没见过这么不爱干净的女子!另一个关兵侧重检查碧奴的乳房，要看看乳房里有没有私藏利器，还有一只手带着邪恶的热情越过了碧奴的腰带，探到了最隐秘的区域。刹那间他们听见了什么东西爆裂的声音，碧奴身上的泪泉这时候喷涌而出，喷涌而出了，所有关兵们的脸都被打湿了。他们惊讶地看着碧奴，看着自己的手，手过处，一片片温热的水珠从那女子身上飞溅起来，溅起来打在关兵们的头盔上、铠甲上，发出清脆的声音。关兵们搜身无数，从来没遇见这么柔弱的身体，这么柔弱的身体储藏了这么多的泪水，那泪水喷泉一样地喷出来，溅在他们的手上，有点像火，有点像冰。他们纷纷跳下牛车，满脸惶惑地甩着手上的泪，有人向车夫无掌喊起来，你过来看呀，你带的什么女子？她不是一个女子，是一口喷泉！

无掌没来得及说什么，是那男孩幸灾乐祸地叫起来，我告诉你们她是泪人，你们偏不听！快把你们的盾牌举起来，快挡住她的眼泪！男孩在棺盖上亢奋地跑来跑去，指挥关兵举起他们的盾牌，都把盾牌举起来！她会泪咒，她的眼泪溅到你们眼睛里，你们也会哭个不停！

起初没人听从男孩的命令，他们只是纳闷那女子的眼泪为什么会飞会溅，一个个下意识地用盾牌防护自己的胸部。很快他们醒悟过来，泪的袭击与箭支的飞袭是有区别的。一个年长的关兵首先舍弃了身体的防护，举起铁盾保护住自己的脸部。快把铁盾举起来，护住脸！那关兵焦急地向同伴们叫道，她的眼泪是滚烫的，飞到我的眼睛里来了，我眼睛疼死了！另外一个关兵应声把铁盾举到了脸部，也飞到我眼睛里了，我眼睛酸，酸得受不了啦！

七八个慌乱的关兵刹那间都醒悟过来,他们本能地排成一队,一边高举起铁盾,一边往后撤退。有人在莫名的恐惧中做出了妥协,一边打开关门一边对着车夫无掌喊道:我们再也不敢管你们百春台的车马了,运口棺材还有泪箭保驾!你们赶紧过关去,小心别让邓将军看见!

封关的时候,邓将军正在青云峰的棋石边与人对弈,他是个一心可以二用的好将军,借着青云峰的高势,他看得见关门内千车停缰,独有一辆运棺车脱颖而出,缓缓出了青云关,邓将军输了棋,心情郁闷,传守关吏上山问罪。守关吏上得山来仍然惊魂未定,吞吞吐吐地禀报说关兵们遇到一个奇女子的泪箭袭击,邓将军再三追问遭遇什么新箭袭击,守关吏还是一口咬定,泪箭,是泪箭!将军大呼荒谬,吩咐手下鞭笞惩戒妖言者。那小吏在解衣袒胸的时候看见自己的盾牌,仿佛看见一根救命稻草。他把自己的后背和臀部奉献给将军的皮鞭,那面盾牌则呈献给将军的眼睛。邓将军果然注意到了盾牌,那昨天刚刚发放的盾牌上,数滴珍珠状的水迹欲滴还留。将军自己用鞋底擦了,擦不干,他的随从用布擦用手擦了,一样是徒劳,邓将军最后把盾牌举起来,小心地让太阳照,太阳照着那几滴水痕,照干了盾牌,但水痕消失的地方,已经布满了星星点点的锈斑。

芳林驿

Fragrant Forest Station

离平羊郡越近，离山就远了，山像水波一样层层退去，最后变成一些朦胧的影子。一望无际的平原上黄绿交杂，是丰饶富足的颜色。过了一大片莜麦地，草披屋式样的村舍渐渐多了起来，许多鸡狗在村里奔跑，人影却很寂寥。沟渠边一丛丛紫红色的辣蓼，远远看上去是盛开的花。平原就是平原，天空宽大了好多，太阳则低下来，像火球一样烤着莜麦地里的庄稼，田野里一片金黄。

这么好的莜麦，怎么没人割？男孩在运棺车上大叫道。

这里闹瘟疫，人死得差不多了，白天没人割，夜里有人割的，鬼魂来割！车夫说。

你骗人，鬼魂不吃东西的，把莜麦割去有什么用？

我不骗你，等夜里到了芳林驿你就知道了。车夫说，这里的人种下莜麦，没来得及收割，就成了死鬼，他们咽不下这口气，又是勤劳惯了的，做了鬼魂也不闲着，夜里都下地，来割莜麦！

男孩说，那他们把莜麦割去堆哪儿呢，鬼魂没地方堆粮食呀！

车夫说，你想让他们把粮食往你肚子里堆？做梦去，这世道鬼魂也是顾自己的，他们往自己肚子里堆！

一望无际的平原让碧奴感到晕眩。她迷失了方向，也不再需要方向了,她的脚依然铐在芹素的棺材上。他们告诉她,七里洞在北方,在去大燕岭的路上。他们是在往北方去。车夫说,过了这平原,再看见山,那就是北方的山了,看见北方的山就看见大燕岭了,看见大燕岭就看见你男人了。你搭了这么好的顺风车,千万别再寻死觅活的,该知足啦!

　　碧奴看见男孩肮脏的脸在棺材上晃动。他已不再是她的掘墓人,他不再为残酷的死神做事,而去接受百春台卑鄙的使命,让她与棺木在一起,让她活着。男孩摇身一变,用一只小手紧紧地抓住她生命的尾巴,时刻监视着她。现在她连死的权利也失去了,百春台把她许配给了一个死人。百春台啊,它是那么多人的天堂,独独成了碧奴的地狱:他们劫掠了她的包裹,劫掠了她的身体,最后他们劫掠了她的悲伤、她的眼泪,甚至死的权利!

　　碧奴看得见棺材上的那只大铁环,它像另一只大手牢牢地拉住她,从来没有松动过。铁环就是那个陌生男子的手,一个死人的手,拉住她,重复一个哀伤而虚荣的命令:哭,哭啊,为我哭,哭得再响一点!一路上碧奴对每一个路人甚至路边的鸡鸭猪羊哭诉:我从桃村来,我是桃村万岂梁的妻子!所有嘶哑的哀诉都被别人当作了哭灵的内容。一路上碧奴抚棺痛哭,她为自己哭,为岂梁哭。她哭不出声音,只有泪水沿途流淌,点点滴滴,都淌在路上的尘土里了。有多少路人从运棺车边走过呀,可他们一律把碧奴当作了别人的寡妇,那些人眼睛明亮有神,却对碧奴白袍下露出来的一截铁链视而不见,只是热烈地议论着那面白色豹徽旗,还有旗帜下飘着香味的柏木棺材。他们由衷地羡慕那棺材里的死人,说,看人家百春台的门客,死了也风光!睡那么好的棺材,棺材旁守着贤妻孝子,多好的福气!

他们把她锁在死亡的洞口了,站起来是生,跳下去是死,可是碧奴站不起来,也跳不下去。碧奴斜倚着一个陌生人的棺木一路北上,感觉她不在牛车上,是一只葫芦在陌生的旅途上随波逐流。你还寻不寻死了?你到底要不要去大燕岭了?车夫和男孩重复的劝诱让她疲惫,他们不知道,碧奴放弃了生,也放弃了死。早晨她的袍子上都是温热的阳光,那阳光让她觉得活着很好,到了夜晚牛车沉在夜色里,棺木上一片寒意,北方也变成一团黑暗。她又觉得去大燕岭的路比她的命更长,她放弃了死,也不许诺生。

那男孩时不时地过来揪她的头发,说,喘喘气让我听!你没死不准装死,快动一动,说几句话让我听!碧奴把男孩的手推开了。男孩说,你就会推我的手!你不说话,不吃饼,连尿也不撒!怎么证明你是活的?你最多是半死不活!碧奴低头看了看车上的干草,一大片干草都是湿的,闪烁着晶莹的泪光。于是她说了一句话,她指着干草说,孩子,姐姐还在流泪,会流泪就证明我活着呢。

运棺车路过了瘟疫的发生地芳县,奄奄一息的村庄里连阳光都是苍白的。他们在一棵树下看见过一个小女孩,身边围着好几条狗。狗朝着女孩吠叫不止,那女孩用树枝打狗,打不走狗,就爬到树上去了。女孩在树上向运棺车招手,嘴里叫道,带我走,大叔大婶行行好,带我走!男孩站起来去拉车夫,他想要个更好的女伴,车夫回头瞪了他一眼,骂道,你想死?没看见这村子满天苍蝇?没看见村里到处是野狗?房子里都是死人,那女孩能没瘟病?她上了车,我们就都没命了!

男孩问碧奴,你的眼睛不是看得见死神吗?看看那女孩有没有瘟病,看看死神在不在她身边?碧奴盯着那棵树看了好久,说她看见了树枝间的风,风是那女孩的死神,风已经在那棵树下挖好了树叶的坟。她告诉男孩,那是个树叶变的女孩子,她跳不下那棵树了,夜风吹下那树上的第一片树叶,那树上的女孩子就会死去,变回一片树叶落到地上。

运棺车在芳县美丽的平原上不停地奔逃,半路上遇到一个疯癫的老汉，他赤身裸体地从莜麦地里爬出来，半跪在水渠边，向车上的人举起一只白薯。男孩对车夫说，这村子里没有苍蝇，也没有那么多狗，你停一停，他要给我们白薯，让你搭他一程呢！车夫说，你要吃他的白薯你下车去，你没看见他的腿都烂了，他那玩意儿都烂剩下半截了，吃了他的白薯，你也会全身发烂，你还要不要下车去吃？

男孩又问碧奴，你说你什么都吃过，树皮柳叶都吃过的，那么大的白薯能不能吃？碧奴用白袍蒙住了自己的眼睛，蒙住了眼睛她还忍不住浑身颤抖。我不知道那白薯能不能吃。她对男孩说，我怎么看见那老汉把自己的魂灵抓在手上呢？一定是地里最后一只白薯，最后一只白薯是他的魂灵，他把手里的白薯给了人，魂灵也给了人，自己就没有来生了。

一片死寂中他们穿越了芳县西北乡，噩梦般的天堂里飘荡着粮食的清香，死魂灵在丰饶的莜麦地里游荡。风吹莜麦，吹来莜麦叶子嘤嘤哭泣的声音，那男孩瞪大眼睛聆听风声，听得哭了起来。车夫回头呵斥道，已经够晦气了，你个鹿心鹿肺的孩子也来凑热闹？你哭什么哭？不准哭！那男孩看上去想止住哭声，但怎么也止不住，芳县西北乡唤起了他对家乡残存的一丝记忆。他被那丝记忆吓着了，男孩一边哭一边指着莜麦地，说，那爬在树上的女孩，是我姐姐，那拿白薯的老头，是我爷爷！车夫无掌烦躁地打了男孩一鞭子，他说，那你赶紧滚下去，到你姐姐的树上去，到你爷爷的身边去！男孩不敢哭了，他闭起眼睛捂着耳朵，开始嚷嚷，我不要家乡！不要姐姐，不要爷爷！

天黑前他们抵达了芳林驿。

远远地从驿站里跑出来两个怪模怪样的伙计，脸上画着避邪的鬼符，鼻孔里塞满灰绿色的蒿草末子，手上缠着药汁泡过的布带。他们挡住了牛车，声称死人棺材严禁进入驿站。已经是平羊郡的地盘，衡明君的路条到了这里不怎么管用了，车夫对拦路者发了一通牢骚，最后说，我这棺材不是一般的棺材，你们自己来看，棺材上还锁了个人呢，棺材不进去，人怎么办？驿站的伙计上来一查，果然看见碧奴的脚被锁在棺材环上。他们惊叹起来，这算怎么回事？你们青云郡的棺材都有铁环的？男人死了都把媳妇锁在棺材环上的？车夫说，就这口棺材打了环，就这女子锁在环上，你们别问了，这不关我的事！驿站的伙计建议车夫把锁打开，车夫犹豫了好久，回头看看碧奴，说，你给我赌个咒发个誓，不跑，不寻死，我就替你开了锁！碧奴看上去表情漠然，她问，大哥你要我赌什么咒？人都不怕死了，还怕什么咒？车夫说，知道你不怕死！你是不怕死，可你还担心你丈夫在大燕岭冻死呢，拿你家岂梁的命赌个咒吧！碧奴摇头说，开不开锁随你的便，我不拿岂梁的命赌咒！车夫看两个伙计在一边听得糊涂，就抢在前面做出了选择，他说，两位兄弟听见了？不怨我不通清理，是这锁开不得，不开委屈她一个人，开了连累的就不止我一个人了，说不定还连累你们！反正她也是半个死人，大家都动手，连活人带棺木一起卸下来吧！

他们在车上车下忙碌了半天，暮色中芹素的棺木慢慢地卧伏在莜麦地里，碧奴也随同棺木伏下去了。莜麦伸出了纤细的手，拍打着那口黑漆棺木，拍打着碧奴的白袍。也许莜麦地从来没有接纳过这么特殊的来客，出于好奇，它们把一口棺木一个女子统统慷慨地拥入了怀中，穿白袍的碧奴像一片云彩降临在莜麦地里了。

你也过去，看着她，千万别让她再撞棺材！车夫对男孩命令道。

男孩一跳就躲开了车夫。我不睡野地，我要睡在驿站里！他说，我还要给牛喂水喂草呢！

牛今天不用你喂了，我来伺候。车夫追着男孩跑，他说，别给脸不要脸！今天委屈你，明天补你一张面饼，在莜麦地里守一夜，明天就到七里洞啦！

男孩跑到碧奴身边去了，他拉起她的一只胳膊，逼着她向车夫发誓，你给他发个誓，他推搡着碧奴喊，发个誓有多难？你个蠢女子呀，发个誓你就不用像一条狗一样被拴在棺材环上了，你发个誓我们就都进驿站去了！

碧奴的身体在男孩暴烈的推搡中摇晃着，孩子你别推我。她说，不是我不依你们，不是我存心给谁添麻烦，我不能拿岂梁的性命来赌咒发誓！

男孩愤怒地叫起来，他说，如果你不想死也不想跑，怕什么？你不赌这个咒我替你赌，你要是还想寻死还想跑，就让你家岂梁在雪地里冻死，让他被山上的石头砸死！

碧奴浑身一震，她想去用手捂男孩的嘴已经迟了。男孩跑出了麦地，一回头看见碧奴泪流满面地跪在地里。她对男孩说，这下好了，孩子你们放心去吧，你给岂梁下了咒，我再也不能死了，再也不会跑了。

芳林驿之夜，碧奴陪着一口棺材坐在莜麦地里。

她准备坐一夜。驿站昏黄的烛光消失以后，四周沉入了黑暗中。风吹莜麦，黑漆棺木已经融化在夜色中，唯有鎏金的彩色纹印闪着森严的光。起初她离开棺木很远，可后来不知道是为了躲风,还是寻求棺木的陪伴,她慢慢地向棺木靠近过去。她倚靠着棺木,凝视着又一个异乡之夜。无法消弭的恐惧,现在是夜色的一个部分而已。她陪伴着一个死人,那个死人也在陪伴她。碧奴瞪大了眼睛,等待着那些收割莜麦的鬼魂来临。她看见了风的手,风的手狂躁地入侵莜麦地,莜麦侧身而逃。她看见了月光的手,月光抚摸着莜麦,莜麦的麦芒上闪烁着锋利的银光。但她看不见手持镰刀的鬼魂。

从桃村一路走到异乡的平原,没有人愿意听碧奴说,碧奴准备向鬼魂诉说,可是鬼魂不来,她还是无人诉说。碧奴就去敲棺木,大哥大哥,你是叫芹素吗?她对棺木里的死人说,芹素芹素,你是盗贼我不怕,我没东西给你偷,你是死人我也不怕,我自己也死过好几次了,我就是要问你一声,天下那么多女子随便你们捆随便你们锁,为什么挑我锁在你的棺材上?碧奴一说话,风停下来了,莜麦也停止了飒飒的摇晃:说,说,说吧。可是碧奴只说出来几句话,芹素芹素,你那么大的年纪没娶上媳妇,也是苦命人,可是苦命人为什么非要选个苦命人?我是岂梁的媳妇,不是你的媳妇!说了这几句话她的眼泪止不住流了下来,打在棺盖上,朝四面的棺壁蔓延而下,那硕大的黑棺沐浴在她的泪雨里,起初还纹丝不动,渐渐地发出了不安的轰鸣声。碧奴的手感到了棺材的震荡，她按不住它。苈麦随风赶来，拍打那口不安的棺木，苈麦怎么按得住它？碧奴听见棺木深处响起了一个男子压抑的哭泣声，是芹素的鬼魂在里面哭泣，那声音带着一丝歉疚，也带着一丝固执，向碧奴重复地发出一个悲伤的号令：去七里洞，七里洞，七里洞！

去七里洞，那是死人芹素的家乡。她无法跟一个鬼魂的号令争辩。我从桃村来，我是桃村万岂梁的妻子。她向多少人告知了自己的身份，她的身份像一瓢清水一样清澈透明，可是活人不听她的，连鬼魂也不听。棺材里那鬼魂的声音听来伤感而固执：七里洞，七里洞，快去七里洞！

我不去七里洞，我从桃村来，我是万岂梁的媳妇！碧奴对着棺材喊，喊一遍没用，喊了好几遍，活人的声音终于战胜了鬼魂。她听见棺材里的声音渐渐地沉下去，变成了一丝幽幽的叹息。棺材不再震动了，她就坐了下来。

深秋的野地里冷风四起，昨夜碧奴还在盼望死，盼望半夜的寒风做她的死神。这个夜晚已经不同了，男孩的一句咒语改变了一切。她不能盼望死了，为了岂梁，她必须活下去。碧奴把一丛倒伏的苈麦做了被子盖在身上，寒风就走了。好多天来碧奴头一次感到饥饿，她随手掰了几株麦穗塞在嘴里，起初她嚼咽着青涩的麦子，眼睛还关注着棺材的动静，后来她想睁眼也睁不开了。她终于想睡了。在一个匆匆来临的梦中，碧奴看见了传说中收割莜麦的鬼魂。无数个陌生的鬼魂手执镰刀，从夜色中浮出来，他们都戴着岂梁的青帻，穿着岂梁的冬袍，系着岂梁的玉石腰带，地里洋溢着一片丰收的声音，收割者的身影个个都酷似岂梁。她以为岂梁也在收割的人群中，可她喊哑了嗓子，那些收割者仍然沉默着，碧奴在梦里哭起来了，她一哭那些鬼魂都停下来了，有人带头抱着一捆莜麦向她走来，说，我不是岂梁，你别哭了，给你莜麦！后来所有的鬼魂都把捆好的莜麦朝她扔来，他们说，岂梁不在这里，你别哭了别哭了，给你莜麦！

第二天早晨，车夫和男孩从一堆莜麦捆里把碧奴拉了起来。车夫说，从来没见鬼魂对人这么好过，你这女子，也只有鬼魂来可怜你啦，看，他们给你割了多少莜麦！

碧奴站在早晨的莜麦地里，怀抱一捆新鲜的麦子，在男孩喜悦的叫喊声中，她回头看见芹素的棺木也闪烁着丰收的光芒。一夜之后，那棺盖上铺满了收割好的莜麦，莜麦上的露珠还是晶莹剔透的。

七里洞

Seven-Li Gave

芹素的家乡在七里洞。

有人告诉他们,七里洞应该往东边走,在一片树林后面,看见了烟雾,就看见七里洞了。运棺车往东边走着走着,走过了那片树林。树林后面没有村庄,甚至路也没有了,只有一条河横亘在前面,河上架着一根独木桥。

河边捕蚌的老翁不认识芹素,他让车夫退回去,从西边绕到七里洞去。车夫朝西边眺望着,说,怪了,西边也看不见烟雾,看不见个鬼村子呀!

老翁指着天空说,河汉里雾气大,你哪里看得见七里洞的烟雾?那村子你更看不见,你不知道七里洞的意思吗?七里洞的人都住在洞里!

运棺车从河汉的迷雾里绕出来,穿越了一片坟地和一片树林,终于发现了一个隐藏在地下的村庄。炊烟正从许多洞里袅袅升起,一些孩子的脑袋在洞口忽隐忽现,而在一个巨大的坑洞里,香火升腾,传来了许多人齐声诵祷的声音。

车夫开始命令车上的两个人:到芹素的家了,快拍棺材,快哭,快哭起来!

男孩拍了下棺材,看看碧奴,说,她是贤妻,贤妻都没哭呢,孝子怎么能先哭?

车夫无掌瞪了一眼碧奴,看她憔悴的脸上表情漠然,知道这女子尽管泪如深海,哭声却是由她自己做主的:套在她脚上的链子已经解开了,他有信心管好她的脚,什么时候锁什么时候放,他说了算,她的眼泪和悲伤,却是他无法做主的。车夫这么想着,及时地放弃了对贤妻的要求,重点去整顿孝子的仪态。男孩咧着嘴笑,脸上明显是游戏的表情,这使车夫又急又恼:他还是用鞭子说话,一双灵巧的脚迅速勾起牛鞭,盘好了,啪的一声甩在男孩的脸上,男孩的脸颊上顿时起了一道清晰的红印,疼痛让男孩真的大声号哭起来。他一哭七里洞的无数洞口升起了人的脑袋,牛车上的人看见了七里洞人枯黄或者苍白的脸,从烟雾里零乱地浮现出来,他们有着细长的眼睛,高耸的颧骨,微微下塌的鼻梁。无论男女老少,头发都用一块麻布高高地束起来,头上好像顶了一个鸟窝。他们的容貌酷似芹素,可是从他们呆滞的眼神和抑郁的表情看,他们并不像芹素的亲人。

地洞里的人大多把头露到洞外面,身体留在洞里,他们多为妇女和孩童,胆怯而好奇地向牛车这里张望着。最早走出来的是那些在香火坑里诵祷的男人,每个人的手里还拿着一株莜麦。牛车上的人被他们的目光谴责了好久,然后一个老人打破了沉默,他告诉车夫,他们唐突的到访把一个好日子破坏了,他们的哭声妨碍了莜麦经的诵祷，也许明年不会风调雨顺，也许七里洞人再也收不到这么好的莜麦了。

我们不管莜麦的事！车夫无掌说，我们送芹素的棺木来了，谁是芹素家的人，快出来迎棺！

没有人过来迎棺，看上去他们不认识芹素，对牛车上披麻戴孝的妇孺也不感兴趣，倒是那口奢华的棺木，引起了几个男子的好奇心。一个老人走过来摸了摸棺木上的黑漆，还用手指抠下了一点金粉，放到阳光下照了照。另一个麻脸男子拍了拍棺壁，埋头听里面的声音，听了一会儿说，是木头做的米柜吧，里面怎么睡了个人？

车夫失望地嚷起来，不是米柜，是棺材，是芹素在里面呀！你们不记得芹素了？这女子和孩子，是芹素的妻儿，他们孝子贤妻送棺回家啦，谁是芹素家的人？谁是他老娘？你们倒是站出来嘛！

几个老妇人爬出了地洞，远远地站着看热闹，她们都穿着蓑草衣，弯着腰，腿裸在外面，看上去像地里赶鸟的草人，她们嘴里也像鸟一样叽叽喳喳地叫着，不知道在议论什么。谁的儿子叫芹素？车夫喊了好几遍，老妇人们毫无反应，看来她们都不是芹素的老娘。车夫放弃了那几个老妇。你们来看看芹素的手，都来看！他招呼着七里洞的男人，一边示意男孩打开棺盖，是七里洞出去的芹素呀，你们不记得芹素的名字，总记得他的手吧？

棺盖被打开后，里面浓烈的香草味让好多七里洞人打了喷嚏。没有粮食，里面果然睡了个死人！一个麻脸男子踮着脚尖朝棺材里张望，说，这死人是香的！

不是死人香，是香草的气味香！男孩抓起一把香草教育着七里洞人，他忘记了哭泣的任务，炫耀和卖弄的表情又回到了他的脸上。你们别挤，别挤，来看芹素的手！男孩吆喝着，一只手熟练地撩开死者的袖卷，说，看他左手的字，看，再看他右手的字！

令人惊讶的事情发生了，那么多七里洞人，老老少少，没有一个识字的。有一个貌似睿智的长者挤上来，好奇地瞪着死者手腕上的字，问男孩，他手上画的是一匹马还是一条鱼？

男孩忍不住笑起来，什么马呀鱼呀，是两个字！

长者说，我知道是字，问你是什么字呢！

男孩叫起来，这两个字也不认识？左手是个盗字，右手是个贼字嘛。

围着棺材的人们纷纷向后退了一步，盗，贼，盗，贼，什么意思？他是个盗贼？是盗贼！那德高望重的长者首先反应过来，他气得面孔泛红白须乱颤，上来一把抓住了车夫的袍带，你怎么敢把一个盗贼的棺材往七里洞送？

我们七里洞穷出了名,可我们祖祖辈辈男不为盗女不为娼,我们这里不出盗贼!

车夫有点慌乱,情急之下用他的胳膊在死者脸上扫了一下,把那块蒙面白绢扫掉了。芹素家的人死光了?车夫跳到车上叫起来,他老娘是不是死了?他爹娘死光了,兄弟姐妹不会死光呀,他兄弟姐妹死光了还有本家亲戚呢,怎么就没人来认认他?这是芹素,是你们七里洞出去的人,好好看看他的脸吧,你们谁是芹素亲戚,行行好,快把棺材接下来吧!

他们涌上来研究死者的脸,死者的脸上有一种安详的抵达故乡的表情,而围观者的神情充满了轻蔑和敌意。他们说,一个盗贼穿得这么富贵有什么用?都是偷来的!他们说,陪葬那么多泥俑,都是女子,怪不得他死了还合不拢嘴,这人多下流呀!一个孩子趁乱穿过大人们的胯裆,小手伸进棺木里,拿了个泥俑,被车夫一脚踩住了。死人不要,泥俑也别要!车夫突然发作了,一双血红的眼睛凶恶地瞪着七里洞人,说,我辛辛苦苦把芹素送回来,从青云郡送到这儿,吃了多少苦,受了多少罪!你们连一壶酒也不请我喝,没有酒喝也就算了,你们连一句好话都不说,连个接棺的人都没有,狗都不咬自家人,你们七里洞怎么这样对待芹素呢?你们狗眼看人低,芹素好歹也是百春台的门客，你们还瞧不起他呢，看看人家的棺材，你们一村人的家当加起来，也不抵这一口棺材！

看起来七里洞人对车夫的话至多一知半解，有个披麻布片的瘸腿男人一直热情地打量碧奴。他走过来，眼睛瞟着碧奴，嘴里对车夫说话，这位大人犯不着生那么大的气，我们穷乡僻壤，人命不如狗命旺，就是一个活人离家十几年也没人认得出。何况是个死人，何况他还是个盗贼！

你是芹素的哥哥？还是他的本家兄弟？车夫说，你一定是他本家兄弟，同祖同宗的，你把棺材接下来吧。

棺材我不要，那么大一口棺材，埋到地下去要找人帮忙呢，我替你把活人接下来行不行？瘸腿男人捅了捅车夫，说，那寡妇正好给我做媳妇，男孩给我做儿子。

车夫明白过来，气得冷笑起来，我还以为你们脑子都不好呢，我瞎眼了，你比谁都聪明呢，不接死人接活人，白捡媳妇白捡儿子来了？做梦去吧。

又有个黄脸的中年女子过来拉车夫的衣袖，轻声道，大哥呀，我一个妇道人家要了棺材也没办法下葬，那女子一定吃得多，我养不起，能不能就把男孩子接下来？去年我男人让拉了差役，儿子也在河里淹死了，让男孩子跟我回家，给我做儿子去。

男孩听见了黄脸妇人的话，车夫没来得及说什么，男孩受辱般地跳起来，啐了妇人一脸，你也做梦去！他说，也不看看我是什么人，让我给你做儿子？天天钻在洞里，天天吃莜麦面，还不如给老鼠做儿子！

大多数七里洞人围绕着几个德高望重的老人，一边商议着什么，一边回头打量远来的运棺车，有人注视运棺车上的人，有人注视着两头青云牛，也有一直对棺木的容积放心不下的，跑过来用手掌丈量它的长度和高度，最后对那边的人群说，放三担莜麦面，没问题！

他们向车夫隆重地宣布了老人们的决定，棺木留在七里洞，可以储存粮食，免遭霉烂，芹素的妻儿，愿留愿走，悉听尊便，唯有死者芹素是不受欢迎的。你可以把他带回去，可以把他下葬在任何地方，七里洞虽然贫穷，礼仪道德却是头等大事，一个盗贼，无论他是不是七里洞人，无论他从哪里回来，就是从国王身边回来，也没用，七里洞绝不容纳一个盗贼之墓！

车夫在盛怒中不免出言不逊，他冷笑道，什么狗屁地方，贫贱还贫贱出光荣来了？你们不留死人，什么也别想留，最多给你们留几道车辙印罢了！

牛车来得不容易，走得却干脆，车夫啪的一鞭，活人、死人、牛和棺材说走就走了。七里洞之旅结束得如此仓促，完全出乎一车人的意料。车夫一路骂骂咧咧，他尤其不能容忍的是牛车还没离开，七里洞人便纷纷跳回香火坑去了，坑里又响起了嘤嘤嗡嗡的莜麦经的诵祷声。斗大的字不识一个，他们倒会诵经！自己的亲人也不要，一心只要莜麦丰收！车夫咬牙切齿地诅咒道：明年先闹水灾，再闹旱灾，闹完旱灾再闹蝗灾，让他们丰收个狗屁！

碧奴回头看着烟雾中的七里洞，她受惊的眼神渐渐变得迷惘。从桃村到七里洞，她头一次在路途上品尝了别人的悲伤。所有悲伤的滋味都是苦的，冷的。碧奴心里对死者充满了歉疚之情，她用手去轻轻拍打棺木，安抚里面的死者：芹素芹素你别伤心，不是你家人不认你，不是他们不要你的棺材，是你离家太久，没人记得你了。

黑漆棺材沉默不语，芹素的灵魂在里面沙沙地呻吟。

碧奴说，芹素芹素你千万别伤心，七里洞不收你，不收就不收，天下黄土哪儿不埋人？你反正有一口好棺材了，我们再找个向阳的好地方，给你做一个最吉祥的坟！

黑漆棺材听不进别人的安慰。一个悲伤的灵魂不能自制,开始在牛车上酝酿一场巨大的风暴。碧奴心有灵犀,是她首先注意到棺木反常的躁动,在牛车自然的晃动中,那沉重的棺木正一点点背叛牛车的方向,悄悄地向后滑动。碧奴听见了棺材里的风暴,她在慌乱中用肩膀顶住了滑动的棺材。芹素芹素你别那么伤心,不是你家,回去也没用!她说,也许这不是七里洞,也许赶车的大哥走错道了呢。

你在跟死人说话?车夫回头瞪着碧奴,谁走错道了?我赶车这么多年了,从来就没走错过道,要错也不是路的错,错的是人!不是七里洞那些人的错,就是芹素那死鬼的错,他光惦记别人的家了,惦记别人家的金银财宝,自己的家乡也不记得啦!

运棺车返回了河边,河汊里仍然浓雾弥漫,独木桥下的老人还在雾中捕蚌。车夫气呼呼地把牛车赶到桥下,似乎一切都是老人指路指出来的错误。老人向他们举起背上的篓子,问他们要不要买几只河蚌,那车夫没好气,说,我们还要卖东西呢,卖这口棺材,你要不要?

他们在牛车上最后一次眺望七里洞,那片贫瘠荒凉的土地已经被浓雾吞噬了,芹素的家乡看上去若有若无,一次奇异的旅程也在雾中结束了。两头牛和三个人带着一口无人认领的棺木,又回到了路上。

官 道

State Highway

初秋的洪水还奇迹般地滞留在鹿林县的土地上，太阳朗朗高照，照着鹿林县寂寥而寒伧的官道。路上杂草丛生，泥泞不堪，密布着来历不明的水流和土坑，运棺车刚上官道便遭遇了一个暗坑的伏击。随着榆木车轴的戛然断裂，运棺车突然分成了两半，两头青云牛努力地穿越了那个水坑，却把车轮和棺木留在了水坑里。碧奴和男孩都被掀下了车，他们从水里爬起来的时候，看见芹素的棺木一头已经滑入了水中，另一头也快要脱离牛车的羁绊了。

车夫甩鞭狂抽他的牛，他说，衡明君给我的什么差使呀，人为难我，水为难我，路为难我，现在连你们牛也敢为难我，看我不抽死你们！

碧奴说，大哥你别打牛，不怪牛，是棺材要跑！

棺材又不长腿，怎么会跑？车夫嘴里抢白着碧奴，沮丧地注视着水中的棺材，芹素我日你亲娘！他突然骂了起来，芹素你就是个贱物，死了也那么贱，做了鬼魂还来为难我，给我的牛车下绊子！

碧奴说，大哥，也不怪芹素的鬼魂为难你，太阳地里走了三天，再好的棺材再好的香草也没用。芹素在里面躺不住了，再不入地，香草盖不住气味，人要臭啦。

他入不了地怨谁去？怨他自己！车夫冲碧奴嚷道，我给百春台送过十几口棺材了，从没送过这样的棺材，从没见过这样的死人，明明到了家门口，就是没人领！这芹素命贱呀，他不发臭谁发臭？

车夫踩着水走过来，一只脚踏着棺材，他的脸色因为过度的疲惫和愤怒，看上去是青白色的，他说话的时候鼻孔里流出了一些液体，嘴角上挂着蠕动的泡沫。车夫开始一脚一脚地蹬踢棺材，你不肯走最好，是你自己从牛车上逃下来的，你自己要曝尸大路我也没办法，老天有眼，我辛辛苦苦把你送到了七里洞，我对衡明君有交代！车夫说，早知道你喜欢曝尸大路，还要什么衣锦还乡？还去什么七里洞？青云郡的官道比这儿的还宽呢，还没有这么多水，早知道你的棺材没人领，不出青云关我就可以把你扔下了，哪儿用吃这么多苦！

看得出来，车夫下了决心，他开始压低车身，帮助那口逃跑的棺材更顺利地投奔水坑。碧奴不敢接近暴怒中的车夫，她对男孩说，你快劝劝他，别让他把芹素撂在这大路上，撂哪儿都行，千万不能撂在路上。

男孩剥弄着腿上的泥浆，不耐烦地回答，你懂什么？是芹素要在路上，他等着哪个王公大人从官道上过，还要跟他们回去做门客呢！

停哪儿都行，路上不行，路上不能停棺材的！碧奴说，那么大一口棺材挡着路，死人的魂入不了土，别人的车马也没法走了。

没法走才好，芹素就喜欢这样，他自己走不了，也不让别人走！男孩在芹素的棺材上拍了一下，突然笑道，我总算遇上个比我命贱的人了：我忘了家在哪儿不算命贱，芹素家在七里洞，七里洞不接他的棺材，这才叫命贱，芹素的命比我还贱三分！

再贱的命，也不能把人家的棺材扔在路上！碧奴忍不住上去抓车夫的袍袖，大哥你好事做到底吧，你手不方便，我们帮你把棺材卸到地里去，千万别卸在路上！

车夫搡开了碧奴，沉重的黑漆棺木终于全部落入水中，发出一声巨响。三个人都被那声音吓了一跳，一时都怔在那里，看见那棺木一半在水里，一半翘在路上，就像一块飞来的黑色巨石，孤独地耸立在官道上。死者那颗骚动不安的灵魂似乎也安静下来了，他们几乎听见了积水嘶嘶地渗入木头的声音。无掌第一个缓过神来，他过来察看水中的棺木，用脚压了压棺盖，舒了一口气，说，还好，人没跳出来，这么好的棺材，他也不舍得跳出来。又压一压棺盖，说，这样一来也干脆，反正这死鬼自己也记不清家乡了，棺材停在哪儿，哪儿就算七里洞！芹素你别怨我不仁不义，这可是你自己选的地方，这官道上的水坑，就是你的七里洞，明年开春我从这儿过，一定在这儿给你烧纸钱!

官道上没有行人,也没有车马经过,牛车卸下了棺木以后,两头青云牛显得轻松了许多,它们在路边啃着枯草,等待着车夫把残破的牛车套在身上。车夫忙了半天,终于放弃了那堆车毂和木轮,他哀叹一声,说,不行,我没有手还是不行,脚能赶车,修车还要靠手。他对着青云郡的方向叹了口气,都是让芹素害的,我赶着车出来,骑着牛回去,衡明君大人不知道怎么罚我呢,他罚我也应该,还有看热闹的人,他们还不知道怎么笑话我呢。

分道扬镳的时刻来了,来得那么仓促。男孩看不出他的处境,他拿着那面白豹徽旗往牛背上爬,被车夫缴下旗帜攥下来了。车夫说,你个傻孩子,我都不一定能回百春台了,你还想回去?你以为我带你们出来过家家的?衡明君大人把你给芹素做了儿子,我不忍心把你丢在七里洞,可百春台的树林,你是再也不能回去啦!

男孩的小脸露出了惊恐的表情,他抱住车夫的腿,不哭,也不闹。车夫蹬了几下没有蹬开他的手,就拖着男孩往碧奴这边走。各奔东西吧,他对碧奴说,我把你们也撂在这儿了,撂在这儿比撂七里洞好,这孩子,你愿意带就带,不愿意就把他当一头鹿,随便放了吧。

碧奴上去拉那个男孩,拉不开,手上被男孩咬了一口。碧奴按住手对车夫说，大哥你还有两头牛，你骑一头，还有一头牛，就捎这孩子一段路吧。

捎一段路捎一段路，你倒是会做好人！怎么不问问他，捎哪儿去？哪儿都不行，这傻孩子，他不记得家呀！车夫低下头看着男孩，愠怒地喊，你还缠着我？东南西北，你倒是说个方向出来，让我把你捎到哪儿去？捎给石头，还是捎给鹿？

男孩突然松开了车夫的腿，他跑到一块车板那里坐下，抹着眼睛里的泪水，赌气道，哪儿也不去了，我就坐在这里，等盐贩子的车队来！

这地方又穷又偏僻的，就怕盐贩子都不从这儿过呀。碧奴把男孩往车夫那儿拉，怎么也拉不起来，她就站在那里往北方张望，说，孩子你要没地方去，就跟上我，去大燕岭吧！

男孩受辱般地叫起来，傻瓜才去大燕岭，你是傻瓜，我不是，死也不去大燕岭！

这支奇特的送棺队伍终究还是匆匆散了，车夫和两头牛在暮色中蹒跚而去，把碧奴和男孩留在了鹿林县的官道上。一只信天翁从远处飞过来，在官道上空盘旋了一会儿，落在了芹素的棺木上。碧奴站起来去驱赶信天翁，那鸟不怕人，它沉着地在棺木上拉下一摊鸟粪，然后飞走了。黑漆棺木一半没入水中，一半裸露在秋天的夕阳中，昨天还尽显奢华的棺材，现在落满黄色的泥浆，看起来萎靡了许多，也显出些许苍老。他们听不见里面鬼魂的声音，也不知道它对自己的处境有何打算。鬼魂也许做不了棺材的主，碧奴决定做棺材的主。她要把棺材从水坑里推出来，再从官道上推到路坡下去。

可是碧奴怎么也推不动棺材，那棺材就像一块巨石长在水里了。孩子，你来帮帮我，她招呼着那个男孩，芹素再不好，也是父母亲养的人，我们不能让他的棺材停在路上。

他不是父母亲养的。男孩说，他还不如我呢，什么七里洞，什么老父老娘兄弟姐妹，都是瞎编的，他也是石头缝里钻出来的人！

就是石头缝里钻出来的人，也不能曝尸大路！人生一世，谁也管不了生，生下来像一把草，像一只鸡一只鸭，你没办法，是爹娘的事，是前生的事，可再苦命的人也能管住死呀，死要死得好一点，怎么也得死在土里！碧奴说，孩子，你快来帮我一把，芹素这么躺在路上，来世不是变成一块土疙瘩，就是变成一块小石子，躺在路上任人踩任人踢呀！

我才不推。男孩轻蔑地说，傻瓜才相信你的话，你就会说什么来世，要来世干什么？我活这一世就够了，下辈子哪个蠢女子胆敢生我出来，我怎么也要想法钻回她肚子里去，就是不出来！

柏木棺材沾了水就更沉重了，碧奴一个人踩在水里推棺材，人弯成一把弓，她的袍子全部被水浸湿了，无论她怎么用尽力气，棺木还是固执地不肯移动一寸，她听见从棺木深处传来一些窃窃的声音，仿佛是感激的话语，也仿佛是辱骂的脏话，碧奴分辨不清那含糊的声音，她一着急就拍着棺木叫起来，芹素，你别在里面瞎嘀咕，你倒是帮我一把呀！

男孩不帮她，鬼魂也不帮她，碧奴推不动棺材，后来就放弃了。她走到路下的荒地里，撅了一根树枝，对男孩说，孩子，你挖墓坑挖得多好，我们来给芹素挖一个吧，等男人们从这儿路过，看见挖好的坑就知道了，男人力气大，他们会把芹素的棺材搬到坑里来的。

你自己的坑都下不去，还惦记挖别人的坑！男孩冷笑了一声，指着天空的暮色说，你还是别管芹素的闲事了，赶紧上路吧，你没听说鹿林出强盗？再不走，小心路上遇见强盗！

我的包裹没了，身上就这一件丧袍，碧奴扯起她身上的白袍看了看，说，不怕，我不怕强盗了。

你是个女子呀，没东西抢，强盗还可以抢你的身子！

男孩的威胁终于对碧奴产生了作用。她三步两步走上来，眺望着官道四周空阔阴沉的旷野，眼睛里流露出一丝恐慌之色。是该走了，芹素的棺材，只好留给哪个好心人了。碧奴说着去拉男孩起身，男孩却甩开了她的手，朝她嚷道，你是聋子呀？我告诉你了，我不去大燕岭！

我知道你不去大燕岭，不去大燕岭也不能坐在这里的，一眼都望不见个人影子。碧奴说，孩子，我不能把你一个人扔这里，我们得走到个热闹的地方再分手。

现在就分手，傻瓜才跟你走呢！男孩向碧奴翻了个白眼，你自己都管不了，还来管我！我就坐在这里，我等盐贩子的车队来！

孩子，你要跟盐贩子去贩盐？那不是孩子干的行当，他们跋山涉水的，也是糊个肚子，不会带一个孩子走的！

盐贩子不要我，我就等货郎，货郎来了，我就有吃有穿了。

孩子，你要把自己卖给货郎？货郎收旧货卖新货，不做人口买卖的！

我才不卖人！卖人也不卖自己，我有好旧货卖，卖什么不告诉你！男孩突然卖了个关子，他的眼睛里有一团秘密的火焰燃烧着，灼热的目光游移着，躲闪着什么，绕了几圈，最后还是泄露了秘密。男孩的目光终于无法克制地落在芹素的棺木上。告诉你也不怕，我卖芹素的棺材！他用手比画着元宝的形状，声音猛然高亢起来，我卖棺材！百春台的人说了，芹素的棺材值一个金锭！

碧奴吓了一跳，随后她惊叫起来，也不知道是被孩子吓的，还是被自己的尖叫声刺痛了耳朵，碧奴捂住了自己的耳朵。

你捂耳朵干什么？我卖芹素的棺材，又不卖你耳朵！男孩说着想起什么，挖着鼻孔观察着碧奴惊恐的表情，他说，你们妇人就会大惊小怪！要是觉得吃亏，你也拿一份，把芹素的寿袍扒下来带走，你丈夫不是没冬衣穿吗？芹素的寿袍都是绫罗绸缎，正好给你男人捎去！

碧奴不捂耳朵了，她脸色发白，一只手捂着胸口，用另一只手指着天，她还记得提醒男孩天的存在，可是过度的惊怵使她忘记了天的威严是什么，忘了天对人的惩戒是什么。她什么话也说不出来，只是一手指着天空,一边往后退缩,她倒退着走路,离男孩越来越远。

你指着天干什么?天上什么也没有,连鸟也没有!男孩说,你嫌死人穿过的衣服脏?拿到水边洗一洗,不就跟新的一样?我告诉你,你不要那衣服自然有人要,我拿到当铺去,起码换回一大堆刀币!

她看见男孩向棺木走过去,他像一头鹿一样纵身跳到他庞大的财产上去,熟练地把棺盖移开了一点点,来呀,快来,你还装什么好人!他朝碧奴嚷嚷起来,人还没臭,现在不扒,以后再后悔就来不及了!

碧奴就是这时候开始狂奔的。跑出去很远了,看见路边出现了几片圆形的窝棚,看见了窝棚边农人的地锅,看见锅边的一条狗一只鸡,她才记起来这是人间。碧奴回头向官道张望,浓稠的暮色已经盖住了那个水坑,水坑闪烁着一缕脆弱的光,照亮棺材的一角,芹素的棺木看上去像一块黑色岩石,被无情的群山抛弃在空寂的官道上。平原上落日轻轻摇晃,借着最后一点温暖的光线,碧奴看见远处有一头小鹿的影子。她以为自己看花了眼,揉揉眼睛再望,望见的还是一头鹿,男孩的身影消失了,是一头鹿,一头鹿正站在芹素的棺木上。

五谷城

Five-Grain City

他们说走过平原再看见山，就看见大燕岭了。碧奴不知道这平原这么大，怎么也走不到头。碧奴走过了好多人烟稠密的城阙，她记不住那些地方的名字，而五谷城的名字她怎么也忘不了，通往北方的官道到了五谷城外，再也走不过去了。不知哪儿来的那么多郡兵，他们在路上组成一堵黑压压的人墙，见人攘人，见车攘车，碧奴也被他们攘下了官道。

是官道封路了，国王要从五谷城过。所有的赶路人像羊群一样被攘到了五谷城里。五谷城里盛传国王的人马早就来到了平羊郡地界，他的巡视日程根据天象和星辰的运行而变幻莫测，巡视的路线则追溯着一条传说中的运河南下。传说中黄金楼船造好的日子，也是运河通航的日子。可平羊郡人人都知道，南方三郡联合奉献的黄金楼船已经运抵京城，北方四郡负责的运河还没有开凿，不知道是谁吃了豹子胆欺骗了国王，一个画师凭空画出了长达七丈的运河风光图，那画卷上的新运河百舟竞发，帆樯林立，运河两岸风光旖旎，人畜两旺，国王被他的江山美景深深地打动了。一个奇怪的消息传遍了平羊郡，消息称国王的人马带着那幅运河图出发南下，他们拖着一条黄金楼船在平羊郡地界寻找运河的码头，已经寻找了很多天了。

五谷城的城门前无数人在谈论受骗的国王，谈论那幅运河美图，谈论那条由九百个能工巧匠联手制造的楼船。有人从靠近京城的地方来，说国王的人马浩浩荡荡，最炫目的就是那条黄金楼船，说那楼船在国王的车辇里像一条巨龙，它追随国王向南方游来，所过之处，风起云涌，遍地金光。有个小孩子在人群里高声说，没有运河，楼船不能下水的，这么走下去，国王迟早会发现有人骗他，欺骗国王，要杀头的！城门前的人都回头看着那个小孩，嘖嘴道，连小孩子都知道的后果，怎么那些官大人会不知道？怕是另有隐情呀！还有个男孩以他的想象招徕别人注意的目光，他说，运河也不一定是在地上的，国王的运河凭什么给你们看见？它挖在地下，在地下流，那黄金楼船，在地下开！那男孩的奇谈引起了大人们的哄笑，有人指指自己的脑门，用眼神、手势和自己的脑门来示意一个更可怕的谣言，国王的脑子最近出了点问题！人堆里立刻有人提醒他，说，你别以为用手戳自己脑门就没事，你管住你的舌头，还要管住自己的手，小心让捕吏看见你的手，乱比画，也要杀头的！

　　碧奴听见了流民们谈论的国事，她听不懂。她看见好多人在朝城门上张望，她也朝城门看了一眼，第一眼没看清楚，说，那一溜东西是什么？是瓜呀，挂得那么高？旁边一个老汉笑着说，是瓜吗？瓜还能吃呢，你再看一眼！碧奴再看一眼，突然尖叫一声，她挥起袍袖蒙眼睛，袍袖中途坠落，人已经栽倒在那老汉怀里了。那老汉扶着个陌生女子，不知如何是好，就把她放在地上了，众人都盯着他，盯得他有点羞恼，不知道是哪儿来的乡下女子！他愤愤地嘟囔着拂袖而去，这么大个女子了，连人头也没见过！

也有好心人过来拍碧奴的脸，鼓励她睁开眼睛，你是良家妇女，怕什么人头？刺客和强盗才怕人头呢。几个好心人热情地捉住碧奴的手，强迫她睁开眼睛，快把眼睛睁开来，睁开来再看一眼，以后就敢看了，看人头不会变瞎子的，看看人头对你有好处，以后说话做事情就小心啦！有个身宽体壮的妇人挤过来掐碧奴的人中，掐了几下把人掐醒了。那妇人把碧奴的头从地上扶起来，靠在她硕大的胸口上，向碧奴耐心地指点挂在城墙上示众的那排人头，一一介绍起人头的罪名来，介绍得声情并茂。她说挂在最高处的人头属于两个过路客，他们投宿在南门的客栈里，本来已经搜了身过了城门关的，可是他们吝啬，不肯给客栈的伙计赏钱，结果客栈的伙计夜里翻他们的东西，发现他们的裆裤缝了夹层，夹层里藏着刀！那妇女认为两个过路客死得不冤枉，不仅是官府，老百姓看见那裆裤，也都断定他们是潜入五谷城的刺客，伺机刺杀国王。其余几个就有点冤枉，都是管不住舌头惹的祸，一个货郎死于自己的舌头，是因为他当众散布国王已经疯癫的谣言。另一个诉讼成癖的老汉以为自己能说会道，骑着驴子准备去拜访国王，告郡守的状，没走到城外就被官兵拿下了。官兵说，我们把你接回去给你嘴里安个金舌头，你再去找国王告状！还有个女子的人头昨天还在，今天不巧，刚刚换掉，你看不见了。她是我街坊邻居呀，卖豆腐的张四娘！她算个账偏个秤比谁都精明，就是管不住嘴巴，听到什么就传什么。谁是奸臣谁是贼子我们老百姓怎么敢乱传呢？这耳朵听了，那耳朵就出去了。那张四娘不，到哪儿都要显出她来，一个妇道人家呀，也不认识个谁，就在城门口指名道姓地骂这个大臣骂那个丞相，这下好了，官府的寒大人路过城门，正好听见，说他倒要看看哪个长舌妇管不住自己的舌头，造起朝廷的谣来了。她是舌头太长才管不住吧，我来替她管！这位大姐你猜猜，寒大人怎么管张四娘的舌头的？

　　碧奴惊愕地瞪着那妇女，下意识地抿紧嘴藏起自己的舌头，过了一会儿她憋不住气，嘴又张开了，说，割舌头！大嫂你不是吓我吧？说几句闲话还能把舌头说丢了？我们桃村那儿不让流眼泪，不流眼泪没什么，我们习惯了，不让人说闲话可怎么办？岂不人人都成活哑巴了？

　　不是不让你说闲话，看是什么闲话！那妇女皱起了眉头，你这闲话就不好，什么活哑巴死哑巴的？官府听见了，说不定又要问你的罪，反正要管住自己的舌头，该说的才说，不该说的不说！

碧奴注意了她的舌头，发现那妇人说话时嘴唇翻得飞快，舌头却深藏不露。碧奴有点羡慕地说，大嫂你在这里住久了，知道怎么管舌头，我是去大燕岭现在被困在这儿的，不知道这五谷城的规矩，不知道什么可以说、什么不可以说呀！

那妇人蓦然有点紧张，她向旁边的人群扫视了一番，脸上露出一丝警惕的表情，然后她让碧奴吐出舌头，仔细地检查了一番。你的舌头，不算长，但也不算短！妇人匆匆地对碧奴的舌头做出了评定，又压低声音问碧奴，这大姐平时是不是爱说话呀？碧奴说，有时候喜欢说，有时候不喜欢。妇人又问，你一个人出门在外，知不知道什么话该问什么话不该问？知不知道什么话该说什么话不该说？碧奴茫然地摇了摇头。那妇人斜着眼睛，慈祥地看着她，突然从怀里拿出一个小布袋说，你应该买点我的聪明药，吃了聪明药，保证你学会什么时候该说什么话，见什么人该说什么话，你的舌头就不会给你惹祸啦。

碧奴看见那小布袋里装着一些黄绿色的药粉，她几乎用手指蘸到了药粉，看看那妇人敏捷地收拢了布袋。知道她的意思，药是要花钱买的，碧奴就缩回手，叹了口气说，大姐，再好的聪明药，我也没钱买呀。

那妇女讪讪地收起了她的小布袋，不买就不买，省了钱丢了命就不值得了。她抽身往人群里走，边走边说，像我们这样的女子，本来聪明不聪明也派不上用场，我是看你一脸晦气，可怜你才卖药给你，别人要我的药，我还不一定卖给她呢。

城楼上的大铜钟敲响了，是催促人们进城的钟声。城门外的人流开始骚动，涌向不同的城门洞，钟声令人心慌，也使懒散的人群一下振奋起来，喧闹声中有妇人尖声呼喊着儿女的名字，纷乱的人流沿着城墙奔跑，除了孩子，再也没人抬头关注城墙上悬挂的人头。人群一堆堆地分了三六九等，碧奴不知道她应该跟着哪一堆，就去跟住了一批衣衫褴褛的流民。到了城门口，这支队伍又散开了，男人排在大门洞口，女人和孩子则排到了小门洞那边，碧奴就跟住女人和孩子，往小门洞那儿走。一个郡兵朝着碧奴跑来，他打量着碧奴身上那件发黑的丧服，说，你家里死了什么人？丧服怎么会这么脏？碧奴正要说话，突然想起来要管好自己的舌头，就朝北方的方向指了指，什么也没回答。郡兵认为她刚刚守了新寡，他对碧奴的盘问是围绕着死人展开的，你男人怎么死的？是打家劫舍让官府杀了头，还是夏天时候染了瘟疫死的？还是戍边死在边疆了？碧奴知道说实话会惹来麻烦，又不知道该怎么撒谎，干脆就咬着舌头不说话，只是用手指着北方。你男人死在北方了？你是哑巴？怎么又来了一个哑巴？他端详着碧奴的表情，看上去有点怀疑，见鬼了，今天官道上怎么下来这么多哑巴？给我到西边去，哑巴、瞎子、瘸子、病人、外国人，都到西侧门去接受检查！

西侧门里排队的人不多，她的前面站着一个卖糖人的黑袍男子，那男子的背影看上去高大魁伟。碧奴觉得奇怪，自从春天开始征召男丁去北方之后，路途上这样年轻力壮的男人已经绝迹。人家都去了长城去了万年宫，人家都在做牛做马，他怎么能走来走去地卖糖人呢？碧奴趋步绕到他前面，用好奇的目光看了他一眼。那男子坦然地转过脸来，这位大姐，你要买个糖人吗？

碧奴看见了那男子憔悴而年轻的脸，一双锐利明亮的眼睛，像鹰一样冷静，带着莫名的威慑。她摇摇头，往后退了一步，突然记起来一个人，她记得这个人的眼睛，是车夫无掌在蓝草涧迎候的那个门客。那蒙面门客的身影也是这么高大，眼睛也是这么寒冷。她还记得那个蒙面的门客黑袍上散发的麝香和甘草混杂的气味。现在风从城门里穿过，拂起男子的袍角，碧奴又闻到了那股奇特的气味。

碧奴正要说话，忽然记起那卖聪明药的妇人的告诫，就用袍袖把嘴遮住，用手指捅了捅卖糖人的男子。那男子再次回过头来，眼神里已经充满了厌恶。

这位大姐，你不买糖人就别捅我，看看你还穿着个丧服呢，没见过你这么轻佻的女子！

碧奴让他说得涨红了脸，瞪着前面的背影，怎么看也是牛车上那个男子，为什么到五谷城来卖糖人呢？我不认识你才不会捅你！碧奴忍不住，该说还是要说，大哥你是百春台的门客呀，怎么到这儿卖起糖人来了？她说，我捅你是要跟你打听个人呢，那用脚赶车的车夫大哥，他回到百春台了吗？

什么用脚赶车用手赶车？我不认识什么赶车的，也不认识你！

你不认识我，我认识你，大哥！我的眼睛可灵了，别说是人，就是头顶上飞过的鸟，今年飞去，明年再飞回来，我也认得出来，大哥，你也是要去大燕岭吧？不去大燕岭也不会从这五谷城过！碧奴说，走了这么多天，好不容易遇见个熟人呀，大哥你是去大燕岭吧，等国王走了，我们搭个伴一起走，路上好有个照应。

我不去什么大燕岭，也没法照应你。我是个瘸子，你有两条腿，我只剩下一条腿，一条腿的人怎么能照应两条腿的人？那男子冷冷地注视着碧奴，突然掀开袍子，说，让你先看我的腿，看看就知道了，我只有一条腿，我要是好端端的，他们怎么会让我到西侧门来排队进城？

碧奴疑惑地弯下腰，发现他的黑袍下面果然空空荡荡的，果然只有一条腿，另一条腿只有一截，用布绑好了悬在半空中。你有两条腿的，我记得清清楚楚的，你从蓝草涧的山上下来，跑得比马还快呢。碧奴忍不住抓着那半截腿察看，嘴里惊讶地说，我从蓝草涧过来，也就半个月，好好的你怎么把一条腿弄没了呢？

没见过你这么轻佻的女子！人贱手也贱，男人的腿，你也敢随便抓？

碧奴的手被什么东西突然打了一下，是那男子用糖人架子打她的手，她抬起头，注意到那男子冰冷的眼睛里已经露出了仇恨的火焰，他说，给我管住自己的手，管住自己的舌头！我告诉你五谷城里很乱，杀一个荡妇，比踩死一只苍蝇更容易！

西侧门里的人都回过头来了，他们打量碧奴的眼神很暧昧，有个女乞丐用一种居高临下的语气说，日子再艰难，妇道还是要守的呀，你们看她丧袍还没脱呢，就这么明目张胆地勾引男人！前面有一对貌似哑巴的男女回头斜睨着碧奴，用手语愤怒地交流着，一起咒骂她，下流的女子，母狗发情还知道挑个地方，她都不挑！碧奴羞出了眼泪，他们都把她当什么人了！人群团结一致的目光让她很害怕，她后悔没听那卖聪明药的妇人，到了五谷城，是不可以随便说话的，说了三句话就被别人当成了那种女人！碧奴又羞又气，她想按照桃村的方式朝那些人啐三口的,无奈没有那份勇气,最后她干脆举起袖子掩好自己的嘴,一猫腰,将自己的身体藏到人堆里去了。

城楼上的钟声停了,进城的人流更急切地向城门洞涌动着。碧奴心有余悸地看着众人的背影。人流向前动了一步,她也跟着迈一步。现在她不敢靠近那神秘的瘸腿男子了,隔着几个人的脑袋和肩膀,看得见那男子的糖人架,架上的小糖人在半空中快乐地晃动,也只有那些彩色的小糖人、仙女神鬼和散财童子,向碧奴送来一个个僵硬的微笑。

城门洞里飘散着人体和衣物行囊散发的酸臭味,有人在这里那里咳嗽,干咳或者爽快地吐出了痰。碧奴身后歪歪斜斜地站着一个患痨病的男人,那人明显受到了公众舆论的影响,判定碧奴是个放荡的女子,因此在一阵剧烈的咳嗽之后,他的手摸到碧奴的袍子里去了。第一次碧奴没有叫,她打掉了那只手,裹紧袍子往前站了一步,但那男子的身体很快又贴上来了,一只枯瘦如柴的手和一个隐秘的软组织,一起上来紧紧地贴着碧奴的臀部。碧奴这次尖叫起来,把那男人推到了一边,西侧门的人群都回过头来,轻蔑地看着碧奴,碧奴想告诉他们什么,嘴动了几下,眼泪涌出来了,她就用袍袖蒙住了眼睛。那男子倒不避讳什么,义愤地指着碧奴,你们看这女子,刚刚还在做婊子,这会儿又给大家立牌坊呢,我咳嗽咳得这样，能怎么她？不小心碰她一下，她倒鬼叫起来，还他妈的流眼泪呢！

人群骚动了一会儿，响起一个貌似公正的声音，花香招蜜蜂，鱼臭招苍蝇，男的女的，都不是好东西！那痨病患者没有得到舆论的支持，突然愤怒起来，你不是不愿意排在我前面吗，我知道你要排哪儿去，走，你滚到他身边去！虽然患着病，毕竟是个男人，那痨病患者双手扣住碧奴的腰部，人拉成一把弓，用着蛮力推碧奴。碧奴怎么也甩不开他的手，人像一只轮子一样被推出去了，踩到了好多人的脚。有人不计较，有人却伸过手来打她，嚷道，你往哪里踩？几个男人咯咯地笑得很兴奋，说，推，推，好好推，别看这痨病鬼半死不活的样子，见了女子，力气这么大！碧奴一路踉跄一路挣扎，手挥到了好多人的脸上，众人为了避免碰撞和误伤，干脆给他们让出了一条路，于是碧奴像一只轮子一样滚到了卖糖人的男子身边。

那卖糖人的男子原先站着不动，看见碧奴撞过来，人拔地而起，单腿一跳就轻盈地躲开了碧奴。碧奴跌坐在地上的时候已经泪流满面，众人看她手指着那痨病患者，嘴唇在动，最终却没有发出任何声音。他们只是听见一种清脆的哭泣声响起来了，像一个婴儿的哭声！有人好奇地鉴别碧奴的哭声，说，这女子哪儿来的？这么大个女子，哭起来像一个婴儿！有人被碧奴哭动了恻隐之心，上去拉扯碧奴：哭不得，哭不得，进城门不能哭的，这是五谷城一百年的老规矩！碧奴甩开了所有的手，固执地坐在地上，坐在地上哭，哭得泪水四溅。好多上去拉扯她的人都以手遮面跳开了，说，这女子哪儿来的？一定是水里来的，哭得像下雨呀，把我袍子都打湿了！碧奴的哭声把城门口的守卫引来了，几个守卫一路跑过来一路嚷着，谁在哭？是谁在城门口哭？活得不耐烦了！忙于躲闪的人群都指着碧奴，说，快管管这女子，受了点委屈哭成这样，哭得像下雨！守卫打量着碧奴身上的丧袍，看见那丧袍的袍角已经浸在一潭泪水里了。他们把她从地上一把拉起来了，说，哪来的女子这么大的胆？你不在坟上哭，跑到城门口来哭？连三岁的小孩都知道五谷城的规矩，城门不沾人的泪，在城门口哭犯的是死罪！你这么大个人竟然不知道？

　　她是在寻死呢！那瘸病病人此时已经钻到了人堆里，他在人堆里高声说，五谷城的好风水，一定被她哭破了，这女子，犯了杀头之罪啦！

　　人群一下子肃穆起来，每个人都凝视着守兵们，紧张地等待着什么。守兵们是在交头接耳地商量，却不知道商量出了什么结果，终于有一个年轻的守兵持矛过来了，他围着碧奴兜了几个圈，人群的目光都集中在那闪亮的矛尖上了。要当场杀头了，要杀头了！有熟悉杀头场面的人在小声地挑剔守兵手中的兵器，怎么用矛挑？不是都用鬼头刀的嘛！还有个妇人颤声叮嘱着自己的孩子，乖一点，乖，别凑那么近，别让血溅到你的衣服上！

渐渐地人群里发出了各种疑惑不解的声音，咦，不像是要杀头！不杀了吧？不杀啦，又不杀啦！那个年轻守卫的举动出乎旁观者的预料，他只是用矛尖挑开了碧奴掩面的袍袖，饶有兴趣地研究着那女子的一张泪脸，哭，哭出来呀，我们让你哭个够！听不出来他是在逗弄碧奴，还是真的在催促她。人们看见他用食指在那女子脸上蘸了蘸，然后他盯着自己的食指叫起来：看这眼泪，这么大，像珍珠一样呀，一滴滴能站在手指头上的！旁边的守兵说，别光顾着看，泪珠子再大，味道不行有什么用？赶紧尝尝她的眼泪什么味道吧！那年轻的守卫轰走了几个大胆的孩子，腼腆地背过身去，将蘸过泪水的食指塞到嘴里：哒，哒，哒哒哒。听得见他用舌头吮咂手指的声音，那声音响亮而具有丰富的节律。众人不解其意，一双双眼睛盯着品尝眼泪的守卫，嘴里惊呼起来：怎么吃起眼泪来了？这是干什么？难道那女子的眼泪是什么山珍海味吗？那年轻的守卫品尝得非常专心，过了一会儿他紧张的舌头停止了工作，紧皱的眉头舒展开来，眼睛里闪出了亢奋的光芒，好泪！他突然欣喜若狂地叫起来，好泪呀！不那么咸，咸里带甜，甜里带酸，有一点儿苦，还有一点辣，肯定是五谷城最好的眼泪！旁边的守卫们一片雀跃，一个军吏打扮的人热烈地鼓着掌，上去拍着那年轻人的肩膀，称赞道，好，你没白在药铺里混，找到五谷城最好的眼泪，都靠了你的舌头！

那天五谷城的守卫们一反常态，他们陶醉于一个女子泪水的滋味，脸上流露出邀功请赏前的得意表情，路人们不知道他们葫芦里卖的什么药。一个可遇不可求的杀头戏刚刚拉开帷幕，什么都没开始，戏就匆匆地散了，这让城门口的人们难免感到一丝失落。有人追着守兵们询问其中的奥秘，怎么啦？为什么饶了这女子？今天是国王的什么好日子，是大赦天下吗？守兵们不便细说，只是暗示这女子命大。有人不依不饶地追问，为什么她命那么大呢？凭了什么本事？守兵不耐烦了，突然叫道，凭她的眼泪珠子大，凭她的眼泪有五种味道！这又不是什么高兴事，你们也来眼红！

在众人惊诧的目光中，哭泣的碧奴拖曳着一道银色的泪光，被守兵们架出了城门洞。排在前面的人看见他们把碧奴架到一堆劈柴前，让她和一辆运柴的独轮车站在一起，前面便有人自作聪明地叫起来，还是难逃一死呀，要把这女子当柴火烧啦！后面的人一阵骚乱，大家都跳起来看那独轮车，独轮车里堆满了劈修过的柴火，每一捆柴火上都用红漆写着"詹府"两个字，有人说，啊呀，原来要把她送到詹刺史府上去！推车的车夫也穿着詹府的褐色家袍，看上去他与守兵们意见不合，斜眼看着碧奴，抓耳挠腮地发牢骚，说，你们当兵的就会眉毛胡子一把抓，送泪人归送泪人，送柴火归送柴火，应该分开的。这么小的车子，又拉柴火又拉人，挤不下呀！一个守兵就上去把一车柴火都倾倒出来，嘴里骂那个车夫，詹大人是白喂饱你的肚子了，我们好不容易找到了这么好的眼泪，你个奴才竟敢作怪！我问你，是你的柴火重要还是詹刺史的药炉重要？那车夫一时语塞，嗫嚅道，泪人归药膳房管，我是柴房的，柴房就管柴火呀！另一个守兵走过来用一片柴火敲了敲车夫的头顶，你就管柴火，脑袋瓜也成了柴火！你没听说你们詹大人的药炉子里泪汤快干了？一个送柴火的倒跟我们打起官腔来？让你连人带柴一起推，你就给我一起推走！

　　城门口的流民们看见碧奴被拉出来，推进去，人和柴火几次三番地调整，最终碧奴是坐在独轮车里面了，准确地说，不是坐，是堆在柴火里了，他们只看见碧奴的脸和肩膀一侧露在外面。她仰面哭泣着,身体被柴火捆淹没了,泪水雨点般地洒在柴火上,令人不由得担心那些柴火进了灶膛是否还能正常燃烧。柴车走了很久,人们才知道那女子不是推去做柴火的,她不仅幸免于难,而且进詹府做事去了!去詹府做什么事?去哭,去做泪人,原来詹府急需人的眼泪熬药!众人都不相信自己的耳朵。由不得他们不信,一个与詹府药膳房过从甚密的药贩一一道出了原委:原来刺史府中最近笼罩着病魔的阴云,刺史的老母亲言氏不小心让一根鸡毛潜入嘴里,喉管奇痒难忍,导致终日咳嗽,咯出了血,请遍城内名医,那些丹心圣手也没取出一根该死的鸡毛;刺史最宠爱的小公子早晨出门,遇到一阵风,那一阵风竟然把小公子的嘴巴吹歪了!刺史家众多的妻妾女眷也受到了小病小灾的眷顾,美貌的大多得了花斑癣、银屑病,斑癣偏偏长在脸上;勤劳能干的大多得了嗜睡症,白天黑夜赖在床榻上。詹刺史从松林寺请来了一个归隐的长寿宫御医,御医认为府中邪气太盛,关键还要补气扶气。他给病人们留下的药方没有什么过人之处,那熬药的汤水却出奇,不准用水,要五味泪汤,要人的眼泪,苦的泪、咸的泪、甜的泪,还要酸的泪、辣的泪!詹刺史曾经以为请来的御医是在捉弄他,但是看那老人仙风道骨、德高望重的样子,又想起他曾经为三代国王治疗过多种疑难杂症,就不敢不从了。詹刺史在五谷城一手遮天,但再大的权势和再多的金钱也买不来那么多的眼泪,只好下令五谷城官兵,在全城范围内搜寻善哭的女子作为泪人,向詹府的药炉提供泪水。由于时间紧迫,官兵们无法仔细考查泪人们的品行道德和眼泪的品质,他们一味地在人群中筛选悲伤的面孔,不免走眼。有人急于向刺史表示忠心,错抓了一个整天垂泪不止的疯女子去刺史府中,结果那疯女子的眼泪是带有鱼腥味的,不合五味泪汤的标准不说,还坏了好好的一炉泪汤!刺史大发雷霆,各部门都从中吸取了教训,向刺史大人发誓,一定要抓到五谷城最伤心的女子,把最大滴的眼泪和味道最好的眼泪奉献给他的药炉。

这一天,城门口的官兵们幸运地发现了碧奴的眼泪,而流民们有的半信半疑地议论着眼泪的药用价值,有的干脆蘸了一滴自己的眼泪,举着手指到处追逐那个尝泪的年轻守兵,他们的毛遂自荐统统遭到了拒绝。独轮车一走,城楼上高高的三角旗临风飞舞起来,旗兵在向四方的角楼发送一种深奥的旗语,城门下有个老人年轻时候恰好做过旗兵,他把那旗语一字一字地念了出来:抓到了最伤心的女子!最大最好的眼泪已经在送往詹府的途中!

泪 汤

Tear Brew

柴房的仆人们让碧奴脱下她的丧袍再进詹府，一件发黑的丧袍脱了半天，终于脱下来了，碧奴拿着那件袍子站在柴房里哭。仆人过来说，现在别哭，我们这里没有泪坛子，这么多眼泪都掉在柴堆上，你哭了也白哭！他们从碧奴手里抓过那件袍子，往柴堆上一扔，看见碧奴的泪眼盯着柴堆上的袍子，仆人猜测着她的心思，说，你这女子，还怕我们私吞这破丧袍呀？我们詹府办丧事的时候，连石狮子穿的白袍，都是软缎的料子，你别以为我们在柴房搬柴，就门缝里看人！碧奴没说什么，她的目光还是定定地看着那袍子。仆人的脸上便有了讥讽的表情，过去拿根长木棍挑起丧袍，挑到了最高的柴堆上：你不舍得？不舍得我们就不烧它了，给你留着，你哭好了再来柴房拿吧。

有个留着长髯的老头来带碧奴。他们沿着一个回廊走，走过了庭院，院子里晒着好多丝棉、红枣和腊肉。女仆在水井边咚咚地捶衣，三大排晾衣架上满目锦绣，挂满了男人女人的衣物，有的洗过了，有的是晒个太阳做冬装的，挂在最高处的一件青色的裘皮袍子镶了豹袖，还有一件凤鸟花卉的黄绢面袍，看得人眼睛发花。三顶皮冠，分别是白鹿皮、熊皮和豹皮的，搭在架子上，看上去像那些动物的幽灵正在晒太阳。碧奴猜得到那袍子的主人应该是詹大人，但三顶皮冠她分不清是戴在头上还是穿在脚上，或者是套在手上的？她盯着那三顶皮冠看,老仆人回头不满地叫道:你别东张西望的,詹府里的东西你看懂了也没用,都不是你用的东西!

老仆人迎着一股浓烈的草药味走,把碧奴带到了一间黑屋子里,是詹府熬药的地方。药炉煮沸了,噗噗地冒着热气,满屋子呛鼻的气味,炉工专心致志地守着火,两个药工,一个在桌边切药材,一个手拿搅棒在炉边忙碌。而在屋子的角落里,几个妇人、男孩和女孩正端坐在黑暗中,每个人捧着一只坛子,对着坛子哭泣。老仆人叫了一声:新来的泪人,给她最大的坛子!有个胖妇人从黑暗中闪出来,给碧奴抱来了一只半人高的坛子,她说,听说你的眼泪又多又好,我倒要见识一下,你的眼泪有多多,有多好!

也许是听说了新来者的眼泪不同凡响,哭泣的泪人们偶尔从坛子上抬起头打量碧奴,目光中尽是猜忌和敌意。倒是那个切药的药工走过来指点碧奴,对碧奴的吩咐也透出一些罕见的体贴:你慢慢哭,对准坛子,哭一会儿歇一会儿,不用哭得太伤心,伤心没用的,我们只要眼泪,哭满半坛子就叫我,下炉前还要尝的!

碧奴抱着坛子坐下来,看着旁边的泪人们将泪水精确地泻在坛子里,这边笃的一声,那边当的一响,泪人们的眼睛好像雨后的屋檐,而这间屋子看上去是一个奇怪的泪水作坊。碧奴惘然四顾,她知道她现在应该哭,可是该哭的时候她脑子里还在琢磨那三顶皮冠的用途,联想起岂梁的冬衣至今没有着落,她忧心如焚,一时却哭不出来。

我的泪水是甜的!一个男孩突然停止哭泣,瞪着碧奴问:你的泪水是什么味道的?你们大人眼泪再多,都是苦的涩的咸的,你们流不出甜的泪!

碧奴没来得及说什么,旁边一个妇人怀着莫名的嫉妒说,人家会流五谷城最好的眼泪,甜泪算什么?人家会流五味泪,什么味道都有,不知道会拿多少赏劳呢。

哪来什么五味泪?一双眼睛流出来的泪,只有一种味道!我尝尝就知道了,一定是骗人的。那男孩凑过来看碧奴的坛子,手指刚要探下去,一看是空的,就嚷起来:你怎么还不哭?你不会哭?你没有碰到过伤心事吗?

碧奴说,孩子,我会哭的,就是碰到的伤心事太多了,一坐到这里,倒什么也想不起来了。

想不起来也要想,想最伤心的事情,我就想我爹是怎么把我扔在鸭寮里的,人家来捡蛋,才把我抱出来,身上全是鸭毛鸭粪!人家到现在还叫我鸭毛,我一想我的名字,眼泪就来了!男孩说着,忙不迭地把脸对准泪坛,又攒了几滴眼泪在坛里,说,我们小孩子的甜泪最难得,半坛子泪要攒很长时间,你们妇人的伤心事我也不懂,怎么引眼泪下来,你去问她们吧。

几个忙于哭泣的妇人起先都很矜持,隔了一会儿听碧奴的坛子还没有动静,便抬起头瞪着碧奴:快点吧,坛子哭满了才能拿钱,一看你就是个苦命女子,怎么会没个伤心事?闭上眼睛想一想不就哭出来了?那胖妇人抱着坛子挤到了碧奴身边,说,我看你是在城门口哭得太厉害了,眼泪都浪费在地上,现在又捡不回来!城门口的人怎么你的,不说我也猜得到,坏人比好人多嘛。可是到了这里你不能指望谁惹你哭了,詹大人把我们请来,总不能再搭上个欺负妇女的主来惹你哭吧?反正是一双眼睛,一只坛子,哭多少泪出来,都要靠你自己的本事了!

碧奴点了点头,她把脸放在坛口,憋了一会儿又抬起头来,泪水还是没有出来,碧奴有点慌,问那个胖妇人:大姐,我一路上哭得太多,会不会把眼泪哭干了呢?

女人的眼泪哭不干,放心吧,眼睛就是哭瞎了,还有眼泪!胖妇人指着自己的眼睛说。你看我的眼睛,都肿成核桃了,不还是在这儿哭?我们几个在这儿哭了好多天了,夫人、太太们的病不好,我们还要天天来哭,外面多少人眼红我们呢,说是拿眼泪换刀币换粮食,天下女子最便宜的差使,你还不赶紧哭?快点哭吧!

那个药工又过来了,他以为是其他泪人们妨碍了碧奴,把他们都从她身边轰走了,又去鼓励碧奴:炉上等着你的五味泪呢，你一坛泪兴许能顶五坛泪用，你得好好哭！

碧奴说，大哥，我是想好好哭的，可是这么哭跟做戏似的，我怎么也哭不出来。

药工眨巴着眼睛观察碧奴，他开始启发碧奴的眼泪：你家里不是刚刚死了人吗？是死了丈夫吗？想想吧，死了丈夫你下半辈子怎么过，你就哭出声来啦。

别咒他！碧奴惊叫起来，我家岂梁在大燕岭筑长城呢，他没死。这位老爷，麻烦你朝地上吐三口唾沫，快吐，吐三口！

药工朝地上吐了三口唾沫，吐完之后他用脚在地上碾了几下，嘴边浮现出一丝难以察觉的笑意。上了大燕岭，别人咒不咒，他都只有半条命了！药工看了一眼碧奴，又看了看那边角落里的几个妇人，说，也不是你一个人丈夫在大燕岭，问问她们流苦泪的，问问她们的丈夫，有几个活着从大燕岭回来的？

一阵沉默之后，碧奴听见收集苦泪的妇人中间响起了一片杂乱的告白：

我家那口子得了瘟疫，脸烧成了黑炭，死在工地上了。

在大燕岭采石的人死得最多呀，是得罪了山神。山神一发怒，大燕岭就山崩地裂，石头专砸最卖命的人，我男人干活最卖命，他是让一块石头砸死的！

我们家死的人最多，我丈夫，加上三个兄弟，都死在大燕岭了，最小的那个弟弟逃跑，逃到半路上又抓回去，抓回去活埋啦！

告白过后，屋子里响起了一片恸哭之声。碧奴扔下坛子来到那些大燕岭寡妇面前，她抓住一个寡妇的手，说，大嫂你说采石头的会得罪山神，我家岂梁要是在大燕岭砌墙，他不会得罪山神吧？那寡妇抽掉了自己的手，在空中怆然地一挥：采石的得罪山神，砌城的也跑不了，都活不了！碧奴听那妇人嘴毒，就跑到一个年轻的大燕岭寡妇那里，那寡妇看上去也就十七八岁的年纪，哭声单调却格外凄楚。碧奴去抓她的手，被她恶狠狠地甩开了，她说，你们都为死人哭，我为自己哭，为我肚子里的小孩哭！男人死就死了，死了不怕他打不怕他骂了，可他死了也不放过你，给你肚子里留下颗种，我一个人怎么养这孩子？以后还有受不完的苦哇！

极度的悲伤和仇恨充满了大燕岭寡妇的心，也带来了泪水的丰收，她们怀中的坛子开始噼啪作响，在那片丰收之声的影响下，其他流酸泪的老人和流咸泪辣泪的年轻妇人，甚至流甜泪的孩子，都一起尽情地哭起来。黑房间里哭声震天，伴随着种种痛苦的嘶喊，泪人们将一张张扭曲的脸对准坛口，所有的坛子里都响起了暴雨般清脆的泪点声。炉工和药工面对突然来临的泪水生产的狂潮，不知是喜是忧，他们在泪人堆里奔来奔去,高声地提醒他们,只能流泪,不准哭嚎!那个切药的药工一直冷静地关注着碧奴,他看见碧奴在泪人们的哭泣声中颤抖,在黑暗的屋子里她的脸看上去苍白如纸,眼睛里银光一闪,一道泪泉喷涌而出,药工嚷了一句,对准坛子,快对准坛子!哭泣的碧奴却把坛子扔下了,她站了起来。药工看见她跌跌撞撞地往外面跑,所过之处泪飞如雨,他抱着坛子飞奔到碧奴身边,前后左右地忙碌着,只勉强接住了几颗珍贵的泪水,药工急了,扔下坛子去追人,人已经沿着回廊跑出去很远了,他只来得及向那个失魂落魄的背影喊了一声,回来,哭满一坛子给你七个刀币呢!

但碧奴顾不上那七个刀币了,碧奴在一个死亡的消息里奔跑,跑得那么疯狂,似乎要一口气跑到大燕岭去。仆人们都从屋子里跑出来,惊愕地看着碧奴的背影,说,这新来的泪人怎么跑了?她不肯卖泪吗?药工沮丧地说,不是不卖泪,是引她的泪引过了头,那女子被大燕岭的消息吓着了,她男人还在大燕岭呢!仆人们都涌过去看地上的坛子,药工小心地把坛子抱住,晃了晃里面的几滴珍珠般的泪水,说,可惜了那么多五味泪,这女子糊涂呀,牵挂丈夫也不妨碍她卖泪挣钱,为什么要跑呢?这一口气跑不到大燕岭去,她丈夫该活就活,该死还得死,那白花花的七个刀币,倒给她自己弄丢啦!

蓝 袍

Blue Robe

官道还是封着，所有赶路客都被困在了五谷城，他们得到的是一个时间不定的回避令，静待国王的人马通过。城门口张贴的告示说，国王过了五谷城，官道将重新开放，但是从官吏到消息灵通的市井人士，并没有人知道国王的人马什么时候抵达五谷城。

城北的五谷塔位置得天独厚，塔下有一片榆树林，成为流民们的最佳宿营地。流民吃光了敬奉在塔室里祭祀五谷神的干果和面饼，把烧香的烛台也拿走做成碗，舀水喝，居民们就不去五谷塔敬神烧香了，来的是城里的小商贩们。他们拖着芦席卷、炊炉和柴火在树林外摆摊设点，看见榆树早已光秃秃的，还有人爬在榆树上晃树，小贩们便对着树上喊，树叶给你们吃光了，连树皮都剥光了，你们还在晃什么？树上的人说，看看能不能晃下皮虫来，皮虫也可以吃！小贩们要把芦席卷卖给流民睡觉，流民们走过一张张芦席，看都不看它一眼，商贩说，这么冷的天，你们睡在地上怎么行？睡芦席嘛！流民们说，天是冷了，睡在地上冷，睡在芦席上也冷，谁花那个冤枉钱？卖柴火的说，冷就烤火嘛，快来买点柴火，夜里起堆火，大家围着就不冷了，你们烧树皮汤喝也要用柴，过日子怎么离得开柴火？流民说，过日子才用柴火，我们不是过日子，我们是熬日子，不要柴火！又有人在树上说，我们是在数日子，数到国王来的那天开仓放粮，有粮食吃了，才开始过日子，我们拿到多少口粮就过多少天日子！卖面饼的人是小商贩中唯一有生意的，只是他的生意在五谷塔下做得格外辛苦，一个流民买了他一只面饼，旁边后面就有好几双手伸到炊炉里去了。他一双眼睛应付不了那么多饥饿的眼睛，一双手抓不住那么多双贪婪的手，干脆就推着炊炉打道回府了。卖面饼的人心里有气，临走的时候对五谷塔下的流民骂骂咧咧的，说，给钱也不卖你们了，你们不是会偷吗，去偷泥巴吃，去偷树叶吃，去偷茅坑里的屎粑粑吃！卖面饼的人尽管侮辱了所有人，还是受到了众人的挽留，可是他却不接受流民们诚恳的挽留，还回头恶狠狠地威胁他们，饿死你们！看你们就没一个正经人，天都这么冷了，正经人这会儿谁还在外面浪荡？

　　早晨有人爬到高高的五谷塔上，守望着国王的人马，他们看见的是一片深秋的旷野，在初起的北风中瑟缩颤抖，旷野无处可去，它也在默默地等待，五谷塔上的人在守望国王的黄金楼船，而旷野守望着一条在传说中流淌的运河，国王来了，楼船来了，也许运河也会奔腾而来了。

　　五谷塔上总有几个顽劣的孩子，存心欺骗他人，他们在塔上虚张声势地欢呼：看，看啊，运河在流了，黄金楼船来了，国王来了！起初有人上了孩子的当，有的闻声往塔上爬，有的则干脆撒腿直接奔向城门，后来任凭孩子们怎么叫喊，也没人理会他们了。流民们开始聚集在塔下猜测国王的行踪，大多数人持有莫名其妙的悲观态度，怀疑十天半月之内国王是否能够通过五谷城，也怀疑自己是否能活着离开五谷城，甚至有人怨天尤人地嘀咕，万一国王发现运河没有开凿怎么办？万一他当场要在五谷城外凿一条运河，那大家就遭殃了，还等什么开仓放粮的好事，谁也别想走，谁也别想回家，男女老少，都留下来做河工吧！

所有人登上五谷塔，都是为了搜寻国王的踪影，只有碧奴挤到塔上来，是为了看大燕岭的山影。霸占塔顶的孩子们都看见过那古怪的女子，早晨她被北门的守兵押回榆树林，左手上盖了一个黑色的徽印，中午她又被东关的守兵一路推搡到了塔下。流民们看见她右手上也盖了一个黑徽印，好多人情不自禁地叫起来，你这死脑筋的女子，别再往城外跑了，左手有了，右手也有了，再跑就不盖那徽印了，当场杀头啦！碧奴后来不往城外跑了，她站在塔上向北方张望，一站就是一个黄昏。孩子们说，你个傻女子，就知道看山，看见了大燕岭也看不见你丈夫，看见了你丈夫又能怎么样？官道上连野兔都不让过了，你到不了大燕岭！碧奴迷惘地望着天上的几只鸟影，她说，我要是鸟就好了，长了翅膀就能飞过去了！

夜宿五谷塔的流民们也都见过碧奴，有人好心地邀请她到窝棚里过夜，她看见棚里有几个半大的少年，怎么也不肯进去。好心人给她气坏了，说，也不看看自己过的什么日子，还这么臭讲究！碧奴在一棵榆树下坐了一夜，第二天那棵榆树被好多人选中作了茅厕，坐不下去了，碧奴就换了一棵树，那树下已经睡了一个妇人和她的一群小女孩，碧奴就靠着那树过了一夜。天一亮，碧奴的人影从树下消失了，睡在那儿的妇人醒来，只看见碧奴留在树下的两个深深的足印，她问女孩们，那个站着睡觉的女子去哪儿了？女孩子们异口同声地说，她到沽衣街去了，去给她男人买冬衣！那妇人不相信，朝着她们嚷，你们又编了鬼话来哄我买冬衣，我没有钱，她也没有钱，还买冬衣呢，买上吊绳的钱也没有！那稍大一点的女孩儿脾气犟，怨恨地对母亲说，别人再穷，买旧衣服的钱也有，就你一文钱也没有！做母亲的有点疑惑起来，心里猜测着，嘴里叹起气来，说，哪儿来的糊涂女子？自己站着睡觉，省下钱给男人买冬衣！

其实树下的小女孩们没有听懂碧奴的心事。碧奴没有钱，再破旧的衣服也买不到，她是去沽衣街看男人的旧冬衣了，是去看，不是去买。碧奴抱着一件折好的丧袍到南门去。五谷城的南门在混乱中保持着繁华，一条长长的沽衣街上挂着多少衣服，摊了多少鞋帽，一件穿过的男人的旧冬袍只要两个刀币，价钱不贵，可是碧奴拿不出两个刀币了，她只好站在一边看，一只手忍不住去捏冬袍夹层里的棉花。那守摊的是个精明泼辣的妇人，拿了一个树枝做的衣叉，谁摸她的衣服就用衣叉叉谁的手。碧奴的手被叉了好几次，她说，大姐，你别这样凶，我又不偷你的衣服，我就是捏捏里面的棉花，看棉花够不够厚。那妇人说，你还怨我叉你手呢，你在这里站了半天了，从鞋子捏到帽子，从帽子捏到冬袍，你什么都不买，棉花捏出个厚薄来，又有什么用！

碧奴让那妇人一通抢白，涨红了脸，掉头就走，走了两步终究不舍得离开，转回来把怀里的丧袍展开了，给妇人看，她说，大姐，我这丧袍虽然穿脏了，料子倒是好的，你这儿收不收旧丧袍的？不收跟你换一件旧冬衣，你给我一件薄棉的就行！

那妇人朝地上呸呸地连啐几口，说，要死了，今天这么大一个太阳天，怎么遇到你这个丧门星？我卖衣服这么多年，穷人也见过不少，从来没见过穷成你这样的，你那旧丧袍，早就该扔了，扔在地上都没人捡的东西，还拿它来换我的冬衣？亏你想得出来！

碧奴也不怪那妇人刻薄，沽衣街的人什么旧衣买卖都做，就是不肯做旧丧袍的买卖。她走遍一条热闹的街市场，发现自己唯一的财产无法变卖，只能招来一个个白眼。街口一个卖笤帚拖把的人倒是看中了碧奴的丧袍，说一条条剪了那白袍，可以扎一只结实耐用的麻布拖把。他要用一只拖把一把笤帚换下丧袍，碧奴抱紧丧袍拒绝了这个交易，她说，老伯我赶路去大燕岭呀，要了笤帚拖把没有用。那卖拖把的老人看出碧奴是穷得没办法了，他问碧奴那丧袍是不是从办丧事的富人家门外捡的。碧奴摇着头，想说什么，千言万语又说不出来，眼圈一下就红了。那老人连忙摆手，大姐你别误会，我不是故意埋汰你，五谷城人人都知道的省钱门道嘛，富人家的丧事一办完，就有一帮穷人等在门外捡丧袍，捡回去染了颜色，当新衣服穿！这一番话提醒了碧奴，她一边留恋地抚摸着那袍子，眼睛亮了起来：老伯，你知道五谷城里哪儿有染铺？

　　卖拖把的人一下就明白了碧奴的心思，他告诉了碧奴染铺的位置，而且特意关照要合染。碧奴不懂什么叫合染，那老汉就做了一个手势，说，合染就是合着别人的东西一大缸子染！我知道你穷，单染你染不起的！

　　染铺倒是不远，从沽衣街走出去，在米市那里拐弯，穿过粥坊里大片喝粥的人群，看见一大排大染缸，一大片飘着红红绿绿布料的晾架，就是染铺了。染铺里的人很忙碌，他们瞄一眼碧奴怀里的袍子，就不愿意听碧奴说话了。他们甚至连拒绝碧奴的兴趣也没有，只是说，出去，出去，我们忙死了，别在这儿碍我们手脚！碧奴坚强地抱着那件丧袍，追着一个老染工跑。老染工说，你这女子怎么这样犟呢？也不看看这染房是不是你来的地方，你没看见我们忙着给袁将军家的小姐染嫁妆呢，哪有闲心染你这件烂丧袍？碧奴就站到一口靛蓝大缸后去了，那缸里东西最多，无数圆形方形的布料，优雅地一沉一浮，碧奴猜不出那些布料是做什么用的，她的眼睛被那一缸蓝色深深地吸引，想起卖拖把的老人的关照，要合染不要单染，手一松，那袍子便投奔到一缸美丽的颜色和布料中去了。

老染工发现了碧奴大胆的举动，他拿着搅棒要去打碧奴，看看那女子浑身瑟瑟颤抖，又下不了手，那搅棒就换了方向，对准缸里那袍子，狠狠地搅了几下。他说，你这女子胆子大了，敢把丧袍往我们染缸里放！我们主人要是知道了，让你赔这缸染料，袁将军家要是看见了，让你赔这块嫁妆，你都赔不起的！

碧奴胆怯地申辩道，是合染呀，我没有单染。

什么合染？你也不看看，你的丧袍子和谁的东西合在一起！

老染工的眼睛朝四周张望着，两只手始终很麻利地在缸里划动着搅棒，幸亏你撞见我了，幸亏我们主人不在！他数落着碧奴，搅棒朝缸里一挑，把那袍子准确地挑了出来，赶紧拿着袍子走吧，自己去捶色，自己拿到太阳地里去晾起来，别人要问，千万别说是在我们这儿染的！

碧奴捧着变了蓝色的袍子跑出了染铺，多少天来她的脸上头一次出现了喜悦的微笑。靛蓝汁从她的手上流下来，流到她的秋袍上，秋袍上好像染了几朵蓝花，她一点也不介意。秋阳高照五谷城，处处是晾晒的好地方。碧奴把蓝袍子搭在路边的枣树上，路人们都停下脚步，看树上那件湿漉漉的蓝袍子，他们正要张嘴问什么呢，碧奴已经警惕地抓起袍子跑了。她从大路上拐到一条僻静的小街，看见一户富裕人家的高台上淌满了阳光，她把蓝袍在高台上铺开，阳光便慷慨地洒在蓝袍上了，她几乎听见了阳光动听的噼啪响声。碧奴守护着蓝袍，那是她漫长的北上旅途中得到的唯一一件财产，她端详着这件来之不易的财产，忍不住地伸手去摸它，摸了几次她又开始发愁了：毕竟是一件丧袍，虽然看上去是新的，袍子的式样还是丧袍的式样，她要是把它带到沽衣街去，那些精明的旧衣贩子也许一眼就看出来了，就算他们看不出来，这么一件染过颜色的旧袍子，怎么换得到岂梁的冬衣？

高台上大红门吱扭一响，出来了一个小女孩，还有一条狗，那狗吠叫着冲过来嗅地上的蓝袍，小女孩站在台阶上，说，你们这些流民讨厌死了，把什么东西晾在我家台子上了？快拿走，早晨我们仆人才洗过的台子，又给你弄脏了！

碧奴撵走了狗，匆匆地把蓝袍收起来，她朝台阶上那小女孩看了一眼，抱起蓝袍就走，一件袍子怎么能弄脏你家的台子呢？这么小的孩子，怎么就学会势利眼了？碧奴一说话那狗就又来了，狗追着她追了好远，一路追一路吠，碧奴吓得跳到一户人家的磨盘上，那小女孩一边捂嘴笑一边把狗喊回去了，说，不怪我家狗狗凶，你们身上臭嘛，谁让你们不肯回家，谁让你们非要出来做流民？碧奴气得脸都白了，站在磨盘上对高台上的小女孩说，身上臭就该让狗欺负吗？谁愿意做流民？谁愿意守着这势利眼的五谷城？都是没办法呀，离家好几百里了，出来容易回去难！

也许是防备城里众多的流民，五谷城的所有朱门高台都把恶狗凶犬放在门外。碧奴后来就绕开那些有钱人家，抱着蓝袍朝织室街那里走。织室街也不是她该去的地方，可是她不能不去，事关她对两件袍子的调整和安排。碧奴不敢把染了色的丧袍拿到沽衣街去卖，让岂梁穿一件染色的丧袍，怕他不肯穿，她自己也不忍心，想来想去还是自己穿最好。碧奴决定把自己的秋袍改了给岂梁穿，她必须去织室街，碰碰运气，看看有没有又好心又手巧的织工，肯替她把一件女人的秋袍改成男人的冬袍。

织室街上空始终弥漫着一种沉重的杂音，是新发明的花楼机织布的声音。好多流民的孩子被那巨大的声音所吸引，涌到织室街去，去看平羊郡最大的花楼机。他们看了花楼机归来，仍然掩饰不住激动的心情，在街口拦住碧奴，说那花楼机比房子还高大——有人站在上面，有人坐在上面，一天可以织出三匹布来！碧奴怜惜地看着几个光屁股的小男孩，说，可怜的孩子，你们替别人高兴呢，那花楼机就是一天织出九匹布来，我们穷人也摊不上一块布条呀。

人人都往花楼机那里涌，只有碧奴来到了安静的缝衣铺子里，怯怯地注视着几个飞针走线的缝衣女。缝衣女们不知道碧奴是来观摩她们的手艺，还是来显示自己的手艺的，但无论哪一种，她们都不欢迎，就一个个背对着她。一个缝衣女防患于未然地提醒碧奴，这儿没有工钱的，五谷城里活人难，我们这活计也不好做，缝一天衣服，就拿三块面饼！

碧奴鼓起勇气走过去，问谁能把她身上的秋袍改成冬袍，缝衣女们知道了她的来意，都疑惑地看她，还有她手里那团半干半湿的蓝袍，她们说，秋袍改冬袍，改是可以改的，就是费事，你要把这件湿袍子拆了做冬袍里子？光有里子不行，还要有棉花，你的棉花呢？碧奴说，我没有棉花，这袍子也不能拆，拆了我就没袍子穿了。缝衣女说，那怎么改？你不知道巧媳妇难为无米炊？没有棉花也没有里子，秋袍永远改不成冬袍！碧奴说，冬袍是给我家岂梁改的，他在大燕岭筑长城呢，我想来想去还是要把我的秋袍脱给他穿，我的秋袍暖和，就怕他冻死也不肯穿女子的秋袍呢，改不了冬袍就不改冬袍，好姐姐们，你们能不能行行好，帮我把这秋袍改成男人的秋袍呢？缝衣女们一个个都笑起来，说，你这人怎么一会儿聪明一会儿糊涂的，你也是女子，不懂针线还不懂道理了？只听说过大人的衣服改小给孩子，男人的衣服改瘦了给女人穿，你什么时候听说过，女人的秋袍改给男人穿的？碧奴焦急地辩解道，我没糊涂，我家岂梁本来就瘦，现在做工辛苦一定更瘦了，我的秋袍，他能穿下的！缝衣女说，能穿下也改不了，男人的袍子左开襟，女人的袍子右开襟，大小能凑合，左右不好凑合的，只有一个办法了，你非要把你的秋袍给你男人，让你男人反着穿！

缝衣铺里响起一片尖利放肆的笑声，碧奴坚强地站了一会儿，脸上终于挂不住了，不甘心地说，我娘死得早，她没教我针线活，我要自己会针线，怎么样也能把秋袍改出来！

一个缝衣女不知是为碧奴着想，还是要打发她走，给了碧奴一根针，一团线。她把针插在线团里，对碧奴说，针线活都是学出来的，好了，这下你针线都齐了，去改你的秋袍吧，改成了我们就拜你做师傅，跟你学手艺了！

捕 吏

Armed Police

碧奴走出缝衣铺子的时候，手里多了一针一线，她原本是要回五谷塔去的，可是她手里的针是平羊郡的细针，线是平羊郡的粗线，她都不知道怎么把粗线穿到细针里，怎么给岂梁改秋袍呢？碧奴有骨气，她不愿意进去问那些女子，就站在外面偷偷地看，她站在那里端详缝衣女的针线，冷眼里瞥见有人在朝她张望，是那个卖糖人的瘸子，一条高大的身影在织室街狭长的背阴处半掩半藏，像一座山。两天不见，那人憔悴多了，一张英气逼人的脸布满了阴云，看上去郁郁寡欢。碧奴注意到瘸子光着唯一的脚，他那只青云郡男子常穿的草靴不见了，而那糖人架子斜倚在墙上，昨天满满的糖人儿，一半不见了，另一半惆怅地站在架上。

碧奴开始想躲开那目光，谁看见她被人欺负过，她就不愿意看见谁。如果山羊看见她被狗欺负，她不愿意看见狗，更不愿意再看见山羊，这是碧奴从小就有的毛病。她一猫腰就离开了墙边，可是她走了几步，又回头了。那瘸子的眼睛昨天冷峻而明亮，像蓝草涧山上下来的人，今天他的眼睛焦灼而忧伤，那目光让碧奴想起了夏天蚕房里的岂梁，他不是岂梁，可他是从蓝草涧山上下来的那个人，在举目无亲的五谷城里，一个牛车旅伴的身影无论多么冷淡，都比别人亲切。碧奴犹豫了好久，终于还是把针线往蓝袍里面一插，走过去了。她站在几步远的地方，看着那男子光裸的脚，说，大哥，这么冷的天不能光着脚了，腿脚会得病的！

卖糖人的男子朝织室那里瞟了一眼，恶声恶气地说：天下这么大，五谷城里这么多的大街小巷，你这女子怎么偏偏就往我身边撞？

碧奴瞪大眼睛问他，这话是怎么说的？出门在外，谁不遇见个熟人熟面？又不是你家的路我不能走，怎么是我往你身边撞？

你这女子还敢多嘴，那天在城门口多嘴惹出了一场祸来，还不长记性？那天人家把你跟柴火一起推走，今天没那么便宜了，再多嘴，看人家不把你往断头柱前推！

碧奴被他凶恶的腔调吓了一跳，你这大哥，嘴比砒霜还毒呢！那天也怪你的嘴，随便冤枉人，我不怪你，你倒怪起我的嘴来了？碧奴气得掉头就走，走了几步不甘心，回头说，谁稀罕跟你说话呀？我是看你卖糖人走街串巷，知道得多，就是要问你一声呢，国王什么时候来？官道什么时候开？

国王什么时候来，问国王去！官道什么时候开，我都走不上了，不关我的事了！卖糖人的男子转过身去背对碧奴，他对着墙说，五谷塔上的孩子偷了我的靴子！我大风大浪里走了这么多年，没想到一世英名坏在几个孩子手里，阴沟里翻了船，翻船啦！

碧奴在气头上，回敬了他一句：一个大男人，丢了只草靴就急成这样，你就是一张嘴凶，就是一张嘴出息大！

我的出息告诉你你也不懂，快走！那男子始终面对着墙，说，你要是看见哪个孩子穿了我的靴子就告诉我，没看见就走开，别跟我说话，跟我说话不如去跟阎王说话，赔上性命都不知道赔给了谁！

碧奴站住了，说，大哥，我是在走开，你不愿意好好说话就不说，别拿死来吓唬我，别人怕死，我不怕死的。碧奴愤愤地走了几步，想起他剩下一条腿，又丢了靴子，恻隐之心涌上来，忍不住指指那边的织室，指指他的糖人架，提醒道，孩子们都在看花楼机呢，你该去那儿问问他们的，孩子们也不是存心害你，他们嘴馋，偷你的鞋子还是为了肚子，要你拿糖人去换鞋子呢。

还换个狗屁，来不及了，现在拿什么都换不回我的鞋子了！卖糖人的声音听上去低沉而暴躁，他冷酷地回过头来，瞪着碧奴，别怪我连累你，我告诉你了，我丢了靴子就丢了命，四下看看吧，你看不见有人在盯我的梢？你如果不想死就离我远一点，越远越好！

碧奴朝织室街两端望了望，看见几辆运棉花的车停在街上，有车夫惬意地睡在棉花里，有修轮毂的捧着一手猪油坐在车肚下，给车轮抹油。添置了花楼机的那个织室门口围着一群人，主要是一群吵嚷的孩子，还有几个大人的脑袋静静地浮在孩子堆里，对着里面的花楼机张望。碧奴说，大哥，你不爱跟妇人说话是好事，我家岂梁也不爱跟妇人搭话的，可你说话为什么凶神恶煞的呢？你也是个流民，这五谷城的人都瞧不起流民，盯你的梢图什么？人家没看你，都在看那花楼机织布呢！

你这女子笨，笨得可怜了！我连累别人是赚的，连累你我不愿意，快闭上你的嘴，逃命去吧！卖糖人突然对着她的耳朵低低地吼了起来：记得北山吗？记得信桃君吗？告诉你我是谁你别哭，我是刺客少器！信桃君留在世上的最后一滴骨血！我祖父已经连累了你们北山三百个百姓了，我不想再连累你，你还不快跑！

碧奴一时怔住了，她不相信卖糖人的话，关于北山、眼泪和父辈的记忆已经离她而去，她不知道卖糖人为什么突然透露了这个恐怖的身份。信桃君留在南方三郡的家族成员，上到白发老人，下到新生婴儿，早已经满门抄斩。北山下长大的人，人人都知道信桃君留在世上的，只有山顶上的一个大坑。碧奴忍不住叫了一声，大哥，你这不是在吓唬我，是把自己往火坑里推呀！路两边的织室里有织工探出头来，朝他们这里打量。碧奴紧张起来，压低声音对他说，谁要是冤枉你，我可以替你作证的，你不是信桃君的孙子！你不认识我，我认识你的，你是青云郡衡明君的门客！

我是信桃君的孙子，才做了衡明君的门客！卖糖人失去了耐心，他朝棉花车那里看了一眼，说，天下再傻的女子傻不过你，再笨的女子笨不过你，你还指望给我作证呢，再不逃命，到时就没有人给你作证了！

碧奴听见那男子骂了句脏话，然后她惊愕地看见他举起糖人架朝她砸过来，糖人散了一地。她尖叫着往东边跑的时候，东边已经来一群捕吏，捕吏们手举狼牙棒黑压压地朝她涌过来，碧奴反身往西边跑，跑了几步便看见棉花车上的人都跳了下来，纷纷从棉花堆里抽出了枪棒，更远的西边已有骑兵驰骋而来，几匹高头大马把织室街的出路封住了。

被围困的碧奴死死地抱着那件半干半湿的蓝袍，她仍然不知道灾难因何而起。起初她以为那是染房主人派来的捕吏，转念一想为那么一缸蓝靛，不用派那么多人，她又怀疑是詹刺史派来的捕吏，他要派多少人出来就可以派多少人，可是抓她一个女子，抓一点做药的眼泪，派那么多人干什么？碧奴茫然地站在街上，看见那群捕吏从她身边冲过去了，他们擒住了卖糖人，一个官吏模样的人高声命令，别让他靠着墙，他会飞墙，抓紧他的胳膊，别让他飞！在街两边织工、缝衣女和孩子们的惊呼声中，捕吏们杂乱的红色身影淹没了卖糖人，一个捕吏从糖人架子里抽出了一把雪亮的长剑，刺客！刺客！抓住刺客了！

街上响起了此起彼伏的呐喊和欢呼声。"刺客"两个字让碧奴跳了起来，碧奴开始奔跑，她一跑怀里的蓝袍就掉在地上了，碧奴停下来捡蓝袍子时听见有人在叫喊，那女子是同党，别让她捡，那蓝袍子里有凶器！她不知道他们在说什么，所以她回头喊了一声，我不是刺客！然而几个织工打扮的男子已经从织室的窗户里跳出来，朝碧奴冲过来了。碧奴最后看见的是一条翻倒的织室街，满天棉絮和丝绒从地面上飘起来，倒着看很像天上落下来的雪，而她新染的蓝袍被好多马蹄和人脚踩踏着，在街上流出了一条暗蓝色的溪流。

刺 客

Assassin

满城风雨，雨水在五谷城里遍地流淌，刺客的故事也像雨水一样遍地流淌。

男人们都在街头谈论那个卖糖人的刺客，或许缺胳膊少腿的人太多了，所以并没有多少人去探讨刺客的一条腿是如何失去的。他们眉飞色舞地谈论刺客少器的靴子，那靴子的夹底里藏了毒药和匕首，说青云郡的鞋匠手艺多么高明，竟然把一个瘸子的靴底做成了兵器库！刺客少器的糖人架子更是一个奇迹，谁都觉得那架子形状古怪，但没有一个人发现他的糖人架子弯起来就是一把弓，他的糖人有的卖，有的不卖，那些不卖的都是秘密，敲开外面的糖人壳，拔出来的是一支支箭！

男孩子们则冒着细雨四处追逐一个名叫阿宝的流浪儿。人们说若不是阿宝偷到了刺客的靴子，国王说不定就在五谷城外遇刺身亡了。又有一个未经证实的消息称，国王一进五谷城就要召见阿宝。为了五谷城的荣誉，官府已经提前为阿宝梳洗沐浴，并且为他特别准备了一套锦缎制的小官袍。有人说现在谁也认不出阿宝了，他蓬乱肮脏的头发里的虱子，已经被一一捉光，他嘴角上常年溃烂的浓痂也不再招惹苍蝇，城里最好的郎中把一块昂贵的膏药敷到了他的嘴角上。流浪儿阿宝现在成了孩子们心目中的英雄，甚至有两个小女孩子追到五谷塔下，大胆地用歌声向他表白，长大以后非阿宝不嫁。

流浪儿阿宝承受不了人们狂热的崇拜，躲在五谷塔上，派了几个男孩把守塔门，说除了国王和官府大员，谁也不见。好多慕名而来的人只好对着高高的五谷塔空想着那个传奇的孩子，他们感叹道，什么行当都出能人，那孩子偷人鞋履，也偷出了功名！五谷塔下聚集了好多手脚不干净的人，他们听多了对阿宝的溢美之词，心里不受用，就酸溜溜地说，那孩子偷不了别的，他只会扒人鞋子！

那不是谎话，阿宝年幼无力，个子矮小，挑力所能及的偷，就挑了别人的鞋履。他专门扒人鞋靴，趁人睡着的时候扒，不睡也没关系，只要你的鞋靴没有踩着地，你就是架腿坐着，阿宝从你身边经过，架左腿的人会丢了左脚的鞋子，架右腿的会丢了右脚的鞋子。露宿五谷塔下的好多人都知道阿宝的厉害，夜里只要阿宝在附近，他们用绳子把鞋靴捆绑好几道才放心入睡。有的怎么也不放心，干脆就站着睡。他们说刺客少器不知道阿宝的厉害，才那么四仰八叉地睡在五谷塔下，给了阿宝一个光宗耀祖的好机会！夜里有人看见阿宝抱着刺客的靴子归来，他嘴里还埋怨刺客只有一条腿呢，说那么好的靴子，他才偷到一只，要卖也只能卖给另一个瘸子。男孩子们说阿宝平时从来不试穿偷来的鞋子，别人的鞋子臭，那刺客的靴子里却散发着奇异的麝香味，他就把脚伸进去了。男女老少的鞋靴，阿宝见多了，这一双他一试就叫起来，说，鞋底有东西，是刀币！后来好几个流浪儿围过去看他把靴底剪开，他们看见的不是刀币，是三把匕首，一包毒药。

　　人们对刺客少器的名声早就有所耳闻，有人怀疑他作为信桃君后代的高尚血统，说信桃君的所有后代经过国王的十年追杀，早已在人间消失。可是另一个疑问是，如果他不是信桃君的后代，谁会对国王怀有如此深的仇恨，谁会把刺杀万人膜拜的国王作为一生的事业？刺客少器的人生履历虽然短促，却已经写满了疯狂和冒险，二十年乱世，他为刺杀国王而生，并且随时准备为刺杀国王而死。有时候一腔沸腾的热血对于暗杀大业是有害的，更多时候两者构成一种尖锐的矛盾，刺客少器两次行刺国王的计划都由于缺乏周密的准备而流产。一次在国王的避暑行宫，锦衣卫兵们在猎场外的一棵大树上发现了一个手执弓箭满脸稚气的少年，少年在树上至少潜伏了一夜，他战胜了睡魔，却憋不住一泡小便，是一泡从树上飞泻而下的小便泄露了他的行踪，让早晨在行宫外巡逻的锦衣卫兵们发现了那棵树。当锦衣卫兵们让他从树上下来接受检查时，他们惊讶地发现那少年如同一只松鼠，穿行在树枝间，疾步如飞，竟然像一阵风似的从猎场外的树林里消失了。如果不是从少年箭囊中掉落的一支箭毒死了卫兵们的狗，没有人会相信那唇红齿白的少年是一个刺客，国王追查少年刺客和幕后人的工作持续了多年，直至收养少器的一户药农全家被砍头，那少年的踪迹和真正的幕后策划者仍然是一个谜。

刺客少器的第二次行刺也是有惊无险。正逢国王四十大寿，万寿宫内外嘉宾云集，来自五湖四海的礼纲车几乎压坏了宫门外的青石路面。那时刺客少器已经是一个英气逼人的青年，跟随一辆从南方边陲蕲来郡来的礼车混入了万寿宫。他换上了宦官的紫袍，守在清静的礼纲库里，攀梯清点堆积如山的礼品，可是他英俊高大的相貌引起了宫女们的注意，宫女们都寻找各种借口到礼纲库来看那个梯子上的美男子宦官。在万寿宫中，树大并不招风，美女都属于国王，一个散发着英雄气息的美男子却是危险的，举手投足都是破绽。锦衣卫们从骚动的宫女们身上嗅出了一丝异样的空气，他们闻讯赶到万寿宫礼库时，最后几个有幸窥见美男子的宫女还在门口，满脸绯红地谈论着他的眼睛、他的嘴唇和肩膀。他们进入礼库，那来历不明的美男子已经不见了，只有一件紫色的宦袍扔在后窗下。这一次刺客少器连累的是礼车的主人蕲来郡郡守和礼库主簿，还有从遥远的南方边陲运来的翡翠石和一群孔雀。对人的处罚是举手之劳，礼库主簿和蕲来郡守一夜之间人头落地，让人难忘的是国王对翡翠石和孔雀的处置，他按照自己特殊的爱好，下令焚烧来自蕲来郡的所有礼物，宫役们只好把美丽而善跑的孔雀像囚犯一样关在笼子里，笼子投入火中，而如何焚烧翡翠石是一件极其困难的事情，需要学习，需要取经。宫役们走遍京城寻访所有技艺高超的铁匠、窑工，最后勉强把翡翠石烧成了一堆绿色的灰。

五谷城满城风雨，秋雨从好奇的南方奔驰而来，穿梭于城北的官商富豪之家和城南的烟花柳巷。雨点屏住呼吸，偷听锦帘花窗后的人们谈论刺客，雨点偷听到的，都是内幕，是刺客背后的那个人。已经有消息传出，刺客来自青云郡的百春台，所以他们在谈论百春台和衡明君，谈论他富可敌国的财产，稀奇古怪的数百门客和遍布四周的机关暗道；而在灯红酒绿的城南，一个酒醉的嫖客不知从哪儿听来一个惊人的消息，他不停地向美人街妓寮里的老鸨儿宣布：国王永远到不了五谷城了，江山即将易主，青云郡的衡明君将在冬天成为新的国王。那老鸨儿不知嫖客身份，被他吓坏了，不敢重复他的酒话，也不敢告官，就动员几个力气大的妓女把他抬出去，说抬得越远越好。几个大力气的妓女就抬着他在美人街上走，一直走到河沟边，把酒醉的嫖客扔到水里去了。

满城风雨中几个归隐的刺客、强盗和纵火者在无醉楼秘密集会，他们在雨声的掩护下为一个年轻的刺客扼腕叹息。这些昔日的英雄如今无奈地落入迟暮之年，除了纵火者偶尔以火发泄他对邻居的仇恨，其他人都已经金盆洗手。他们聚集在强盗下山后开设的无醉楼酒馆，一起饮了几坛美酒。尽管告别了险恶的江湖，尽管酒意微醺，他们对一个刺客成败得失的分析远比寻常百姓高明许多，也要透彻许多。以他们的分析来看，刺客少器一次次的失手不是偶然，也不是什么靴子和孩子的功劳，而是一种悲剧命运的安排，悲剧在于一个不适宜做刺客的人去做了刺客！他们一致承认刺客少器身手不凡，搭箭可以百步穿杨，俯身可以靴中跳刀，飞檐走壁是他的第二种行路姿势，但他英俊的面孔和高大健壮的身形，还有他心中燃烧多年的愤怒之火，始终是刺客的大忌。一个刺客可以丑陋，但绝不可以英俊！一个刺客可以温柔，却万万不能愤怒！那个满头癞痢面目如鼠的老刺客认定，除了好色者阳痿不举，贪财者终生贫寒以外，一个愤怒的美男子去当刺客，也算是人世间最大的烦恼！

归隐的强盗自称在南方常年干旱的孩儿山巧遇刺客少器，他像祖父信桃君一样隐居荒凉的山间，守着孩儿山唯一一口水井，那口井被当地人称为丑井。孩儿山一带的人体形普遍短小精悍，容貌则丑陋不堪，都说是丑井之水哺育了他们。丑井之水令人年华倒退，常年饮用身体会越缩越小，眼睛会烂，鼻梁会塌，皮肤会变得像树皮一样粗糙发黑。刺客少器常年为自己的外貌而苦恼，为了让丑井之水改变他的容貌，他蛰伏孩儿山多年，避不见人，遗憾的是丑井的水对于一个高贵的血统是无效的，它没有缩小刺客少器高大的身体，也没有能改变他俊美的面容。刺客少器每次经过孩儿山上的大栗树，便要去查看树干上的刻痕，每一次都是失望而归，他的身体没有萎缩，反而在长高。他多次蹲在丑井前，以水作镜，观察自己脸孔的变化，还是一无所获。他仅仅在自己的眉宇间发现了一丝忧伤，在长长的乱髻里搜到了几根早白的头发，白发上结满了岁月的风霜，还有他沉重的心事。强盗称他的一个兄弟不久前在青云郡剪径，还在山路上看见过刺客少器，说少器几年的辛苦付诸东流，在无奈中他选择了黑袍裹身蓝巾蒙面，远远地看上去像一个打家劫舍的强盗，路人纷纷躲避，而他那位兄弟差点把少器当作抢山头的同行。这时候纵火者听出了传说中常有的漏洞，他冷笑起来，还抢山头呢，他剩一条腿在山路上蹦，谁还怕他？

　　无醉楼上冷静的交流自此开始变得不冷静了，争议的焦点在刺客少器的独腿上。人人都懂得独腿是一张通行证，那也是美男子少器能够顺利混入五谷城的原因，可他到底是什么时候变成一个独腿瘸子的？他是怎么失去的那条腿？一个刺客乔装打扮是正常的，乔装打扮拿掉一条腿，却是不正常的。为此，强盗、刺客和纵火者开始争论起来。

纵火者坚信刺客少器离开孩儿山时已经是一个独腿瘸子，否则他从孩儿山到不了青云郡，人们就是认不出他是刺客，也不能容忍一个这么英俊这么彪悍的年轻男子在路上游荡，早就把他当作逃役犯告了官。他用自己的纵火经验来印证自己的观点，说他要去哪儿放火，一定提前在身上放好了火种，你去烧别人家的牛棚也好，烧别人家的房子也好，总不能开口跟人家主人借火吧？英雄断腕，刺客断腿，都是一闭眼的事，只要去跟屠户借把刀嘛！

他的见解合情合理，无意中却使强盗的说法变成了谎话，强盗嚷起来，我兄弟从不说谎的，他看见他下山时是两条腿，就是两条腿！不是两条腿走路，怎么能脚底生风？纵使他有天大的本事，也不能用一条腿，从孩儿山蹦到百春台去，几百里路呢！

纵火者应声叫道，你说得不错，几百里路呢！他断了腿赶路，别人才会放过他，他要是脚底生风地跑，别说路上那么多关卡那么多官兵，就是野地里的鬼魂，也要抓住他盘问一番，别人都去筑长城修宫殿去了，你那么好的身体，你那么年轻，这是往哪儿跑？

强盗申辩道，他走的是山道，碰不到官兵！

纵火者说，碰不到官兵，可碰得到奸细，你没听说南方三郡处处都有官府的眼睛？住在路边的人都被官府收买做了眼线，山道也一样，好多放牛娃都做了奸细！

　　他们争论不休的时候老刺客一直沉默不语，他喝下一盅酒突然长叹一声，说，你们没当过刺客，不知道刺客的苦处呀！什么英雄断腕刺客断腿？都是放屁，最爱惜自己身体的就是做刺客的！断了胳膊怎么舞刀飞镖？断了腿怎么飞檐走壁？那少器如果不是断了条腿，凭五谷城那几个捕吏，怎么抓得住他？少器这腿，断得蹊跷呀！

　　两个同伴都点头称是，说这个少器的独腿不仅蹊跷，也有点滑稽，机关算尽也没用，一条腿的刺客，还做得了什么惊天大业？倒便宜了五谷城那帮捕吏，国王一来就可以献出个活礼，那昏庸无能的詹刺史以后不知道要怎么翘尾巴呢！他们向老刺客求证少器的腿到底是怎么断的。老刺客只顾在红泥炉上温酒，专心地拨弄着火苗，他说，我不是少器的师傅，也不是百春台的门客，不知道他们留活条的规矩，我就知道这活条留得有学问！两个同伴急得叫起来，什么活条死条的？你倒是说个明白，别跟我们故弄玄虚呀！

　　白发苍苍的老刺客第一次向同伴们亮出了他的脚趾，他的脚趾只有八颗，左脚右脚，每只脚掌上只有四颗脚趾。看看我的脚趾就知道我在说什么了！老刺客饮下一杯酒，娓娓道来：我年轻时候替牧城孙家办事，拿了钱正要出发，孙家把我拉住了，说活条还没留呢，要我留一个活条在孙府，我头一次给大户做事，哪儿知道什么是活条？以为要在什么纸上按手印，等他们拿纸，一等等来了一个铜盆，盆里躺了一把刀！原来活条是脚趾头，他们不放心我，要我留下一颗脚趾头，那铜盆就是给我放脚趾头的！老刺客对着他残缺的脚感慨着，看两个同伴有点迷惑，说，你们不知道为什么要留脚趾头？讲究大得很呢，有钱人雇刺客不光算计仇人，也算计刺客，他们怕刺客杀人杀多了败露身份，牵连自己，都让那刺客保证干一票罢手，剁你一颗脚趾，不伤你的本事，却天天提醒你，不要食言！纵火者和强盗听得嘴里惊叫起来，眼睛都看着自己的脚趾。过了一会儿他们在楼外的雨声中镇定下来，又讨论起少器的那条腿，强盗感叹世道变得快，以前是拿脚趾做活条，现在竟然要拿一条整腿了！老刺客还是比他们想得远想得深，说，这少器跟我们又不一样，他刺的是国王，成不成都是一票买卖，他那条腿恐怕不光是一个活条呢，还是衡明君的一条后路，事情要是败露了，百春台会把那条腿献给国王，说早就识破了刺客的野心，断下了他的腿断了他的念头，留下少器那条腿，衡明君自己也摆脱了干系啦！

城 门

City Gate

刺客的首级没有挂在城墙上，城墙上的人头还是老的，传说斩刑要推迟到国王驾临五谷城以后举行。除了几个官府要员，五谷城百姓没有人知道刺客少器关押在何处，但那个青云郡女子的下落是人人都知道的，碧奴在城门口示众，站在一只大铁笼子里。

城门口雨声激溅，守吏都去躲雨了，看热闹的大人都跑到了店铺的屋檐下，只剩下一些孩子在雨地里跑，趁守吏疏忽，跑到铁笼子旁边来，向笼子里的碧奴打量一眼，塞一根玉米芯子进去，或者什么也不敢塞，那些胆大的孩子跑回人群里，宣布最新的消息，说，那女刺客也不知道害怕，也不怕雨，她在笼子里睡着了！

有知情的人耐心地告诉孩子，她不一定是刺客，是天生多嘴，在织室街和刺客多说了几句话！她多嘴，偏偏让捕吏抓住后又说不清话了，为什么跑到五谷城来她都说不清楚，说是走了一千里路给她丈夫送冬衣，偏偏又拿不出她丈夫的冬衣，她算是可疑嫌犯！官府把她关在笼子里等国王来，国王一来，可疑嫌犯就可以从笼子里出来了，那就是大赦天下！

绵绵细雨中有人身在城门一侧，心却在衙门口。那些看客对笼子里女子的身份，始终看法不一，也有人站在官府的立场，坚信碧奴是怀着不可告人的目的潜入五谷城的，说她要是清白为什么会站在笼子里？这些人大多不满意捕吏们把男女刺客分开关押，既然是同党，怎么一个在这里示众，另一个却关在衙门的高墙后，不见庐山真面目？有人看碧奴看厌了，突然对城门上的守兵喊，我们不要看女的，要看男刺客，把男的也押过来，让我们看！

城门上的守兵没好气地对下面喊，你们算什么东西？看看女的就算有眼福了，想看那男的，除非你也做刺客，我们把你投到衙门大牢，你就能看见他了！

人群中有人对昨天与刺客的擦肩而过追悔莫及，说，我看见那瘸子在粥厂那里卖糖人的，是穿了个黑袍呀，长得仪表堂堂的，我就是肚子饿得慌，忙着喝粥，没朝他那里多看一眼，结果就没看清他的糖人架！

也有人后悔自己粗心，缺乏警惕，失去了邀功请赏的时机，我家小孩子买了他的糖人，回家跟我闹，说为什么有的糖人只能看不能吃，不公平。我心里也纳闷呢，做了糖人怎么不卖？不能吃的糖人叫什么糖人？我就是缺了个心眼，没猜到那糖人肚子里藏着箭！

雨势一小，好多妇人也顶着草笠跑到城门口来了。她们对碧奴倒是充满了兴趣的，说看她老实本分的样子，怎么也看不出来是个女刺客。旁边有人说，你们看不出来是你们白长了一双眼睛，我就看出来了，她抱一件丧袍到处走，早就为自己准备后事了!

　　织室街的几个缝衣女换过了衣袍，仪态万千地站在围观的人群中，她们一眼认出了笼子里的碧奴，是她呀，怪不得要把女人的秋袍改成男人的冬袍！缝衣女向别人介绍碧奴修改衣袍的方案是多么离谱，说世上女子都思夫，没有她那样的，思夫思坏了脑子！要不是脑子坏了，也不会当着满街捕吏的面，和刺客说那么多闲话。旁边肉铺的胖屠户提醒缝衣女，你们也别小看了她，思夫是装的，说不定就是一个女刺客的诡计呢，她要把女袍改成男袍，是为逃跑做准备，刺客谁不会乔装打扮？扮成一个男子，大家就认不出她来了！这番话说得缝衣女们后怕起来，捂着胸口说，哎呀，幸亏没替她改！那个赠送一针一线给碧奴的女子脸始终是白的，她指着绿腰带上插着的一枚针，试探着问别人，刺客一般都用刀用剑，不会用这种针吧？人群一时都被问住了，大家都思考了一会儿，还是胖屠户先嚷起来，说，怎么不能用针？针上涂毒药嘛，你们没听说那瘸子的靴子里藏了毒药，毒药就是配毒针的！聪明的胖屠户话音未落，那女子如被惊雷击中，人摇晃了几下，突然就一屁股坐到地上去了，人们都问她怎么回事，她怕得说不出话，只是摇头，其他的缝衣女就上去把她从积水里拉起来，替她解围道，她一向胆子小，又最崇敬国王，这是让刺客气出来的！

一群缝衣女架着那个失魂落魄的女子，仓皇离开了城门口，针的话题却给留在原地的人们提供了丰富的灵感。几个人不约而同地想到那女刺客丢在织室街的一件蓝袍，里面掖了一针一线，他们惊喜地叫起来，闹了半天，男的有凶器，女的也有！那瘸子用他的糖人架，这女子是用针，是用毒针，她是要用毒针刺杀国王呀！

人们转过了脸，很自然地去看笼子里碧奴的手，她的手被套在木枷洞里，看不清楚，她的发髻已经散成乱发，乱发滴着雨水披散下来，遮住了她的脸，她的脸也看不清楚。几个晚来的看客感到不满，他们对城门上的守卒抗议道：示众也得有个示众的样子，下这么大的雨呀，又关在笼子里，晚来一步就什么都看不见，脸都看不见了，示的什么众？

一个守卒在众人的强烈要求下披着片大树叶从城楼上下来了。他隔着铁栅，笨手笨脚地替碧奴整理着头发，一边向看客们埋怨道，你们就知道看，看！就不知道检举揭发，这女刺客装了哑巴才进的城，好多人知道她会说话，你们要是当场揭发，她当场就抓住了！

下面有人说，不怪我们，怪你们城门口检查太慢问得太多呀，明明是个男的，偏偏要问你是男是女，好多人图个省事才装哑巴进的西侧门，那么多人装哑巴呢，谁知道谁是刺客！

守卒说，你们就会狡辩，就会看热闹，看热闹还这么着急，这女子的脸不美不丑的，有什么可看的？以后有你们看的呢，就怕你们到时看得烦，又闹着要看新的！

一个男孩在人群里说，国王来了就赦免她了，以后看不见她的！

谁说要赦免的？守卒用目光搜寻着人群里的声音，说，国王是不是赦免她，要看国王高兴不高兴，要是不高兴这铁笼子还得让她腾出来，她的人头还要挂在城墙上示众呢！

下面的人又叫起来，谁稀罕看人头？死人没什么好看的，我们要看活的，我们要看她的脸！

看客们繁复的要求令守卒有点恼怒，他就用一根狼牙棒把碧奴粗暴地推醒了。你好大的本事，下这么大的雨，关在铁笼子里，手和脑袋套在木枷里，你还睡得这么香！不是我不让你睡，是老百姓不让你睡，我也没办法，你就别睡了，反正是示众，让他们看个够吧！

碧奴露出了一张苍白而湿润的面孔，守卒的描述对了一半，还有一半是错的。妇人们在那张脸上发现了一个年轻女子俏丽的轮廓，只是她的美貌被疲倦和憔悴覆盖了，变成了一小片苍白的废墟。碧奴在人们的目光中睁开了眼睛，她想说什么，但嘴巴被一只蝶形铁嚼子扣住了，发不出任何声音，她的眼睛里弥漫着月光般皎洁的光华，那道白银般的光华从脸上漫下来,大铁笼子亮了一下,又亮了一下,人和笼子一齐闪烁着湿润的光。笼子旁的守卒跳了一下,他看见一场豪雨过后,碧奴站立的铁笼底下突然长出了一片暗绿色的青苔,她身体倚靠过的铁栅上生出了星星点点的锈斑。守卒惊叫着往后退,他知道那不是雨水的缘故,是那女子的泪在作祟。不准流泪,不准流!守卒对着笼子里的碧奴喊道,我知道你冤屈,再大的冤屈也不准流泪,不准流,你把铁笼子哭出了青苔我不管,你要把铁笼子哭烂了就是我的错了,你再哭就是为难我,别怪我对你不客气!

碧奴的眼睛仰望着天空,天空渐渐泛出了明亮的蔚蓝色,铁笼顶上仍然有凝结的雨点落下来,打在碧奴的脸上。从她的脸上无法分辨哪些是雨水,哪些是她传奇的泪水。

不准看天!守卒说,给我看着地,笼子里的囚犯不准对天流泪,这是规矩!快看地,让你看地你就看着地!

木枷妨碍了碧奴复苏的身体,看不出来她是顺从还是违抗,她的脑袋轻微地动了动,眼睫低垂下来,她凝视着守卒,眼睛里白色的泪光仍然一片片地泻落下来。

守卒开始抹眼睛。看地呀,不准看我!让你别流泪,你还在流,他们说你的眼泪有毒呀!守卒指着城楼说,上面的几个兄弟不小心碰到你的眼泪,一个说头疼得要裂开了,一上午都抱着个头喊疼,什么也不干,另一个不知中了什么邪，一直像个娘们似的，躲在一边抹眼泪。他们说我是女巫的儿子，不怕泪咒，我上了当啦，现在我也不舒服了，眼睛发酸呢，那么多鼻涕也不知是哪儿来的，我也不守在你身边了，谅你一时半会儿也哭不烂这么大的铁笼，你在这里好好示众吧。

匆忙间那个守卒披着树叶往城楼上跑，城楼上不知道谁训斥了他，守卒拿了一块黑巾又下来了。他用双手伸进笼子，把黑巾蒙在了碧奴眼睛上，说，长官说你眼睛太危险，要严加防范，反正你也不要看什么风景，是那些人要看你的风景！守卒顾忌着碧奴的眼泪，动作不免有点拖拉迟疑，他感到手上有一道滚烫的泪流过去了，也就是这时候，守卒听见城墙上空滚过了几个闷雷，看热闹的那堆人群开始有了异常的动静。起初是几个年幼的孩子无端地号哭，几个老人喷嚏不断，他们瞪着眼睛弯着腰，打了一个又等着下一个。一个老人慌张地抱怨道，痒死人了，哪来的邪风，吹到我鼻子里啦！然后人群里传来扑通一声巨响，守卒回过头，看见铁笼子的银色光焰映白了很多张狰狞的罪恶的面孔，许多人的膝盖突然不能自持，向着泥地慢慢倾下来，倾下来。来自肉铺的胖屠夫第一个被看不见的泪潮冲垮，人已经跪在地上，他的膝盖浸没在水中，袍下肥胖的身体正在痛苦地抖动：女囚姐姐别看我，我没有诬告你，我诬告的是杨屠户！胖屠户泪流满面，他不停地对着铁笼子作揖鞠躬，嘴里疯狂地叫喊着，女囚姐姐你别怪我，要怪就怪杨屠户铺子里生意太红火，逼得我要关铺门啦，一样的猪肉，别人提着篮子从我铺子门口过，偏偏就不买我的猪肉，要去杨屠户那里买，我被他逼上了绝路，才去割了死人肉往他家铺子里放的！

第一声罪恶的忏悔令人群一片哗然，他们的目光不约而同地投向高高的城墙，那杨屠户的首级正挂在上面呢，半年来人人走过城墙都要对着那首级啐一口，五谷城谁家没吃过他铺子里的肉？想起自己肚子里的肉谁不恶心谁不反胃？他们说杨屠户生意那么好，还要猪肉人肉掺着卖，杀十次头也不解心头之气，恨得那么深，没想到恨错了，闹半天杨屠户是冤杀的冤大头！杨屠户年迈的母亲正好也在人群里，她的膝盖本来已经快跪到地上了，胖屠夫莫名其妙的忏悔让她又站了起来，尽管年迈多病，那老妇还是压不住满腔怒火，蹒跚地奔向那个跪着的人，在胖屠夫的耳朵上咬了一口，你这该死的胖子！做下了这等缺德事，你才该站那铁笼子！你在这儿说给人听不行，我们去见官，见了官再说！

几个正义的男子冲过去揪住了胖屠夫，他们把那个肥胖的不停颤抖的身体从水洼里抬起来，带起来一片水花，围观者们靠得太近，闪躲不及，水花溅在好多人的脸上身上，身上溅湿的人惊叫起来，这水怎么是热的？秋天最后一场雨水了，怎么会这么热？不小心让水花溅到嘴里的人则张开嘴呸呸地吐开了，一边吐一边叫，这水是苦的，比黄连水还苦！胖屠夫被几个人拖拽着往城门洞去，所过之处人人喊打，打，打死这个胖屠户！不知道是什么人顶着民心替胖屠户说话，他要死了，我们上哪儿割猪肉去呀？人群中立刻响起一片呼应，死了胖屠户，不吃带毛猪，怕什么？也有人在胖屠户悔罪的哭声中开始崩溃，尤其是几个私生活有失检点的妇人，个个背对着铁笼子哭得泣不成声，一个红杏出墙的妇人哭剩了半口气，她抓住怀里婴儿的小手，强迫孩子打她的嘴巴，说，打死我，打死我，你爹去长城搬石头，我在家里偷汉子，我才该站在那铁笼子里！一个满脸白须道貌岸然的老汉想起年轻时候拿过一个乞丐的破锅，他解下织锦彩纹的宽腰带，一边哭一边用腰带抽自己的手，说，我一生从不偷人东西，就是拿过那口破锅，人家也可怜，只剩下一口破锅，还让我拿回家放猪食了，我该去站那铁笼子！还有几个人跪在地上哭得东歪西倒的，拍自己的心口，拍得咚咚地响，就是不肯坦白为什么哭，旁边的人怎么诱导，他们还是只拍胸口不悔罪。旁边人都不敢多嘴了，这几个人，说不定比胖屠户还要凶险几分，也许亲手杀过人下过毒，问也不敢问，劝了也没用，只好随他们去哭了。

私塾先生等一批道德高尚的人此时得到了来自身体的报答。首先，他们的面部表情一如既往，平时严肃的仍然紧皱着眉头，平时少言寡语的仍然神情呆滞，平时盲目乐观的仍然咧着嘴傻笑。他们的身体姿态也经受住了冲击，喜欢袖手的人仍然双手交叉插在袍袖里，喜欢弯腰站立的人还像柳树一样弯在那里，喜欢四处抓痒的人仍然把手伸向了身体的四面八方。是这批人在城门口保持了五谷城居民最后的风范，他们穿梭在他人悔恨的哭声和罪恶的身体中，互相赞美着，指着对方说：你也是清清白白做人的，看，让水溅了就溅了，袍子潮了就潮了，我们没什么可哭的。他们带着一丝欣慰感，冷静地察看着城门四周，分析这场突如其来的哭泣风暴来自何处，很快他们都注意到从碧奴脚底奔涌而下的一注雨流，它细小清澈，却流得那么湍急，闪着寒光，像一支支水箭一样射向人群。他们一致确定，一场豪雨加上那个女囚来自青云郡的泪咒，是这场哭泣风暴共同的源头，他们要合力堵住那个源头。

　　可是雨水来自天上，女囚的铁笼子严禁入内，他们够不到那个源头，而水是往低处流的，他们只能看着那危险的水流不断地流到人群里，情急之下有个人脱口而出，水来土挡！那人提议是否要去搬一些砖石来，挡住从女囚那里流过来的神秘的水流。其他几人沉吟了一会儿，很快否定了这个貌似合理的建议，一是觉得麻烦，二是砖头石头也有主人，不容易找。他们的眼睛开始往半空转移，城墙上的几个守卒正躲在箭垛后猜拳划令，下面怎么吵闹也不管。上面的人的悠闲身影提醒了私塾先生，他说最省事的办法是站到更高的地方去，站得比那女子高了，不管是清白做人的，还是不清白的人，大家都安全了。

私塾先生登高的呼吁得到了人群的一片响应，人们纷纷就近寻找高处的目标，失态者逐步恢复了理智，被拖走的胖屠户不知怎么又回到了人群里，此刻拖着沉重的身躯往米铺的台阶上跑，米铺的主人不允许他上台阶，说，下去，下去，我跟你无冤无仇，别到我铺子来，你会把死人肉往杨屠户家放，也会把毒米往我家米仓里扔！胖屠户涨红了脸申辩道，我那是说着玩的，你也认真，我哪儿有毒米？他回头朝碧奴一指，他们做刺客的身上才藏毒米呢！那个红杏出墙的女子在众人面前暴露了不贞，也开始迁怒于碧奴，对几个买米的女子说，你们别凑到她跟前去，那女刺客从青云郡带来了泪咒，中了她的泪咒，不知道会给你带什么祸来呢！

几个孩子爬到树上去，脱离了地上危险的雨水，有个妇人仗着腿脚麻利，也抱住棵树往上攀，攀了几下就被私塾先生骂下来了，说你个妇道人家再怎么爱看热闹，也不能上树呀，妇人爬树成何体统？那妇人对私塾先生有几分敬畏，下了树，怏怏地站着拍打袍子，嘴里埋怨道，谁都可以上树，你们男人可以上，孩子可以上，鸡犬也可以上树，就是不给我们上，又要让我们登高，又不让上树，你让我们妇道人家站哪儿去？

那妇人的怨气是有道理的，由于躲避泪咒要符合躲水和腾空两个条件，四周并没有几个合适的地方容他们立足，米铺、药铺、灯笼铺的台阶上已经站满了人，各家店铺的主人伙计又把众人当贼防，不免多了口角。口角一多脏话就多，私塾先生听不下去，和几个人商量着，决定将老弱病残们转移到城门口的过家茶楼。那茶楼筑在高处，有一个宽敞的平台，城门口的风景可以一览无余，美中不足的是茶楼主人生意做得精，要在茶楼驻足，必须要买一壶过家茶。私塾先生和几个人商量了一番，决定好事做到底，以劈柴的方式分摊一壶茶的茶钱，请大家共饮一壶茶，于是一大堆人吵吵嚷嚷地爬到了上面的茶楼。尽管茶楼方面对这些客人很不尊重，但人们站的站，坐的坐，毕竟安顿下来了，大家在高处看那个铁笼子，都感叹起来，说，这么看真好，看得安心，也看得清楚多了！私塾先生注视着铁笼子里的女囚，感叹的是他知识的盲区，老夫今天也长了见识,一个小女子的泪,怎么就乱了那么多人心!他抚髯长叹,说,不知事出何因,回去要翻书,请教孔圣人去!

私塾先生他们刚刚在过家茶楼坐下,不远处的五谷塔方向就传来了一片骚动声,城墙上那几个守卒也绕着旗杆慌张地跑来跑去。下面店铺的台阶上有人在搭人梯,而树上的孩子在往更高的树枝攀爬,很快一片狂热的欢呼声在城门口上空回荡起来,此起彼伏,黄金楼船来了,快看黄金楼船,国王来了!

运河没有流到五谷城来,黄金楼船先来了,国王的人马从陆路上拖来了那艘黄金楼船,国王真的来了!他们挤在茶楼前向官道那里极目眺望,官道上群鸟惊飞,天边笼罩着一片金光,透过那片金色的朦胧的雾霭,他们果然看见了那传说中黄金楼船的盘龙桅杆。骚动的人们在狂喜中鼓起掌来,有人眼尖,发现国王浩浩荡荡的车辇也像一条巨龙搁浅在官道上,华丽的盘龙桅杆停止不前,只有一面黑底镶金的九龙旗在雨后的天空中高高飘扬,眼尖的人忍不住提醒别人,说,车马和船都不在动呀,是不是搁浅了?这声音立刻遭到了众人的白眼,你以为是你家的破驴车呀?那是国王的车辇,那是国王的黄金楼船,怎么会搁浅!

国 王

King

五谷城屏住热切的呼吸等待国王的驾临，城门上九龙旗猎猎飞舞，城门下人山人海，锣鼓阵沿着高高的城墙摆成了万岁的字样，城里最著名的舞狮人郭家班已经牵出了他们所有的狮人。米铺的台阶下面，一个由官府出资的领恩米仓巍然耸立，散发着米的清香，已经有人拿着笸箩在米仓前排队，等候开仓放米，而在冷清的石台一侧，两个穿红袍的刽子手静立在铁笼子旁边，他们的表情淡泊安静，手里的刀却闪烁着尖锐的寒光，看上去有点迫不及待。

城门洞里夹道站立着五谷城的大员们，他们都穿上了黄色或绛色的官袍，远看站得整齐而和睦，近看却站得钩心斗角的。有的官员认为自己的站位和职位有出入，不甘心站在别人的后面，身体忍不住地向更显赫的位置移动，这样一移自然就有人被侵犯，被侵犯的官吏中有缺乏涵养的，不好开口骂人，就出手出腿，保卫自己的位置。一来一去，大员们的队伍竟然出现了相互推搡的现象，幸亏詹刺史及时制止，城门洞里才勉强保持了应有的肃静。

等候的时间如此漫长，漫长得可疑。官员们开始窃窃私语起来，他们都用怀疑的目光盯着詹刺史，说，国王不到，御前军也该到了，御前军不来国王的龙骑兵也该到了，如果他们都不进城，总会派个宫吏来的，怎么就没个人来呢？

詹刺史一脸焦灼，由于急火攻心，他被嘴角上的一个烂疮折磨着，时不时地发出几声呻吟。宫吏来过啦，带走了一车臭鱼！詹刺史被问得急了，终于透露了来自国王的第一个消息，我以为是传旨的宫吏呢，结果是个要臭鱼的！我问那宫吏为什么要臭鱼，马上进五谷城了，国王要多少鲜鱼有多少鲜鱼，带臭鱼走干什么？他就是不肯告诉我！

官员们都瞪大眼睛，不解臭鱼之意，纷纷说国王毕竟是国王，吃东西也跟常人不同。万寿宫的好多秘密听起来都是很稀奇的，也许吃臭鱼是延年益寿的秘方呢。

那个宫吏带走一车臭鱼后一去不返，给众官员留下一个沉重的悬念。詹刺史派人上了城楼，时刻注意国王的人马的动向。在他声嘶力竭的重复下，所有人都记住了欢迎仪式丰富的内容及程序规定：那边黄金楼船的盘龙桅杆一动，这边的锣鼓就要敲起来，狮子就要舞起来，米仓就要开闸放下领恩米，国王一到五谷城城门，两个刽子手应该举起刀来问国王，女犯的首级该不该斩，按照常理，国王会在龙座上回应。刀下留人——这是詹刺史唯一担心的细节。由于无人可以冒充国王的声音，也不知到时候国王心情如何，是斩还是不斩，这个显示国王恩泽的仪式也就不好排练，只能等待最后的结果。所有的安排都根据万寿宫的典章，结合了五谷城的地域文化制定，应该是细致而充满特色的。天气不帮忙也没什么，雨后道路泥泞，国王的车马将通过一条洒满谷糠和草灰的路，去到衙门口，从地下通道进入行宫。主要活动都在室内，可以有效地防止不测，除了迎合国王为名山大川各城各县题写金匾的兴趣，还有一个极大的惊喜会满足国王发明新刑罚的爱好，别的地方五马分尸，五谷城却比别处多用一匹马！刺客少器会被推到国王面前，六匹膘肥体壮的公马已经接受了半个月的训练，它们将让国王欣赏到五谷城独创的六马分尸的壮丽景象。那第六匹马无疑是精华所在，它承担的任务是特殊而艰巨的，除了詹刺史和驯马师，无人知晓，打听也打听不到，是机密。

万事俱备，只欠东风了，可是从城楼上传来的消息仍然令人沮丧，国王浩浩荡荡的人马像一条巨龙搁浅在官道上了，而且城楼上的哨兵说，官道上升起了炊烟，国王的人马竟然在野地里自备膳食了！

詹刺史渐渐地浑身冒出虚汗，自备膳食是一个噩梦般的预兆，他开始忧虑国王对五谷城的看法，是否听信了什么谗言，对五谷城有了什么不良印象？对五谷城印象不良也就是对他印象不良。他是否被哪个小人诬告而得罪了国王？那个小人会是谁？他用探究的眼神扫视着城门洞里的同僚，他们也在看他，每个人的眼神都不一样，有的昏庸，有的狡诈，有的欲言又止，有的卖弄聪明，针对国王野炊的消息大发议论道，国王伟大呀，过五谷城不入，不食百姓一粟！詹刺史看来看去，看不出谁有那么大的本事，能告状告到万寿宫去，他要能把状告到万寿宫去，也不会在五谷城屈就下位嘛！詹刺史这么一想心里就释然了，区区一个五谷城刺史，国王肯定不知道他，对他也不会有什么看法。

所有人都在等待国王。城门外已经戒备森严，连落叶都一片片地被人捡干净了。凡是闲人，高处不得停留，过家茶楼上的流民们和住在楼台上的达官贵人一律都被赶到了下面的街市。百姓们蚂蚁般地堆在城门里侧，堆成了人山，几座人山在城门外发出空洞的喧闹声。米仓附近人最密集，也最难管理。有人莫名其妙地晕倒，有人随地便溺，引起周围人的一片指责。由于争抢位置，米仓附近发生了不少意外，偶尔有被踩踏者的哭叫传到城门洞里，踩死人了，出人命了！有官员一针见血地批评那些流民，这些穷鬼，哪儿是在欢迎国王？明明是在欢迎粮食！

米仓那里的危险讯号引起了詹刺史的警觉，詹刺史深知他的百姓热爱国王，更热爱粮食。百姓等待国王是有耐心的，可他们等待粮食的时候不免急躁冲动，他有点担心放米赈民的后果，但是那一垛米是必须要放的，取消领恩米不知道会引起什么混乱呢，他不敢冒险。眼看守护米仓的士兵们已经无力招架，詹刺史只好打起城门洞里大员队伍的主意，他挑了几个官位卑微但身体强壮的官员，让他们暂时加入守护米仓的士兵队列，那几个官员很不情愿地出了城门洞，去是去了，可去得屈辱。詹刺史派了个心腹跟住他们，偷听他们说什么，心腹回来说，他们不敢骂你，骂柴火骂黄金呢，他们嘴里一直嘟囔，笨蛋黄金笨蛋柴！詹刺史说，你才是个笨蛋，他们是说半担黄金半担柴，那就是在骂我呢！心腹糊涂，詹刺史不糊涂，他知道那几个人是气得口不择言了，他们在揭他当年送柴夹金去京城买官的老底，詹刺史无暇跟他们计较，对身边的心腹苦笑道，这有什么好说的，过去是半担柴火半担金，现在早就是半担柴火三担金了！

终于有马蹄声敲响了寂寞的官道，整个五谷城都侧耳倾听，三个龙骑兵策马飞驰而来的时候，有人注意到他们手里举着的不是九龙旗，而是一面粗糙的白幡，然后一个惊天之声在空中炸响：跪下，都跪下，国王薨了，国王薨了！

城门口先是一片死寂，继而慌乱的人山一座座地倾塌，国王薨了，薨了！人山边缘的都顺利地跪下来，苦了人山中间的那些人，他们逼仄的空间哪里容得下两个膝盖落地？只好跪到别人的腿上、别人的后背上去了，谁也不敢开口，冲突在沉默中爆发，也在沉默中解决，人群中响起了一阵压抑的喘息声和咒骂声，也有人在默默地厮打，跪着不方便，都用手抓用手挠。一个被抓到眼睛的再也忍受不了痛苦，突然尖叫了一声，国王薨了，我的眼睛也瞎了！

也不知道那眼睛的主人是谁，一个人破坏了肃静，茫茫人海很快变成了喧嚣的海洋，人们忘了应有的肃静，针对国王的死因，一个个激动地各抒己见。人群里一个尖锐嘶哑的声音喊出了好多人的心声，特别引人注意，他说，是大臣们骗死了国王呀，他们谎报喜讯，让国王南下看运河，可是运河在哪里？码头在哪里？黄金楼船从哪里下水？什么国王薨了，他是被骗死的，是被气死的！他带了那么大一条船南下，不知受了多少苦！大家说船能在荞麦地里走吗，船能在小水沟里开吗？那么好那么大一条黄金楼船，落得个在路上拖的下场！国王能不气吗？他一定是被气死的！是气死的！

共同的悲怆使人们不顾密探的耳朵，勇敢地站到了反对官府的立场上，好多人冲着城门口的官员们怒吼起来，哪个当官的气死了国王？把他拉出来，拉出来，砍了他的狗头！有人愤怒归愤怒，却喜欢在愤怒中修正别人的观点，来显示自己的高明，拉谁出来也不合适！运河那么大个工程，要一段一段地挖，喜讯传到万寿宫，也是一级一级地传，要骗国王不是一个两个大臣去骗，从朝廷到地方，一大堆狗官串通好了骗，你要砍人家的头，砍三天也砍不完！有个游乡郎中在人堆里质疑国王的死因，引起了众人关注。郎中习惯于从阴阳元气角度出发分析问题，说，国王金刚不败之身，再累再气最多是伤点元气，怎么会一下就薨了呢？国王不比一般人，美食女色应有尽有，不会贪婪无度，也就不易患急病，不患急病何以一下薨了？一定是积恚成疾呀，我看国王身边的御医是个大庸医，他才该杀，害国王龙体阴阳不调，才薨逝在出巡路上！旁边的人听他说多了，也听出了破绽，讥讽道，国王身边的御医不行，你个游乡郎中倒行？你有本事跟那几个龙骑兵去，去给国王调阴阳，让国王活过来，我们也好见他一面！

人们跪得都不安分，缺乏见识的妇人也在对国王的死因妄加评论。有个女佣说国王会不会被豆子噎死呛死呢，还举例说哪儿哪儿的一个有钱人就是被一粒黄豆呛死的，哪个高台人家的孩子是被一把蚕豆噎死的。这种可笑的猜测自然引来一片嘲笑，国王从不吃豆子，即使吃豆子也是做成豆腐磨成豆汁，绝不会噎死呛死！那妇人脑子里起初只有黄豆蚕豆，后来就只有豆腐了，说，那么会不会有人给豆腐点卤点了毒？国王会不会是让盐卤毒死的？人们不堪忍受她的饶舌，禁止她插嘴，说，什么豆腐什么毒卤，那是你们妇人谋害亲夫干的事！就是国王的厨子也毒不死国王，他的所有食物都有宫监试尝，你毒死了宫监也毒不死国王！

有一部分衣着光鲜的人跪得很文雅，很明显他们有官宦家庭的背景，听见流民们执拗地把国王的死因归咎于运河的谎言，这些人非常反感。国王的胸怀比天还宽阔，能为一个谎话气死？他们质问着那些情绪冲动的人，你们不是爱戴国王，是给他脸上抹黑！那边的声音愤愤地传过来，不是气死是怎么死的？这边的声音整齐地顶过去了，刺客呀，你们没看见那铁笼子里还关了一个，还是女刺客！衣着光鲜的人们坚信国王一定是死于刺客之手，说五谷城的捕吏火眼金睛，能抓住那一男一女两个刺客，别的地方不一定能抓住刺客呢，总有唯恐天下不乱的人，国王一路上经过那么多城市，谁知道刺客藏在什么地方！那边的流民叫起来，别的地方比五谷城抓得更凶呀，闯到官道上的三岁娃娃都抓起来了，刺客还怕抓不住？五谷城抓人还查凶器呢，云登城那边不用查凶器的，有个商贩在客栈里说梦话要刺国王，就被客栈主人告了官，投到死牢里去啦，谁敢去刺杀国王？梦里都刺不成，光天化日的怎么刺呀？

　　米仓那边的流民跪得心神不安，骚乱在悄无声息地酝酿。国王的噩耗传来，领恩米是否发放已成悬念，饥饿的流民们人跪在地上，心却爬进了芬芳的米仓里。终于有个大胆之徒借口膝盖跪在别人腿上，大家跪得不舒服，要跪到米仓上去。他把笸箩顶在头上偷偷朝米仓上爬，有人提醒他，不可以跪得那么高的，小心把你当刺客抓了！那男子并不掩饰他的心机，说，高处低处都是跪，国王都薨了，还防什么刺客？要防的倒是官府，领恩米一取消，大家就抱个空笸箩回去吧。

　　一句话说出了人群最大的忧患，好多人都应声站起来，嘴里说，我这边也跪不下，我也跪到米仓上去！看守米仓的郡兵和官员们来不及惩罚谁，临时米仓的芦席墙就在多人的攀登下倾倒了，新打下的一仓白米像洪水一样夺路而奔，涌向四周的人群。有人去抱米，抱不住多少米，就顺势一躺，把涌来的米牢牢地压在身下；更多的是贪婪的人，他们笸箩已满，仍然奔向米山中心。有人是从别人肩膀上跳过去的，有人靠两只手无法丰收，脚也开始刨米，让米贮藏在鞋子里，有人高声叫唤失散的孩子，让他们把米存在袍子里。吃亏的是一些老妇老翁，他们急躁地摇着笸箩，尖声呼吁官府来维持秩序，可是以詹刺史为首的官府大员，已经被另一个沉重的消息弄晕了头脑，他们再也无法顾及那个米仓了。

三个报丧的骑兵，两个无精打采，另一个神情不安地东张西望，就是那个自称幼时在五谷城长大的骑兵，他下马跪在詹刺史身边，轻声打听他家遗留在五谷城的房产。詹刺史说，你在万寿宫国王身边，怎么还惦记着五谷城里的一间破房？骑兵说，万寿宫我恐怕回不去了，只有五谷城的这间破房可以为我遮风避雨了。詹刺史听他的话音蹊跷，疑惑之下不顾禁忌，向他追问国王的死因。那骑兵不鸣则已，一鸣惊人，他说国王三天前就死于途中，臭鱼烂虾再也掩盖不了他的尸臭，国王的死讯已经泄露出去，天下大乱。万寿宫内的九龙旗，已经换了玄武白虎旗，江山易主，是国王的胞兄成亲王坐上了金銮椅！

碧 奴

Binu

万众下跪，无数人的膝盖訇然落地，尽管满地泥泞，人们的膝盖并不忌讳，跪得都很快。尽管跪下来不难，还是有许多膝盖和别的膝盖撞在一起，许多屁股和别的屁股发生了摩擦，所有膝盖和屁股的主人们都在无声地争夺地皮。只有几个不知天高地厚的五谷城女孩爱惜自己的新花袍，跪得不情愿，跪下来后还埋怨，挤死了挤死了！有个女孩还指着铁笼子嚷嚷道，大家都跪，那个女刺客怎么不跪？女孩的母亲打了她一巴掌，威胁她说，小祖宗你眼红谁都好，怎么眼红起她来？你要不情愿跪，你要嫌跪得不舒服，要不要站到铁笼子里，和那女刺客站一起去？

万众下跪的时候，只有碧奴还站着，站在铁笼子里。碧奴被遗忘了。她的腿脚被五花大绑捆在铁栅上，跪不下来。城墙下的士兵们把各自的武器平摆在身前，跪下来了，铁笼边的刽子手也把鬼头刀插在刀鞘里，跪下来了。人们忘记了铁笼里的碧奴，让她独自站在那里。国王薨了，那么多人跪下来，连鸡鸭都应该跪下的，她却站着。碧奴就那么站在铁笼子里，等待别人发现这个错误，可是除了那个小女孩，人们都没发现这个错误。也许有人发现了，发现了不敢说，万民跪是不让抬头的，只能盯着地，也许那些人害怕追究：你是怎么跪的，你不抬头，怎么看得见人家是站是跪？

驾崩的国王灵輂停留在官道上，城门口的民众朝官道方向跪伏，官道的方向恰好也是铁笼的方向，看上去五谷城的人们都向一只铁笼子跪伏着。一只乌鸦从五谷塔那里飞过来，飞过跪伏的人群上空。乌鸦有眼无珠，以为那么多民众是向碧奴跪着，就飞到碧奴头上盘旋了一圈，口齿不清地向这个女囚表达着敬意。碧奴不懂鸟语，却能从鸟鸣中分辨鸟的悲喜，她分辨出那是乌鸦仰慕的叫声，乌鸦仰慕她有这么多的请罪者：碧奴碧奴，那么多人向你下跪，他们在向你请罪呢！这个念头不知道是乌鸦的，还是她自己的，碧奴吓了一跳。她想转过脸，看天也好，看城墙也好，不去看那么多的膝盖，但是木枷妨碍了她的自由，她的脖颈无法转动，碧奴就强迫自己闭上眼睛，闭上眼睛，泪水便流了出来，她想想自己的身份，也许流泪流得不是时候，别人跪，她站着，别人流泪，也许她是不准许流泪的。她又睁开了眼，强迫自己不看人们跪地的膝盖，也不看他们下垂的脑袋，看什么呢，就看人们的衣袍吧，她怎么也忘不了那件新染的丧袍，辛辛苦苦把一件丧袍染了靛蓝，也不知道谁把它捡去穿在身上了。

黑压压的人群，像一片石头的丛林。她看不清人们的脸，但大人孩子都把节日的盛装穿出来了。那些衣袍，碧奴看得仔细，五谷城的孩子披红戴绿，发髻上缠着避邪的红线。女人穿得鲜艳，大朵的花镶嵌在襟边袖下，姑娘家胸口也绣花，身上打扮得像个花园。男人穿的多为流行的滚了青边的褐色夹袍,也有一些穿蓝袍的,在人堆里卖弄关子,吸引碧奴的目光。碧奴怎么眯眼打量,也看不清那几件蓝袍是不是新染的,是不是丧袍改的。碧奴不知道自己是怎么了,也许是中邪了,死到临头,她怎么还在惦记那件袍子!她责怪自己不该再想袍子的事情了,柴村的女巫预言她会死在路上,那预言遗漏了多少细节呀,她们没有告诉她,你死时两手空空,冬袍永远送不到岂梁的手上,你家岂梁除非会用北方的黄沙做线,会用大燕岭的石头织布,否则他将永远光着脊梁!碧奴站在铁笼子里,对岂梁的思念也让她害怕,五谷塔下的一个大燕岭寡妇劝她说,别天天念着他,苦命的女子,思念也是苦的,你天天念着他,他天天受苦!詹府里那几个抱坛哭泣的泪人也警告她,千万小心你的梦,千万别梦见你丈夫,苦命的女子,梦见谁最多,谁就要跟着你倒霉!碧奴不敢思念岂梁,她逼着自己去想国王富贵的遗体,他是睡在棺材里还是睡在黄金楼船上?他的寿衣是金子做的还是银子做的?国王的手腕上刻着国王的标记吗?很快她发现自己把国王想象成芹素的模样了,小眼睛,老鼠胡须,手腕上刻着自己的身份。她不敢想国王的手腕了,怎么可以把芹素和国王混起来?国王什么模样,手腕上有没有国王两个字,她永远也不会知道的。碧奴觉得心里有一种说不出来的遗憾,无关她自己的生死,而是国王。普天之下的良民百姓,谁不想亲眼见到国王呢，她也想亲眼看见国王，看见他的模样，还有他的手腕，可是国王死了，她什么也见不到了！

两个刽子手跪在铁笼边，跪得怒气冲冲。起初他们低声埋怨国王死得不是时候，千年难逢的笼边好戏，排演了这么多次，一下就成了泡影。刀敲铁笼的技艺不能展示，本来杀人有赏钱，放人也有赏钱，现在一样都拿不到。城门口一乱，两个刽子手的心也乱了，乱成这样了，谁还有心思看我们砍人头？米仓那里骚动的时候，一个刽子手在地上恶狠狠地磨起刀来，另一个的膝盖抬了一下，又重新跪下，说，我们不管趁火打劫的事，该捕吏去管，我们跪我们的。起初他们还坚持守在铁笼边，后来城门洞里的官员们鱼贯而出，不知什么人在人群里喊，当官的怎么跑了？我们还跪在这儿呢，老实受欺负，我们没有抢到领恩米呀！另一些男子的声音则带有强烈的煽动性，不跪了不跪了，当官的都跑了，我们还跪个屁，大家都站起来，领恩米抢光了，米铺里有的是，我们去抢米铺呀！两个刽子手这时再也跪不住了，站起来向奔跑的官员厉声质问，今天这刀到底还用不用了？快给个说法，再没说法我们也抢米去了！他们的牢骚得不到回应，一气之下就提刀走了。两个红色的人影离开了铁笼子，一个随人群朝米铺拥进去，另一个却被几个神色激愤的老人和妇女追打着，老人说，你还我儿子，还我儿子！几个妇人去拉他拽他，抓他手里的刀，嘴里哭骂着，你会砍人的头，今天不放你走，看你敢不敢砍我们的头！那被袭击的刽子手不敢造次，就把那雪亮的刀高高地举在空中，一边夺路而跑一边叫喊，你们别以为翻天了，老国王死了新国王登基，明天我就替新国王砍你们的头！

碧奴看见刽子手消失在人潮里。刽子手走了，她还站在铁笼里。暴乱的人群淹没了官吏和士卒们的身影，没人管这个铁笼子了，他们把铁笼扔给了碧奴。碧奴不知道谁会记起这个笼子。她想喊，黑巾还堵着她的嘴，她想钻出笼子，但木枷还是紧紧地锁着她的身体。她看见人群从米铺出来，又涌进了旁边的布庄和铁铺。有人抱着农具出来，脸上鲜血直流，是争抢铁褡锄头留下的伤口；有人扛出来的绸布很快被人撕成条条缕缕的，等他突出重围的时候，肩上只扛着一个光秃秃的布轴了。碧奴看见一些身有残疾免于徭役的青壮年男子奇迹般地恢复健康，迸发出令人羡慕的体力，扛布出来的三个流民中有一个是瘸子，他不知什么时候多出来一条腿，跑得比风还快；另一个绰号叫罗锅的男子突然直起腰背，风风火火地往坡上的过家茶楼跑。过家茶楼已有准备，主人手持打狗棍居高临下地守在坡上，上来一个打一个。罗锅被他们从坡上打下来，灵活地翻了个身，又起来了，谁稀罕抢你们的破茶楼?他一边奚落茶楼的人,一边高举着手号召人们,城门口没什么可抢的了,去城里抢吧!

去抢,抢,抢!人群里的那片声音让碧奴的血也沸腾起来,远远地碧奴看见罗锅带着一批流民冲进了城门,她听见自己在指点他们的路线,罗锅快去沽衣街呀,去抢冬衣!替我去抢一套岂梁的冬衣!那声音从心里情不自禁地跳出来,沽衣街那个妇人的脸也跳出来,横眉立目地瞪着她。碧奴胆怯地闭上了眼睛,眼角上滚下了新的泪珠,她知道,那是一滴羞愧的泪水。

碧奴羞愧地站在铁笼子里,等待着暴乱的人群记起她来。她想再多的东西总有抢完的时候,也轮不到她去抢,她也不敢抢,只好耐心地等待来抢铁笼子的人了。碧奴终于等来了几个少年,平日里是在五谷塔下游荡的,这时候他们向铁笼子跑来,有人手里拿着石头,有人拿了把铁铺里抢来的镰刀,少年们眼睛里燃烧的是掠夺的火焰,她听见一个少年说,木枷归我,我拿回家做椅子!另一个说,铁笼子归我,我拖去卖给铁匠铺!

少年们对着笼锁又砍又敲,终于打开了笼子。看中木枷的少年一把拉住碧奴,用镰刀在木枷上不停地砍着,看碧奴一点也不配合,少年掏掉了她嘴里的黑巾,塞在怀里,说,你怎么一动不动,我来救你的命,你怎么像一个死人！

于是碧奴尖叫起来，木枷敲一下她便叫一声。直到木枷离身，碧奴还在铁笼里尖叫。少年们强行把她拽出了笼子：你这女子是傻的？还不快出来？我们要把这笼子卖了，你赶紧出笼子，该去哪儿就去哪儿吧！

碧奴想坐下，但她的腰弯不下来了，也许在狭窄的铁笼里站得太久太累，不知道该怎么坐下了。她拉着铁笼，环顾城门四周，看得出来她想往城墙那边走，走了几步走不动，又蹒跚地退回来，扶住了铁笼，好像找到了一个靠山。

少年们看碧奴妨碍他们推拉铁笼子，过去把她的手扒开了：你这女子，还舍不下这笼子吗？站笼子把你站傻了！他们一人架起一只胳膊，把碧奴往城门那边推了几步，大声提醒她：大家都在抢，你为什么不抢？你也去抢呀！

碧奴被少年们从坡上推下来，推到了城门口混乱的人群里，不知道踩了谁的脚，有人从后面推她，有人用胳膊在前面捅她，倒把碧奴结实地夯在人堆里了。都是准备进城抢劫的人。男女老少的脸都被掠夺的热情烧得通红，呼吸急促，眼睛放光，有人泣不成声地发誓，抢光五谷城，抢完了再烧，烧完了再杀，大家都别过了！那罗锅被几个人抬起来，浮在人群上空，声嘶力竭地指挥暴民进城后的分流：抢粮食的往西边走，抢富人家的去东边，抢钱的去钱庄，要抢用的穿的直走，往南门走，别慌，五谷城富庶之地，抢三天三夜也抢不光！碧奴被人流挟裹着穿越了城门，人流是带着碧奴往西边的粮市去的，但她不顾一切地校正了方向，扑到了向南的队伍里。

　　去沽衣街的大多是衣不蔽体的流民。碧奴后来尾随着几个流民家的男孩，出现在沽衣街上，看上去有别于其他情绪激愤的哄抢者。碧奴步履踉跄，如同梦游，她站在角落里盯着一个旧衣摊，眼睛里充满期待，也充满了羞愧。她又看见了那个卖旧冬袍的妇人，平时那么泼辣能干的妇人，现在被突如其来的灾难吓傻了，拼命地挥舞一根衣叉，一边哭号一边保护着她的旧衣。几个男孩在一群妇女老头的帮助下夺了那根衣叉，把那妇人按在一个旧麻袋包上，不准她抵抗。反正都是些旧衣服，没值钱货，快来拿吧！一个男孩大公无私地招呼着别人。天马上就冷了，什么暖和拿什么！摊开的旧衣和堆着的鞋履帽帻一眨眼就被哄抢一空，只有一件玄色滚青边的旧冬袍掉在麻袋包后面，无人注意。碧奴几乎是在一瞬间跨出了哄抢者的脚步，她弯腰弓背地冲过去，捡起那件冬袍抱在怀里，然而碧奴动手还是迟了，她自己的袍角被一只手抓住了，是那个贩衣妇的手。那妇人不知怎么挣脱了男孩们的束缚，腾出一只手抓住了碧奴，她的眼睛愤怒地瞪着碧奴，也不知道她是否认出了曾经在沽衣街徘徊的碧奴，是否认出碧奴是铁笼子里的女囚，但她至少认出碧奴是个穷人。反天了，旧袍子也要抢！贩衣妇尖叫起来，穷人抢穷人，大家下辈子还是穷呀！那妇人满面是泪，呼天抢地，她的一只手紧紧地抓住碧奴，似乎要与碧奴同归于尽，她的脸努力地抬起来，抬起来朝碧奴的脸上吐了口唾沫。

碧奴的脸上被那妇人啐到了，手一摸，那口唾沫是红色的，有淡淡的血腥气，那妇人的嘴和牙齿一定被男孩们打出了血。碧奴不敢看那妇人的嘴唇，她在袍子上擦了擦手指上的血沫，眼睛一下就湿了：大姐你别拉着我一个人，快放开我！那妇人尖叫道，就是不放你，死也不放，你放下袍子我就放开你。碧奴被贩衣妇死死拽住，六神无主，听见那两个男孩一边擒紧了妇人，一边叫，你怎么这么笨？衣叉就在你脚下，拿它打，不怕打不掉她的手！碧奴抱紧了那件冬袍，看着地上的衣叉，犹豫了一下她还是把衣叉拿起来了。她用衣叉在那妇人手上打了一下，妇人不松手，嘴里骂起来，你是那个死女囚呀，刚从铁笼子里逃出来，不敢去打官老爷倒打起我来了，没本事去抢富人，跑来抢我的旧衣摊，你们猪狗不如！碧奴被她骂得发愣，后面有人捅她：愣什么，打呀！碧奴对着那顽固的手又打了一记，这次打重了，那妇人号叫起来，还是不放手，也许她完全想起碧奴来了，你抢我的冬袍给你男人穿！她尖声说，抢去也没用，你男人死在大燕岭了，死了，死了！他不要穿冬袍了！那妇人的诅咒让碧奴变得疯狂，碧奴挥起手里的衣叉朝妇人的手狠狠地打去，打得那手缩回去了，她还在打，旁边的男孩提醒她：别打了，她松手了，赶紧带着袍子跑吧。碧奴扔掉了衣叉，终于哭出来了，她抱着那件冬袍往街上跑，跑了几步回过头，朝贩衣妇看了一眼，谁都看得出来碧奴的泪眼里充满了歉疚，她跑到街对面，又回头朝五谷塔男孩们看了看，大概是要表示一点谢意，但那样的谢意难以启齿，碧奴最后还是谁也没谢，一溜烟地跑了。

五谷塔的男孩们看见碧奴的背影消失在沽衣街街角。他们有幸听见碧奴留在沽衣街的最后的哭声，在男孩们看来，那哭声来得奇怪，被抢的人哭了，那抢人的也哭！五谷塔下的流民带着惊喜谈论过碧奴神奇的泪水，这些男孩不以为然，他们从来都反对泪水。哭有个屁用？詹刺史家不用眼泪熬药，以后眼泪就没有用啦！男孩们说，雨水润田，河水养人，沟里的水肥了野草，池塘里的水喂大了鱼虾，只有人的眼泪水没有用，世上最不值钱的就是眼泪！

北 方

The North

多么奇怪的天气。雨过天晴，天晴了一半，风沙就来了。

官道上的人如同洪水漫溢，在五谷城外的路口分成了两股支流，一股人流衣团锦簇赶马驱车，朝明净的南方奔涌而去；另一股人流看上去皆为流民，他们呼儿唤女，黑压压的一片，像一群迁徙的乌鸦，顶着风沙向北方徒步走去。

风沙狂暴，有人头上顶着锅，锅在黄沙的吹打下飒飒作响；有人拖着柴火走，柴火对北方的前程深表怀疑，挣脱了绳子，一片片地掉落在官道上；有人手里牵着羊，牵羊的绳子被风沙吹走了，羊就不见了，于是人群中有人往回跑，一边跑一边慌乱地喊，我的羊呢，谁把我的羊藏起来了？

他们路过了搁浅在官道上的黄金楼船。那黄金楼船庞大的船体现在变成了一堆奇形怪状的木板，散弃在官道下，国王的人马最终带走了国王的遗体和价值连城的九龙金桅，就像一条肥美的大鱼，盛宴过后只留下了一堆鱼骨鱼刺。随着黄金楼船的解体，所有人关于运河航行的想象也破碎了。路上的大多数流民从来没有见过船，有人坚信船是有轮子的，他们四处搜寻那些轮子；有人则一口咬定船是模仿鱼制成的，所以一定有嘴，有鳍，还有鱼鳞，他们果真看见了船上的鱼鳞，路下有一堆人围着船板，挥舞着铁锤敲凿那一片片的鱼鳞，那是船板上残留的七彩漆粉。凿船人对他们的目的讳莫如深，但一个嘴快的孩子拦住官道上的人，动员他们也去凿船，说那漆粉里面含有金子。流民们因此在那里停留了很久，有人毅然地加入了拆船的队伍；几个无家可归的孩子跑下去，执着地拼凑着散架的船板，一心要体会坐船的滋味；一个疯子则亢奋地跑到稍远的莜麦田里，用一根树枝指着田埂上的一堆粪便，向着官道上的人流大声狂呼，快来看，国王拉的屎，国王的屎！

碧奴也在路上。五谷城暴乱给她添置了两件财产，一件玄色滚黑边的男人的棉袍，还有一只半青半黄的葫芦，不知道是从哪儿捡来的。碧奴把那件宽大的男人的冬袍套在身上，葫芦则绑在腰带上，她把头发束到头顶，用一条蓝布带草草地绾起来，人像一根柳枝在风沙里飘摇。好几个人从后面追上了那个柳枝般的人影，走近一看是那个站过铁笼的女囚，他们说，你这女子命大呀，昨天还在铁笼里等杀头，现在倒跟我们一起赶路了！有个小孩发现她腰上的葫芦，要跟碧奴讨水喝。碧奴摇了摇她的葫芦，葫芦是空的，她说，我这葫芦不是盛水用的，是收魂用的，万一我死在路上，葫芦要把我的魂灵收进去的！

旁边的大人不准小孩去碰她的收魂葫芦，他们气恼地拉走了孩子，苦口婆心地告诫不懂事的小孩：她是刚从铁笼里逃出来的！没见她的面孔像草灰，走路走得像个鬼魂，就算她葫芦里有水，我们也不敢喝！

一个衣不遮体的妇人用一只锅盖盖住了裸露的乳房，她一直居心叵测地跟着碧奴，一边拽拉碧奴身上的那件旧冬袍，说，你是个女的呀，都快瘦成影子了，怎么穿了件男人的大冬袍？你一个人里面外面穿了两件袍子，也不嫌累赘，一定是抢来的吧？

碧奴感觉到那妇人的用心，她躲不开那只手，就站住了，把宽大的袍子卷了起来，不让她拉，也不让她碰。大姐，你眼红谁都行，不该眼红我的袍子！碧奴怒视着那妇人，你没有袍子穿，可你还有一只锅盖呢！这是我家岂梁的冬袍，他没带冬衣就上了大燕岭，我拿在手上怕丢了，打成包裹怕别人偷了，穿在身上最放心，怎么会嫌累赘？

那个假罗锅现在挺直了腰，扛着一只大包裹在人流里赶路，他认出了碧奴，嘴里啧啧地叫着，冲过来推了碧奴一把：你命大呀，砍头刀都架脖子上了，也没死，要不是大家起来闹事，你哪里跑得出那大铁笼子？你也不知道谢谢别人的救命之恩，就知道闷着头赶路，你这是赶路去哪儿呀？

碧奴说，去大燕岭，给我家岂梁送冬衣去，大哥你知道到大燕岭还有多少路吗？

路是不远了，九十多里路，就怕你摇摇摆摆赶路，赶不到那儿！假罗锅打量着碧奴的脸，说，你去水沟边照照你的脸，看看你自己的气色，你病得不轻，还是找个村子歇下来吧，前面十里地，就是我家的村子！

碧奴说，歇不下来呀，大哥，天说冷就冷了，我得赶在下雪前把冬袍送到岂梁手里。

还在惦记你那个岂梁呢？他是人是鬼都难说了！假罗锅说，上大燕岭修长城的人，十个死七个，剩下三个都在吐血，天越冷吐得越凶，都快吐死了！

大哥你往地上吐三口，赶紧吐，你不能随便咒人的！碧奴被假罗锅的话吓了一跳，她怒视着他，我家岂梁活得好好的，他干活干惯了，不怕累，不会累吐血的。

好好，你家岂梁是铁打的汉子，别人吐血他不吐！假罗锅草草地往地上吐了三口，一只手又来抓碧奴的肩膀，你个不知好歹的女子，我是替你想呢，这么乱的世道，谁还管得了夫妻情分？多少大燕岭的活寡妇都跟了别人，就你个傻女子，还顶着风沙去送冬衣呢。

假罗锅的花言巧语掩饰不了他的非分之想，碧奴躲开了他的手，站到路边，让那个男子讪讪地走到前面去了。前面有个老汉回过头，面露赞许的微笑对碧奴说，幸亏你没跟他走呀，那罗锅暗地里是拐卖妇女的，前面是有个村子，是疯人村，他是要把你卖给疯人做媳妇去！

碧奴说不出话来，跟着那老汉走了几步，想起什么，就问他，大伯你知不知道国王死了，那长城还修不修了？

老汉说，怎么不修？老国王死了，新国王登基嘛，是国王都要修长城的！

大伯我还要问你呢，怎么那么多人都说吐血吐血的？我就不相信了，大家要是都吐血吐垮了身子，谁来修长城？

还是他们吐血的人修呀。我年轻时修过龙壶关的，吐了多少血在龙壶山上，你没见过龙壶关吧？你要是到过龙壶关就知道了，太阳一照，关墙上的石头都是红的，血红血红的颜色，我们都叫它血壶关的！老汉只顾说，看看碧奴的脸色很苍白，就打住话头安慰了她几句：吐点血也没那么可怕，穷人血旺，我不就活着下了龙壶山吗？干苦力也有学问的，看你男人他会不会干活了，会干的藏了力气，监工的还看不出来，不会干活的不惜力，吐血吐死的都是那些不惜力的老实人，你男人是个老实人吗？

是老实人呀，我家岂梁是北山下最老实的老实人！碧奴几乎是绝望地蹲了下来。趁她蹲下来，老汉像摆脱累赘一样埋头向前赶了几步，嘴里嘀咕道，谁让你嫁了个老实人？是老实人一定凶多吉少！

上过血壶岭的老汉虽然腿脚不好，却比碧奴走得快，很快就消失在风沙中。碧奴被他抛到一个噩梦里去了，站在路上，一动也不动。官道上的最后一支人流也从风沙里钻出来，都是女子，头上蒙着绿色或桃红色的头巾，她们很整齐地排成了一支纵队，年轻的女子在前面，几个年纪稍大的妇人在后面，令人不解的是每个女子的怀里都抱着一块石头。她们看见碧奴弯着腰站在路上，动也不动，就对她喊，你别站在路上呀，这么大的风沙，你要么赶路，要么躲到路下去，别在路上挡我们的道！碧奴往旁边挪了一步，差点把一个妇人怀里的石头撞在地上，那妇人正要骂人，隔着风沙认出了碧奴的脸，惊叫起来，你不是那铁笼里的女子吗？都说你千里迢迢去大燕岭送冬衣呢，怎么站在路上不走了？你丈夫让石头砸到了吗？碧奴啜泣起来，说，不是石头，我家岂梁老实，干活不惜力，他一定吐血了！那妇人说，是他吐血又不是你吐，你傻站在路上干什么？碧奴说，他一吐血我的五脏六腑也疼得厉害，走不动路了！那妇人豁达地说，吐血算什么？男人上了大燕岭不能心疼血，保住一条命就行，我们江庄的男人也都在大燕岭呀，你看我们聚了多少人去大燕岭！碧奴的眼睛在风沙中亮了起来，又暗淡下去，她说，你们江庄多好，我们桃村那么多女子呢，都不肯出来，就我一个人！她的手情不自禁地拉住了人家的袍带，大姐你告诉我，怎么能保住我家岂梁的命？那妇人将怀里的石头抱到碧奴面前，你赶紧去搬块石头呀！她说，空着手去怎行？路人知道你的心，山神不知道你的心！搬块石头走上六十六里路，去献给大燕岭的山神，山神看得见你，看得见你就会保佑你丈夫，山崩地裂也不怕了，石头不会往你家男人头上飞！

从桃村到江庄，碧奴还是头一次遇见去大燕岭的同伴，可是江庄的妇人们不肯带上碧奴一起走，也不知道她们是嫌弃碧奴站过铁笼子，还是怕她走不动做了她们的累赘。碧奴去地里抱了一块石头，再来到官道上，江庄妇人的队伍已经消失在风沙中了。碧奴抱着石头追赶了一阵，明明知道她们跑出去没多远，就是看不见她们头上的红头巾和绿头巾。风沙送走了最后几个北去的身影，官道上除了遍地飞沙，就剩下碧奴一个人了。碧奴看见衰弱的太阳光穿过沙尘，把她的身影投在路上，薄薄的一小片，像水一样，却无法流淌，那似乎是世界上最后一个人影了。

碧奴抱着一块石头独自向北方跋涉，石头越来越重，她觉得怀里抱着一座沉重的山。官道下遍布着大大小小的石头，也许该换一块小一点轻一点的，可是碧奴不敢换石头，她记得那江庄妇人说，大燕岭的山神看得见她怀里的石头。北方的风沙像一匹奔马，突然之间那马的缰绳脱落了，被阳光抓到，勒了一下，然后风沙的呼啸停止了。

淡金色的阳光回归官道，平原显现了它野蛮而空旷的轮廓，很远的地方，有一片灰蒙蒙的山影遮住了半边天空。碧奴看见了那片山影，她抱着石头站在路上，欣喜地眺望大燕岭，山神也一定躲在山峦深处看着她。碧奴知道见山跑死马的道理，还没有到大燕岭呢，她不知道怀里的那块石头为什么突然按捺不住了，那块被她焐热的石头，突然性急地俯冲下来，砸到了她的脚背上。

碧奴不觉得疼。她用手指戳了戳她的右脚，没有知觉，又捡了根树枝用劲戳，还是不疼。碧奴知道她的右脚已经背叛了她，石头没有压着左脚，可那只左脚也不听使唤了，碧奴用树枝打她的左脚，怎么打也唤不醒左脚行走的热情。无论她怎么坚持向前迈步，两只脚始终顽强地滞留在原地。碧奴放弃了她的脚，但石头是不能放弃的。她坐在地上思考了一会儿，把石头用腰带绑到了背上，人匍匐下来，将两只手平摊在路上，她准备爬，她决定要爬了。

阳光回到了官道上空，散漫地俯视着下面一个女子匍匐的身影。碧奴开始在空无一人的官道上爬。她看见自己的手在沙土里颤抖着前进，也许承担了突如其来的重任，两只手看上去都有点紧张，有点慌乱。碧奴也紧张，她的手比脚灵巧，可再灵巧的手也不是用来走路的。

她不知道怎样把她的手变成脚，牲口和猫狗才在地上爬，蛇和蜥蜴才在地上爬，她不会爬，她爬得还不如一只蜥蜴快。

碧奴背着石头在官道上爬。她脑子非常清醒，怕路上的沙石磨坏了岂梁的冬袍下摆，就把它挽起来堆在背上，垫着那块石头。碧奴在官道上爬，向着远处的山影爬。附近的村庄里升起了炊烟，荒凉的农田里偶尔可见几个人影，没有人到路上来，但有一只青蛙不知道从哪儿上了官道。她看见那只青蛙奇迹般地降临在路上，在她的前方跳，跳几步停下来，等着她。她认不出那是不是与她结伴离开桃村的盲眼青蛙，它不应该在路上了。她记得青蛙先于她放弃了寻夫之旅，还占了她辛辛苦苦挖好的墓坑。她定神凝视，看不见青蛙的眼睛，她不知道那是青云郡的盲眼青蛙，还是一只平羊郡的陌生青蛙，但她知道，那只青蛙是给她领路来了！

碧奴跟随一只青蛙在官道上爬，她听见青蛙轻盈地指点着她的爬行路线，这里有个坑，往那边爬，那边有粪便，往这里爬，爬，快点爬！碧奴听从青蛙的命令在官道上爬，爬，爬。远处大燕岭的山影忽远忽近，只有青蛙始终在她的前方跳跃，它的暗绿色的花纹在官道上非常醒目，看上去是一堆绿色的火苗。

十三里铺

Thirteen-Li S

十三里铺的农妇们在地里拾穗，她们惊讶地发现了在路上爬行的碧奴，农妇们不知道那女子为什么在路上爬，为什么把一块石头驮在背上。她们涌上官道围着她，吵吵嚷嚷地提出了好多问题。碧奴说不出话来，指了指大燕岭的山影，农妇们说，知道你是去大燕岭，你男人肯定是修长城的嘛，我们问你为什么要爬着去，走不了就歇口气再走，你这么爬什么时候才爬得到大燕岭？你还把石头驮在背上，我们都给你吓坏了，以为是只大乌龟在路上爬呢！

碧奴伏在地上，她的半边脸已经是泥土的颜色，眼睛盯着农妇们的一双双大脚，羡慕地打量了一会儿，她的手突然伸过来，在一个农妇裸露的脚上摸了一下。

羡慕我的大脚丫子呢？可我的大脚丫子没法换给你呀！那农妇闪掉碧奴的手，跳到另一边，手脚麻利地解下了碧奴背上的石头，扔到一边。糊涂的女子呀，别人抱石头，你抱不了就别抱，怎么还驮背上了？也不怕石头压死你！那农妇气呼呼地说，一定是让江庄那帮妇人的鬼话骗了，我也信过那套鬼话的，三天去大燕岭献一块石头，有什么用？孩子他爹还是得红脸病死了。山神不看穷人手里的石头，山神的眼睛也盯着有钱有势的人！

碧奴说不出话来，也没有力气阻止那个农妇，石头扔到她身后去，碧奴就往后退，要退到那块石头旁边去。那农妇怀着对石头的愤怒，正要把石头踢下官道，其他的农妇拦住了她，说，你对石头撒气可以，别为难她，她非要献石头给山神，你就让她献去，烈马拦得住，痴心的女子拦不住，为别人吃苦，吃多少苦都心甘情愿呢。

农妇们把碧奴和她的石头一起抬到了草垛上，她们给她喂了几口水，顺便把她的脸也洗干净了。几个农妇一起动手，把碧奴的乱发撸顺了，挽成了一个草把髻，和她们自己的发髻一样。碧奴梳洗过后坐在草垛上，泥尘褪去，一张年轻的脸秀丽得让农妇们嫉妒，她侧脸眺望着大燕岭的山影，恍惚的眼睛一下亮了起来。农妇们注意到她的手已经血肉模糊，手过留痕，草垛上留下了一串红色的血星星，她们说，没见过你这么痴情的女子呀，我们十三里铺的男人也都上了大燕岭，这么近的路，也没人像你一样寻夫的，你家男人就是个下凡的神仙，也犯不上这样爬，看看你的手，你的膝盖，你自己在流血呀，你偏偏还要带着这石头，爬到大燕岭就怕石头还在，你人不在了！

还是坐在草垛上等吧，看看有没有去大燕岭的驴车，捎你一段路！

碧奴坐在草垛上等，等了没多久就下来了，她没有耐心等待。农妇们从来没遇见过这么倔强的女子，她情愿爬，还是要爬，爬，又往官道上爬过去了。有个农妇原本提着草鞋要追过去，劝她把草鞋套在手上再爬，追了几步不知道是跟碧奴赌气，还是不舍得草鞋，又退回来，愤愤地把草鞋穿回了脚上，说，随她去，没见过这么傻的女子，好像天下的男子，只有她家丈夫上了大燕岭！

路上一个跳跃的绿影引起了农妇们的注意，她们发现碧奴是跟着一只青蛙爬，这么冷的天，路上哪儿来的青蛙呢？农妇们嘴里都惊叹起来，咃，看那青蛙跳得多欢，是给那女子引路呢！她们吵吵嚷嚷地议论起青蛙的来历，说那青蛙来给人引路，怕人不是个凡人，青蛙也不是水田里吃虫的青蛙，也许是只神蛙！在一种莫名的敬畏感中，农妇们回头观察碧奴坐过的草垛，风从西边来，那草垛上有干草娑娑地往北面飘落，人和石头压过的地方，干草耸了起来，闪着一圈湿润的金色光芒。针对一个人带来的所有异常的景象，她们开始反思碧奴的来历，不知怎么几个农妇都同时联想起官道女鬼的传说来，脸上的表情突然僵硬起来，都是欲言又止的样子。平羊郡北部地区到处流传着官道女鬼的故事，谁没听说过？十三里铺也有村民声称在深夜的官道上看见过那些女鬼，她们头顶包裹在月光的照耀下向大燕岭跋涉，人一喊那些鬼影就不见了。

一个农妇先捂着胸口叫起来了：怕是官道女鬼呢，她们白天也出来赶路了！

那嘴快的农妇把别人的疑惑说出了口，自然引起一片恐慌而热烈的回应。我一开始就纳闷，一个大活人，怎么不知道疼不知道痛呢？闹不好是个鬼。一个农妇大声地说，是个人怎么肯受那么大的苦？谁见过背着石头爬去寻夫的女子呀，只有阴间的女鬼才这么痴情！大家都回忆着碧奴平静安详的表情和冰冷的体温，说，怪不得吃了那么大的苦，也不知道诉苦，就知道爬，爬！等会儿回村里问问张老三家的人，他们看见的官道女鬼，是爬还是走的？农妇中有个年纪大的，对鬼魂的了解比别人多一些，也就多了个心眼，她走到草垛边去察看碧奴留下来的血迹，又叫起来，不对，她有血呀！鬼魂没有血，这女子的血迹还留在干草上呢！农妇们都围过去瞪着草垛上的血痕，一个个陷入了更深的迷惘。后来还是一个农妇的话让大家都释然了,那农妇说,管她是人是鬼呢,这女子做鬼也可怜,不是鬼就更可怜!

十三里铺善良的农妇们站在地里,目送碧奴的身影远去。从春天到秋天,官道上经过多少去大燕岭寻夫的女子,好多女子怀里抱了石头,她们从来没见过驮着石头爬到大燕岭去的女子。从十三里铺到大燕岭,搭牛车要走一天,走路要两三天的样子,她们不知道那女子中途能不能遇上车马,如果遇不上,她要爬几天才能到大燕岭呢?农妇们为此各执一词,去大燕岭献过石头的两个农妇自动成为一派,她们比照自己的经历,乐观地说凡事都是个习惯,走路走惯了,走到大燕岭也没觉得有多远,那女子一路爬过来,爬惯了,又有只神蛙在引路,爬个三天,大燕岭也就爬到了。她们轻松的语调引来了一片反对声,什么神蛙?再神也是只青蛙,又不是神马,帮不了她!人家是在路上爬,比乌龟走路也快不了多少,可乌龟长寿跑不死,那是个病歪歪的女子呀,哼,爬个三天就到了?就怕她爬到的地方不是大燕岭,什么地方?我不说,那么可怜的人,我才不咒她,我不说你们也知道!

她们的争执突然停止了，官道上一道更奇异的风景引起了农妇们的一片惊呼，她们看见那女子所经之处，积沙向路下退去了，平地上流出一道细细的水流，那水流发亮，像一支银箭射向北方。水流开道，无数来历不明的青蛙排成一条灰绿色的队伍，浩浩荡荡地向大燕岭方向跳，跳。农妇们久居北方，她们从来没见过这么多的青蛙，这么多青蛙明显来自南部三郡的水乡泽国，它们带着水的气息，踩着一个女子的足迹，向着大燕岭的方向跳，跳，跳。蛙群还没有过去，一群白色的蝴蝶沿着官道飞过来了，平羊郡也盛产蝴蝶，但农妇们从来没见过这么硕大这么密集的白蝴蝶，它们飞得那么低，翅膀上还残留着南方温暖的阳光，看过去是一条白色镶金的花带在向大燕岭飘浮。

　　十三里铺的农妇们一声声地惊呼，她们遥望远方大燕岭的山影，猜测那是青蛙和蝴蝶奔赴的目的地。奇景背后隐藏了灾难，每个人都看见了灾难绚烂的光环，那光环也在一步步向大燕岭逼近。一个农妇首先反身往村子里跑，一边跑一边叫，快去套车，快把孩子他爹喊回家来，国王一死南边的人都反了，青蛙和蝴蝶也都反了，大燕岭那边不知道会出什么事！

简羊将军

Jian-Yang General

飞鸟不识长城，一群南迁的候鸟在大燕岭上空迷失了方向，它们在北风中哀鸣了一夜。直到早晨，一只灰色的小鸟撞进七丈台简羊将军的帐篷里，鸟为信使，宣告乡愁的风暴将要席卷大燕岭。

简羊将军每天夜里戴着国王奖赐的九龙金盔入睡，早晨金盔收拢了民工们的筑城号子声，准时地把将军惊醒。这一天早晨不同，他听见金盔内回荡着草原之声，是风和牛羊的声音，还有久违的草原长调如泣如诉的旋律。简羊将军醒来时发现自己在睡梦中流了泪，然后他看见了那只小鸟，小鸟死在他的枕边。

侍卫端了一盆水来伺候盥洗，令他不解的是将军反常的举动，将军怀里抱着那只死鸟，像一个受惊的孩子坐在黑暗中。侍卫替将军洗好了脸，要洗手的时候遇到了困难，将军握着死鸟不肯松手。将军说，水是温的。侍卫说，天冷了，将军你已经用了好多天温水了。将军说，把温水泼掉，救鸟要用冷水，去山泉边打一盆冷水来！

侍卫奉命去取泉水，他不知道铁石心肠的将军为什么要怜惜一只小鸟，去得迟疑。将军看出侍卫心里的疑问，他反问侍卫是否记得他来自北部草原，是否记得他说过的一句话，长城竣工之日草原上会有贵客骑马而来，来向他奉献祝贺的哈达。侍卫嗫嚅道，将军，今天还在筑城，也没有人骑马从草原来呀！将军怒视着侍卫说，我告诉过你多少次了，你个蠢材就是记不住，草原上来人，鸟是报喜的信使！这灰嘴鸟身上有草原的气味，有我家毡包的气味，不信你来闻一闻，鸟身上还有酥油的香味！

简羊将军来到七丈台上，他亲手把死去的小鸟放在铜盆里，侍卫把铜盆放在堞墙上，被将军制止了。将军让他端着铜盆，让早晨的阳光照着铜盆里的泉水，他说，如果是从草原上飞来的鸟，等阳光把冷水晒暖了，鸟就复活了。将军在七丈台上瞭望长城外面连绵的山峦，苍老的脸上有一种罕见的脆弱表情，他说，长城该竣工了，这鸟一定会在竣工日复活，它会引我回到草原。我该回一趟家了，看看我的父母，看看我的妻子，还有四个孩子！

侍卫端着铜盆站在风中，他想告诉将军，即使死鸟复活，大燕岭长城与月牙关长城仍然相隔百里，隔着一片荒凉的沙漠，两段长城的合龙竣工仍然遥遥无期，所有还乡的愿望都是水中捞月。将军呀，也许你会老死在大燕岭。可是他不敢说，将军近来思乡心切，喜怒无常，他天天幻想大燕岭长城在一夜之间封台竣工，自己可以策马回返家乡。他每天睁开眼睛都问，今天能竣工吗？侍卫起初用各种措辞向他说明一个道理，长城不是一日之功，每次都引来将军的咆哮，还挨了好几个耳光。侍卫学聪明了，后来每次回答将军的问题时，总是说，快竣工了，快了。

简羊将军抚摸着头上的九龙金盔，抬眼看了看台下的工地，对侍卫说，今天能竣工吗？

侍卫躲开他热切的目光，看着水里的小鸟，说，快了，今天不行就明天，将军，快竣工了。

鸟在水中等待重生，而一个意外的悲伤的早晨还是来临了。太阳升起来，简羊将军发现大燕岭的悲伤也在喷薄而出。往日高亢嘹亮的号子声在这个早晨沉寂下去，挑夫的箩筐在山路上发出孤独的呻吟，砌工的瓦刀和石匠们凿钎的声音听起来是那么沉闷。简羊将军听得焦躁不安，从劳动的声音中，他感受不到长城竣工前的喜悦。他来到瞭望台上，看见山上山下涌动着筑城的人群，砖窑里火光熊熊，挑土抬石的人遍布山梁，石匠们在远处的石场上挥舞着铁锤和钎棒。简羊将军第一次从他们劳动的身影中发现了疲惫，发现了忧伤。他摘下头上的那顶九龙金盔，更悉心地倾听，听见盔中有风声，风中有隐隐约约的哭泣声。他眺望砖窑，那哭泣声在窑火的火光里飘荡，他转向石场，那哭泣声便在石头丛中轻轻地回响。将军在七丈台上焦躁不安，他对侍卫说，今天我怎么听不见筑城号子？倒像有人在哪儿哭，哭个不停。侍卫说，将军，这么大的风呀，是风把号子声吹走了，你听见的哭声也是风，大燕岭的工匠没有谁敢哭，敢哭的一定是风。

将军在疑虑中敲响了烽火台上的铜钟，监吏们都战战兢兢地上来了，上来就发出一片整齐的祝贺声，快了，快竣工了！将军说，筑城号子都不喊了，快个狗屁！他问工地上昨天是不是死了好多人，大家不敢盲目应对，缩在后面的芦席吏被人推到前面来了。那芦席吏掌管大燕岭所有的芦席事务，由于职位特殊，他最清楚死人的数字。芦席吏有点茫然地揣摩将军的用意，说，昨天就拿出去五条芦席呀，一共才死了五个人！看看将军面孔铁青，又多嘴道，前一阵闹瘟疫时人死得多，一天死七八十，芦席都不够用了，白天死的有芦席卷，夜里死的就没有芦席卷了。将军挥挥手不让他说了，转脸质问负责膳食的粮草官，工匠们一定吃不饱肚子，筑城号子才喊不动了，你是不是又克扣了灶上的粮食，背了麦子去窑子里嫖妓？粮草官吓得面孔发白，连连摆手，赌咒发誓他拿了官粮去嫖妓的错误只犯了一次，民工们的伙食标准已经从每天一干两稀提高到两干一稀，稀粥可以喝五碗，干饭可以盛两大碗。将军冷笑一声，吼起来，既然吃了那么多，怎么号子都喊不动了？都像个哑巴一样干活，这大燕岭长城什么时候竣工？

众官吏这时候才发现貌似粗犷的将军对劳动的声音那么敏感。他们纷纷表态，要让大燕岭的筑城号子重新喊起来，烧砖吏保证出砖时所有的砖工喊起《出砖谣》，搬运吏保证自己的挑夫运砖运石上山时要唱《上山谣》，采石吏说他分管的石匠们做的是细工，不宜歌唱，但他保证让他们手里的铁钎和锤子敲出最欢乐的节奏。

一个名叫上官青的捕吏垂手站在角落里，他以为将军的愤怒与己无关，他只管抓捕逃跑的工匠，管不了工匠的喉咙，正要偷偷地退下七丈台呢，将军喝住了他，你往哪儿跑？今天大燕岭死气沉沉，你也脱不了干系！将军把上官青拉到堞墙边，告诉他风声中有人在哭，上官青说他听见的是风声，听不见谁的哭声。将军让他站到堞墙上听，上官青不敢违抗，让人扶着站到堞墙上，还是摇头，说，将军，是风太大，你把飞沙的声音听成人的哭声啦。将军挥起他的九龙金盔把他从墙上打了下来，你自己长了副猪耳朵，竟然敢不相信我的耳朵？将军愤怒地说，国王都记得简羊将军从草原上来，你们这帮蠢材不记得，我听得见帐篷外面敌人拉弓的声音，听得见十里外狼群的脚步，五十里外马蹄的声音，我听得见百里外暴风雨的声音。我说大燕岭有人在哭，一定有人在哭！是谁在哭，你给我去把他找出来！

上官青没有料到他上七丈台接受的是一个如此艰巨的使命，他从来都是追捕人的，这个倒霉的早晨，他不得不去追捕一个莫须有的声音。

追 捕
Chase

大燕岭人海茫茫,上官青奉命带着一群捕吏在劳动的人海里追捕一个声音。

谁在哭?

谁哭了?你们这里谁哭了?你哭过吗?

你们这里有没有人哭?谁哭过给我站出来!

大多数工匠们木然地瞪着上官青,他们的眼神在提出各种各样的反诘,谁哭了?你们看看我们的脸,脸上只有汗,哪儿有泪?谁疯了才哭,白白挨上七七四十九鞭,挨完了鞭子还要多抬七七四十九筐石头,谁想死了才会哭呢!我们为什么要哭?天生是穷人,抬石筑城是我们的命,一把骨头累散架了,睡一夜明天就拼好了,还是干活,有什么可哭的?病号棚子里垂死的人们也坦然地面对这次追查,他们用剧烈的咳嗽和嘴角的血丝告诉上官青,我有痰,有血,有热度,就是没有眼泪!流眼泪干什么用?大燕岭死人就那么几种死法,逃役的被你们捕吏抓回来,示众吊死;身子单薄的人斗不过石头城砖,吐血吐死;运气不好的人染了黑脸病,发烧烧死;几个倔强而悲观的人跑到悬崖上,跳崖摔死。就那么几种死法,死都不怕了,还有什么可怕的,不知道害怕的人,哪儿有什么眼泪!

有几个工匠在上官青的盘问下承认自己面容悲戚,但拒不承认自己哭过。一个来自边远的苍兰郡的少年挑夫说他是想哭，但他摸索了一套方法，可以有效地制止眼泪。他还诚实地吐出舌头给上官青看，说他一旦想哭就咬住自己的舌头，把舌头咬出血，疼了就不哭了。上官青检查了少年挑夫的舌头，发现那舌头果然被咬得血肉模糊的。还有一对双胞胎兄弟是上官青追查的重点，他们明明神情落寞，眼睛浮肿，别人却作证，说兄弟俩的眼睛不是哭肿的，反而是笑肿的。上官青就让那兄弟俩笑给他看。兄弟俩来了，站在一起，像两只比翼之鸟向对方展开了双臂，上官青叫起来，你们这是干什么？准备上绞头架呢？旁边有人对上官青说，别急，等一会儿他们就能笑了。捕吏们原以为有什么好戏看，等半天却是一场孩子气的闹剧。原来兄弟俩是双胞胎，想起老母亲病在家里无人照管，一个伤心，另一个一定会落泪。为了避免这种局面，他们就互相胳肢挠痒，借助这个简单的方法，每一次兄弟俩都能成功地破涕而笑。当着一群捕吏的面，那兄弟俩在互相胳肢之后，果然齐声狂笑起来，笑得上官青他们毛骨悚然，上去强行把兄弟俩拉开，一人赏了一个耳光。

  捕吏们怎么也抓不到那哭声，都有点消沉，有的人开始轻声议论起简羊将军最近的精神状态来，上官青很恼怒，说，下级不准议论上级！将军说了，他听见有人在哭就一定有人在哭，九龙金盔戴在将军头上，他的脑袋就比我们高明。别说要找哭声，就是他要找风声，我们也只好去找！

他们来到石场上，终于有监工报告，早晨有一个寻夫的女子在石场哭过，是运石头的牛车从采石坑捎来的女子。那女子背着块石头在路上爬，车夫看她可怜，就让她上了牛车。上官青看那监工说得吞吞吐吐的，就骂起来，这把年纪话也说不清，上了车以后呢，那女子怎么了？

怎么都不是我的责任，是采石坑那边的责任！监工首先撇清了自己，才肯把话说下去，那女子奇怪，爬上了牛车还驮着那石头，还有一只青蛙，跟着她跳上了牛车，车夫让她闹懵了，说石头可以带上来，青蛙不能上车，那女子为青蛙求情呢，说她们一个寻夫，一个寻子，青蛙是来寻子的！

什么青蛙？青蛙寻什么子？上官青大叫起来，说清楚呀，青蛙往哪儿去了？谁是那青蛙的儿子？

青蛙那么小，我也不知道它跳哪儿去了，我的眼睛主要管石工的，不管青蛙，青蛙的儿子是谁，我就更不知道了。监工看上官青满面怒意，赶忙补充道，那女子是寻万岂梁的，是他媳妇，我瞥见个背影，背着块石头爬，一边爬一边哭呢。

我看你就是那青蛙的儿子，否则不会这么笨！上官青尖锐地打击着监工的自尊心，自己笑起来，他的眼睛开始向石场四周的草棚和石头扫射，那女子呢，她从哪儿来？

从青云郡来，是万岂梁的媳妇，说是走了一个秋天，走了一千里路才到了大燕岭。

那万岂梁呢，把万岂梁叫过来！

叫不过来了，万岂梁死啦！监工说，夏天山崩死在断肠岩的，不是死了十六个青云郡的人吗，万岂梁也在里面，让石头活埋了！

监工从腰后的布袋里找出一块竹片来，给上官青看，那竹片上草草地刻着几个字：青云郡，万岂梁，采石场，两千两稀。人的籍贯、姓名、劳役地点和每日的定粮都标示得清清楚楚，但那姓名上已经划了个红叉。捕吏们看见那红叉，都皱起了眉头，七嘴八舌地说，已经死了嘛，还跑来干什么？把她领到野坟去，挖根骨头给她，再给七个刀币，打发走！监工收起布袋，面露难色，说，是按规矩打发她走的，她拿了这人牌可以去领七个刀币，可她不要牌子，只要人。我哪儿有人给他，连骨头也没有，这万岂梁的尸骨不在野坟里，他死在断肠岩嘛，尸骨现在都埋在城墙下面了，除非把城墙拆了，否则我哪儿有骨头挖给她？她在石场上哭，哪能让她在石场哭，让上面听到是我的责任嘛，我就把她撵到别处去哭了！

你个自私自利的东西，别处也是大燕岭，都不让哭的！上官青愤怒地叫起来。

上官青带人在石场附近搜寻那个青云郡女子的时候,听见石匠们的凿石声有一种阴郁而悲伤的音调。他无意中发现好多石匠们的铁钎下飞溅出来的不是石屑,而是晶莹的水滴。几颗水滴溅到了上官青的脸上,手一摸是滚烫的。上官青疑惑地上去察看,先看他们手里的铁钎和锤子,再看他们的脸和眼睛,石匠们指着满地湿漉漉的石头说,你还是看看石头吧,这石头上一夜之间凝了这么多水,怎么抹也抹不干。

石头果然像是从水里捞起来的,闪着湿润的光芒。上官青瞪着一块石头,说,夜里一没下雾二没下雨,石头上哪儿来的水?难道石头会流泪吗?石匠们说,我们也不知道石头是怎么回事,自从万岂梁的媳妇来过之后,石头都开始流泪。反正我们没流泪,是石头在流泪!

带来了许多蹊跷的水滴,那个青云郡女子却从石场上消失了。没有人看见那女子往哪儿走,上官青向石场上的每一个人打听过了,大多数石匠的眼神显示他们是洞察秘密的,但他们都坚定地摇头,说,我们在凿石头,我们不知道她去了哪儿。也有人胆大,对捕吏说话也敢阴阳怪气,是青蛙给那女子带路的,我们又不是青蛙,怎么知道她去哪儿呢?

后来还是一个憨厚的老石工向上官青指点了迷津,他指着满地的石头说,你们顺着滴水的石头找她去吧,她爬过的地方,石头都是湿的!

长 城
The Great Wall

北方的天空剪出一片连绵的山影，天空之下山峦之上，就是逶迤千里的大燕岭长城了。长城在初冬的阳光下闪出锋利的白光，把天空衬托得萎靡不振。长城其实是一堵漫长无际的墙，一堵墙翻山越岭，顺着群山的曲线向远方蔓延，看起来像一条白色的盘龙，那白色的盘龙就是长城。长城其实就是一堵山上的墙，一堵墙见山便骑，骑在无数的山峦上，给山峦披戴上一排坚硬的峨冠博带，那山峦上的峨冠博带就是大燕岭长城。

大燕岭的民工们看见了万岂梁的妻子，她像一个飞来的黑色首饰，小小薄薄的一片，镶嵌在断肠岩的峨冠上。

碧奴抱着一块石头，跪在断肠岩上哭泣。那么陡峭的山峰，那么难走的羊肠小道，一个病歪歪的女子，怀里还抱着一块石头，不知道她是怎么上去的。有人说是一只神蛙把她引到了断肠岩上，其他民工都不相信，看见山鹰在那女子的头上盘旋，说，断肠岩那么陡那么高，青蛙都上不去，兴许是山鹰把她叼上去的吧！

浮云从断肠岩上飘过，在山腰上筑城的人有时能看见碧奴，一个小小的人影子，云一退就浮了出来。

他们听不清她哭泣的声音，听见的是风声呼啸，从断肠岩吹来的风，每一阵风都在呜咽，那风吹到民工们的身上，是湿润的，像南方的风，有点黏稠。

运石头的挑夫还在往高处走，挑夫们像云朵一样向断肠岩聚过来，很快又飘走了。他们在半山腰听说一个青云郡女子拖着一道奇怪的水迹上了山，这些来自青云郡的挑夫追着山路上的水迹疾步如飞，很轻易地追到了碧奴。可是看见碧奴的泪脸，他们就摇摇头走了，失望地说，不是我媳妇，我就知道我媳妇吃不了那个苦，不会是我媳妇！

有人在山下就听说了，是万岂梁的妻子上了断肠岩，他们挑着石头追那道水迹，像是追踪自己的妻子，追到断肠岩下他们都站住了，说，万岂梁的媳妇，好可怜的女子！走了一千里路来送冬衣，哪里还有穿冬衣的人？万岂梁骨头都没给她留一根，看那冬袍呀，穿袍的人都没了，她还把袍子卷在背上呢！

所有的挑夫都像云一样从碧奴身边飘走，只有挑夫小满从山下接受了一项特殊的使命，他挑着一对空箩筐，沿着路上的水痕一直追上断肠岩，看见碧奴就停下来了，他匆匆地把路边的石头往一只箩筐里放，另一只箩筐一脚踢到了碧奴身边。你是万岂梁的媳妇吧，赶紧进这只箩筐来！小满说，这么高的山，上官青大人爬不上来，他让我一只箩挑石头一只箩装人，让我把你挑下山去呢！

碧奴看了眼箩筐，她慢慢地把那件玄色滚青边冬袍脱下来，放进了箩筐。

不是袍子！小满说，让你人进筐呢！

碧奴抱起那块石头，对小满说，报应，报应呀，从五谷城抢来的冬衣，老天不让岂梁穿！

小满听不清她在嘀咕什么，他把那冬袍拿起来抖了一下，说，很暖和的一件冬袍呀，你怎么丢掉袍子去抱石头？抱石头没有用，人都死了，给山神献多少石头也没用了！赶紧把袍子穿起来，进我的箩筐，我带你下山去拿万岂梁的号签，你可以去领七个刀币！

碧奴把小满扔回来的袍子踢开了，她不肯再穿那件袍子，情愿抱着一块石头，她抱着石头跪在堞墙边，朝山谷里张望，她说，报应，报应呀，抢来的冬衣，岂梁怎么穿得上？

你别对着山谷说话，是我在跟你说话！小满恼怒地走到堞墙边，看见山谷里飘满了淡蓝色的岚霭，他说，也就剩下这些蓝烟了，自从断肠岩出了事，这山谷里白天黑夜地冒烟，说是死人的魂，你跟烟说话有什么用呢？死人的魂烟你又带不走！

碧奴指了指山谷，她开始张大嘴对小满说着什么，但小满听不见她的声音，只看见她满面是泪，手指上也坠下了亮晶晶的水珠，雨点般地落到城墙上。

怎么流了那么多眼泪？碧奴的泪脸把小满吓了一跳，他下意识地捂了捂眼睛，大叫道，我从北山的双龙寨来呀，跟你们桃村就隔一座山！北山下的人不可以流泪，死了丈夫，你得用耳朵哭，用嘴唇哭，用头发哭！你的泪水怎么从眼睛里出来了？不可以从眼睛里出来呀！

泪水从碧奴的眼睛里奔涌出来，就像泉水冲出山林一样自然奔放，看起来桃村的女儿经已经被她遗忘了。碧奴尽情地哭泣着，一边哭泣一边手指山谷，她在向小满诉说什么，可除了刺耳的哭声，惊慌的小满什么也听不清。

坟？你要个坟？小满努力地从碧奴的嘴唇上分辨她的语言，他说，山谷里哪来的坟？这是长城呀，你以为是在你们桃村呢，随便就给死人垒坟？西边坡上有一个大野坟，大燕岭的死人都埋那里，你赶紧进这只箩筐，我带你去大野坟，你到那里给万岂梁垒个坟。

碧奴枯裂的嘴唇上也淌满了泪水，她哭得更凄厉了，说话的声音也急促起来，听上去像噩梦中的呓语，小满突然听清了两个字，骨头，骨头。骨头在哪里？

哪来什么骨头？你要去捡万岂梁的骨头？没地方捡的！他们十几个人是山崩死的，人都埋在石头里了，上面的城墙一修好，人骨头也做了墙基啦！小满有点烦躁了，突然从怀里掏出一团麻线，说，不准哭了，看看这是什么？上官大人让我堵住你的嘴！你不知道大燕岭的规矩呀，再伤心也不准哭出来，住在北山不准哭，上了大燕岭也不让哭的！简羊将军最听不得哭声，怕把大燕岭的人心哭乱了，耽误了工程！小满用手把箩筐扫了一下，然后将箩筐横倒在地上，筐口对准了碧奴，进来吧，再不进来我要遭殃的。他说，大姐你别连累我呀，你是个女子，又是万岂梁的媳妇，我跟你乡里乡亲的，不好动手把你当石头搬，自己爬进来吧。

碧奴推开了箩筐，掉转身，看见小满抓起箩筐跑到另一端对准了她，小满的另一只手摸了摸别在腰上的扁担，看起来扁担也快要派上用场了。小满怒叫道，都是苦命人呀，不是你一个人死了丈夫，不是你一个人会哭，我们四兄弟一起上的大燕岭，现在就剩我一个啦！你一个人流泪，不知道多少人跟你遭殃，你别逼我，我数一二三，你不进箩筐，我就动手了！

小满抽出扁担对准碧奴，嘴里数了起来，他数到一的时候碧奴的哭声停止了，数到二的时候碧奴歪斜着站了起来，数到三的时候小满发现碧奴是要跳崖，他扔下扁担冲过去抱住她，抱到箩筐里，他觉得碧奴的身体像一片羽毛一样轻，而她身上丰饶的水滴溅在他的脸上，他的眼睛被一层泪雾蒙住，突然睁不开了。小满抹眼睛的时候听见他的箩筐在咯咯地响，所有的柳条在泪水的腐蚀中发出了破碎的响声。你别哭了，你把我的箩筐哭烂了，我们下不了山，下不了山你跳崖，我怎么办？只好跟你跳！小满抹不掉她的泪水，很快他发现那泪水是从自己的眼睛里流出来的，他努力地睁开泪眼，用扁担穿进箩筐的耳把，扁担一挑，那耳把就断了。让你别哭你偏哭，你把箩筐的耳把哭烂了，我怎么挑你下山？小满怒吼着朝碧奴举起扁担，扁担举到半空中就掉在地上了。小满看见一张世界上最熟悉的泪脸，像他母亲那么苍老，像他妹妹那么悲伤，那女子就像他母亲和妹妹坐在筐里，对着他哭泣。她的眼睛里铺开了一片湿润的天空，那天空里下起了滂沱的泪雨。

　　于是小满也坐在他的扁担上哭泣起来。俯瞰断肠岩的山谷深处，那些传说中死人的魂烟大雾般地弥漫上来，整个山谷沐浴着一片泪水的白光，云和风在半空里呜咽，树和草在山坡上饮泣，石头、青砖和黄土在城墙上垂泪不止。一只山鹰低低地掠过小满的头顶，几滴冰冷的水珠打在他额头上，小满怀疑那是山鹰的眼泪。小满听见两只箩筐相对而泣，一只箩筐率领着三块石头，另一只箩筐却被一个女子率领着，柳条、石头和人一起哭泣，一时分不出哪一只箩筐哭得更响亮，哪一只箩筐哭得更哀伤。太阳突然晃了一下，小满正要搜寻太阳的眼泪，听见北方风声乍起，一阵黄沙飞卷着翻山越岭而来，漫天飞沙中小满看见岂梁的妻子爬出了箩筐，她把系在腰上的葫芦解下来了。他看见岂梁的妻子在给一只葫芦安排归宿，那只葫芦跃过城墙，沿着陡峭的山坡滚落下去。小满分不清碧奴是把葫芦献给山谷，还是献给山谷里岂梁的幽魂。他有生以来头一次听见了葫芦的爆裂声，那只葫芦发出一声沉闷的巨响碎裂了，一注晶亮的泪水飞溅开来，像一道奇异的闪电。小满看见那道泪泉发出宝石般刺眼的光芒坠向山谷，整个大燕岭似乎都抽搐起来，长城在微微地颤动。莫名的恐惧让小满伏在坡上一动不动，他感觉到山崩地裂的种种预兆，于是小满对着城墙边的碧奴喊起来，要山崩了，你别站在崖上，快回到箩筐里来!

碧奴跪在风沙里拍打城墙,她终于喊出了声音,岂梁岂梁,你出来!碧奴终于喊出了声音,她跪在风沙里拍城墙,拍墙,拍,她说,岂梁岂梁,你不出来就让我进去!

断肠岩上的堞墙、箭垛和烽火台都被一个女子的手拍响了,石头和泥土在城下发出了压抑的轰鸣,风从四面八方吹来,黄沙打在小满的脸上,比刀子还锋利。小满在惊恐中提起箩筐往山下跑,发现碧奴坐过的箩筐里,转眼间蹲满了一群湿漉漉的青蛙,青蛙发出了沙哑而整齐的鸣叫。小满认出那是青云郡水塘田边的青蛙,他扔下了箩筐,对碧奴喊了一声,姐姐你别哭,你不可以哭,青蛙来替你哭了!小满抢了扁担往山下跑,看见满地黄沙滚滚而下,一大群金龟虫顶着黄沙爬上山来了。小满认出来那是会流泪的虫子,春天它们在青云郡的桑树地里偷食桑叶,吃一口便流出一滴忏悔的泪。小满给金龟虫闪开一条道,回头对着城上的方向高喊,姐姐你别流泪了,你的泪要流光了,你不可以流泪,金龟虫替你来流泪啦!小满往山下跑,很快遇见了满天飞舞的那群白蝴蝶,白蝴蝶翅翼上勾着美丽的金线,他认得出来,那是北山上特有的金线蝴蝶，传说是三百个哭灵祖先的冤魂。小满仰脸看那群蝴蝶飞过的时候，脸上滴到了蝴蝶温暖的泪珠。小满擦了擦脸，他横过扁担迎接祖先之魂的到访，但蝴蝶没有扑到他的扁担上来。他知道金线蝴蝶不认识他了，祖先们的冤魂已经不记得一个离家多年的子孙，它们千里迢迢飞到大燕岭，是为了飞上断肠岩，跟随岂梁的妻子一起哭泣。

小满拿着扁担一路飞奔下山，在一个烽火台上他遇见了上官青和几个失魂落魄的捕吏，他们手里拿着绳子，都爬在高处向断肠岩的方向张望。看见小满，他们大声地质问他，让你去挑的人呢？那女子怎么还在断肠岩上哭，哭得山都在颤！小满甩脱了他们的手和绳子，一路飞奔下山，在一个箭垛前他看见一群工匠都丢下手里的活计，站在一起议论着什么，他们看见小满就向他挥手，别跑了，别干了，简羊将军都不干了，他骑着马跟着一只鸟回草原去啦！

要干也干不了啦，万岂梁的妻子把长城哭断了！小满回头指着断肠岩说，你们听见了吗？听啊，是山崩地裂的声音，断肠岩那边的长城都塌了，万岂梁他们要从地下跑出来啦！

(全文完)

BINU AND THE GREAT WALL by SU TONG
Copyright © 2006 by Su Tong
This translation published by arrangement with Canongate Books Ltd., 14 High Street, Edinburgh EH1 1TE.
Simplified Chinese Copyright © 2017 by BEIJING ALPHA BOOKS.CO.,INC.
All rights reserved.

图书在版编目（CIP）数据

碧奴：孟姜女哭长城的传说 / 苏童著. -- 重庆：
重庆出版社，2020.8
ISBN 978-7-229-14916-1

Ⅰ.①碧… Ⅱ.①苏… Ⅲ.①长篇小说－中国－当代 Ⅳ.①I247.5

中国版本图书馆CIP数据核字（2020）第041266号

碧奴：孟姜女哭长城的传说

苏童 著

策 划：华章同人
出版监制：徐宪江
责任编辑：秦 琥 唐晨雨
责任印制：杨 宁
营销编辑：史青苗 刘晓艳
装帧设计：潘振宇 774038217@qq.com

重庆出版集团
重庆出版社 出版

（重庆市南岸区南滨路162号1幢）
投稿邮箱：bjhztr@vip.163.com
北京汇瑞嘉合文化发展有限公司 印刷
重庆出版集团图书发行有限公司 发行
邮购电话：010-85869375/76/77转810

重庆出版社天猫旗舰店
cqcbs.tmall.com
全国新华书店经销

开本：850mm×1168mm 1/32 印张：11.5 字数：193千
2020年8月第1版 2020年8月第1次印刷
定价：58.00元

如有印装质量问题，请致电023-61520678

版权所有，侵权必究